항설백물어

後巷說百物語——하

항간에 떠도는
기묘한 이야기

NOCHINO KOSETSU HYAKU-MONOGATARI

by KYOGOKU Natsuhiko

Originally published in Japan by KADOKAWA SHOTEN PUBLISHING CO., LTD., Tokyo.
Korean translation rights arranged with OSAWA OFFICE, Japan through THE SAKAI AGENCY
and SHINWON AGENCY.

항간에 떠도는
기묘한 이야기

후

항설백물어

後巷説百物語 —— 하

교고쿠 나쓰히코 소설
심정명 옮김

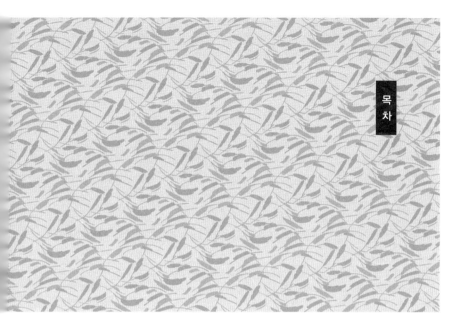

목
차

산
사
내

깊은 산에 가끔 있다

키는 두 장(丈)쯤 되고

생김새는 도깨비 같다

나무꾼이 이자와 만났을 때 달아나면 다칠지 모른다

부탁을 하면 섶나무를 이고 산기슭까지 데려다준다

이것은 힘자랑이라고 한다

회본백물어(繪本百物語), 도산진야회(桃山人夜話) / 제5권 · 31

1

옛날.

높은 산에는 산사내가 살았습니다.

사내라고는 하지만 산사내는 사람이 아니었습니다.

산의 신이자 산의 정령이며 산의 요괴이기도 했습니다.

산사내는 산 그 자체였던 것입니다.

그러니 산사내는 옷 같은 건 입지 않습니다. 말을 할 필요도 없었고 일도 하지 않았습니다. 새를 잡고 물고기를 먹으며 풀과 나무를 두른 채 심산유곡을 뛰어다니며 살았습니다.

마을 사람들은 무서웠습니다.

산에서 지내는 사람들도 물론 두려웠습니다.

사람들은 모두…… 산을 경외했던 것입니다.

산은 사람들에게 갖가지 은혜를 베풀어주었습니다.

하지만 동시에 산은 사람을 죽이기도 했습니다.

산은 또 꺼림칙한 장소가 될 수도 있었습니다.

산은 현세와 내세가 바뀌는 경계에 있는 저세상이기도 했습니다.

산사내 또한 마물 중 하나임이 분명했습니다.

사람들은 산사내를 저어했습니다.

생활을 위협하는 **짐승**으로서.

그렇습니다. 산사내는 짐승이기도 했습니다.

말도 하지 않고 글자도 쓰지 않는 모양새를 보면 역시 인간이 아닙니다.

벌거숭이에 털북숭이, 힘세고 발 빠르며 하늘을 찌를 정도로 커다란 사내.

그 생김새도 흡사 짐승 같았습니다.

사람들은 야만스러운 짐승이라며 산사내를 겁냈습니다.

한데.

어느 날 산사내는 생각했습니다.

나는 짐승이었을까, 하고.

아닌 것 같다는 생각이 들었습니다.

나는 그저 사람을 공격해서 잡아먹는 짐승이 아니라 사람들이 우러러 받들고 감사하는 신이기도 했을 텐데, 하고요. 그렇게 생각하니 산사내는 어쩐지 슬퍼졌습니다. 쓸쓸해졌습니다.

그 순간.

옷 한 벌 몸에 걸치지 않고 산골짜기를 뛰어다니는 스스로가 무척 천한 존재처럼 여겨졌습니다.

그렇게 생각하니 추운 느낌도 듭니다.

산사내는 의복을 만들었습니다.

말도 전부 배웠습니다.

그리고 사람들 앞에 나서기로 했습니다.

하지만. 그러자.

정신을 차려보니…….

산사내는 더는 산이 아니었습니다.

산사내는 그냥 사람이 되어 있었습니다.

산사내는…….

이윽고 죽어버렸습니다.

2

소슈(相州)* 하코네에 산사내라 불리는 자가 있다. 벗은 몸에 나뭇잎과 나무줄기를 옷처럼 두르고 깊은 산속에 살며 황어를 잡는 일을 한다. 장이 서는 날을 알아서 마을 사람들에게 가져가 쌀로 바꾼다. 사람들은 익숙해서 이상하게 여기지 않는다. 교역 말고는 말을 많이 하지 않는다. 볼일이 끝나면 떠난다. 발자국을 보고 따라가는 사람도 있지만, 길도 없는 절벽을 새가 날아가듯 사라지기 때문에 끝내 사는 곳을 알 수 없다고 한다. 오다와라 성주도 사람들에게 해를 끼치지 않으니 절대 조총 따위로 쏘지 말라고 명했기 때문에 구태여 산사내를 놀래는 사람도 없었다 한다…….

쓰무라 소안(津村淙庵)이 쓴 《단카이(譚海)》라는 책의 한 구절이라고 사사무라 요지로가 설명했다.

"그 쓰무라 소안은 또 누군가?"

---

* 지금의 가나가와 현 대부분에 해당하는 옛 지명.

이렇게 물은 사람은 구라타 쇼마이다.

"유명한 분이신가, 그 사람이? 나는 도통 모르겠는데. 그럴싸하게 이름을 말해봤자 들어본 적이 없으니 대단하게 들리지도 않네. 내가 무지해서 그런가? 어때, 거기 일등 순사 양반이라면 당연히 아시겠지?"

"알고말고."

갑작스러운 질문에도 야하기 겐노신 일등 순사는 전혀 동요하지 않았다.

도쿄 경시청에서 고서적에 정통하기로는 제일이라는 평판이 있는 사내답다.

"쓰무라 소안은 가인이네. 교토 사람이고 덴마초에 살면서 사타케 영주에게 납품하는 어용상인이기도 했던 사람이지."

"사타케 영주라고 하면 아키타 번이겠군."

이렇게 말한 사람은 수염이 숭숭한 시부야 소베이다.

메이지(명치) 유신 이래 세상은 점점 더 서양풍으로 바뀌고 있는데 소베 혼자만 시류를 거스르며 더더욱 투박한 무사의 풍모를 보인다.

"하지만 나는 모르겠는데. 가인이라면 《단카이》라는 책에 시가가 실려 있나? 아무래도 시가로는 들리지 않는데."

"이건 시가집이 아니네."

요지로가 설명했다.

"당시의 이문풍설(異聞風說), 풍속전문(風俗傳聞)을 모은 책이야. 견문 수필이라는 놈이지."

"요컨대 잡담이로군."

쇼마가 악평을 했다.

이자는 소베와는 대조적으로 스스로가 일본인이라는 사실을 나날이 잊어가는 듯하다. 하지만 아무리 서양 물이 들어봤자 육체는 영락없는 일본 민족이다. 키가 커지지도 않거니와 콧대가 높아지지도 않는다.

"당시라는 건 언제를 말하나?"

"안영(安永)*에서 관정(寬政)** 때 아닐까. 이 기록이 실려 있는 8권은 아마 천명(天明)*** 시절 이야기일 걸세."

"백 년 가까이 되었잖나. 요전번보다는 낫지만 말일세. 자네들은 어찌 그리 오래된 이야기만 끄집어내는가? 자른 상투를 애지중지 품 안에 간직하는 부류인가 보군."

쇼마가 말했다.

"온고지신이라는 말도 모르나?"

웬일로 소베가 편을 든다.

보통 요지로와 겐노신, 소베와 쇼마가 짝을 지어 대립하는 경우가 많다. 허나 괴이한 일을 둘러싼 견해에서나 그럴 뿐, 평소에 소베와 쇼마는 관군과 막부군 같아서 만나기만 하면 다툰다.

"자네는 무슨 말만 나오면 양학을 과시하며 문명이니 개화이니 큰소리치지만, 겉으로만 이국의 형상을 해봤자 별 수 없지 않나. 그래가지고 뭘 알겠나? 나는 애초에 그런 요괴 이야기 같은 건 늘을 생각

---

   * 일본의 연호로 1772년 – 1781년.
  ** 일본의 연호로 1789년 – 1801년.
 *** 일본의 연호로 안영과 관정 사이.

도 없거니와 괴력난신을 이야기하는 데도 찬성하지 않네만, 무슨 말만 나오면 우리나라를 업신여기는 자네의 태도는 일일이 참고 봐주지 못하겠네."

"딱히 양학을 과시한 건 아닐세. 그저 오래되었다는 말이지. 아니, 오래되었으니까 나쁘다는 이야기도 아니야. 허나 매번 하는 말이네만 뭐든지 그렇게 말라비틀어진 진묘한 것만 끌어와서 방증으로 삼을 생각이냐고 묻는 걸세. 겐노신이 가지고 오는 사건은 요즘 이야기 아닌가."

"물론 요즘 이야기이지. 나는 학자가 아니라 순사니까."

겐노신이 말했다.

"요즘은 수수께끼 순사님이라 불리고 있다 하더니. 소원을 이루어 참 잘되었네."

소베가 이렇게 말하고 껄껄 웃었지만 겐노신은 실로 불쾌한 얼굴이었다.

겐노신이 해결한 료고쿠 불덩이 소동과 이케부쿠로무라 뱀 분묘 소동이 〈도쿄 일일신문〉이니 〈도쿄 삽화신문〉에 연이어 소개된 덕분에 일등 순사 야하기 겐노신은 완전히 요괴 전문 관헌처럼 여겨지고 있었다.

"그렇게 수염을 어루만지며 위엄 있는 척해봤자 소용없네. 뭐, 봉행소에서도 일이 등을 다투던 겁쟁이가 요괴 퇴치 전문가씩이나 되었으니 엄청난 출세 아닌가. 경사 났지, 경사 났어."

"적당히 좀 하게. 친구를 조롱하는 것이 그렇게 재미있나, 소베? 그게 자네가 말하는 무사인가?"

요지로가 소베를 제지했다.

"아니, 아니, 나는 진심으로 칭찬하는 걸세. 그렇게 나쁘게 받아들일 건 없어. 진심으로 화내지는 말게나. 뭐, 그런 이야기이라면 나도 들은 적은 있어. 내 이야기할 테니 용서하게. 산사람 이야기 아닌가."

소베가 쓴웃음을 지었다.

"맞네. 산사내 이야기야."

여기서 소베는 헛기침을 했다.

"내 도장에 다니고 있는 사내 중에 옛날 다카다 번 무사였던 이가 있네. 다카다 번이니까 에치고(越後)* 쪽이지. 그 부근은 산이 깊고 눈이 많이 내리는 곳이야. 구로히메와 묘코 같은 험준한 산이 있지 않나."

요지로에게는 산이 있다기보다 산속에 있다는 인상밖에 없다.

"겨울이 되기라도 하면 추위도 극심한 모양이야. 장작도 많이 필요하다더군. 산을 헤치고 들어가서 땔나무를 구해 오는 것이 중요한 임무인 셈이지. 하지만 에치고 근방에는 산에 들어가서 괴이한 존재를 만나더라도 마을에서는 절대 말하면 안 된다는 법도가 있네."

"허어."

요지로가 몸을 앞으로 내밀었다.

소베가 이런 종류의 이야기를 하는 경우는 드물다. 아니, 소베가 아니더라도 요즘 이런 이야기를 하는 사람은 별로 없다. 누구나가 새로운 것이나 앞으로의 일을 이야기하고 싶어한다. 쇼마가 아니더라도

---

* 현재의 사도 섬을 제외한 니가타 현을 가리키는 옛 지명.

오래된 것, 지나간 옛날을 이야기하는 경우에는 대개 비판적으로 말하는 것이 유행이다. 입에서 입으로 전해 내려오는 괴담 종류를 즐겁게 이야기해주는 사람은 이제 야겐보리의 은거 영감 즉 잇파쿠 옹 정도이다.

하지만 설사 전해 오는 이야기나 꾸며낸 이야기라 할지라도 누군가의 입으로 직접 들으면 재밌게 느껴진다.

아니, 요지로는 재미있다고 생각한다. 엉터리라 불리든, 미신이라고 배척을 당하든 요지로는 이런 기기묘묘한 항설에 강하게 끌린다.

소베가 헛기침을 했다.

"뭐, 산에서 일어난 괴이한 일을 발설하면 대관절 그 사람에게 어떠한 재앙이 닥치는지는 그 문하생도 모르더군. 어쨌든 헛소리에 벌벌 떠는 건 어리석은 일이지. 나는 그런 미신이나 속신은 안 믿네. 그자 또한 이제 번 무사도 아니고. 나는 그 문하생에게 이런 사실을 깨우쳐주었지."

"그래 이야기를 시킨 건가? 야비한 사내일세. 그런 건 신불을 믿는 마음과 매한가지이지 않나. 경건한 마음을 버리게 하는 것이 무사의 도인가? 그런 무도인지 뭔지가 바로 시대에 뒤떨어지는 게 아닌가."

겐노신이 언짢은 얼굴을 보였다.

"도긴개긴일세."

쇼마가 웃었다.

"뭐가 우습나?"

"신심의 도든, 검의 도든 오십보백보 아니냐는 말이지."

"멍청한 소리 말게. 시대가 바뀌고 막부가 쓰러진들 일본 남아의 기상에 무슨 변화가 있나? 무술을 닦고 도리를 지키며 살아가는 것 어디가 시대에 뒤떨어졌는가? 새 정부는 상스러운 주술이나 미신적인 물건을 사고파는 일은 금했지만 검도 수련까지 금하지는 않았네."

"원수를 갚는 건 사 년 전에 금지되었네. 복수는 사적인 일로 공적인 권리를 침해하는 일이라 해서 보복을 금지하는 법령도 나오지 않았나."

겐노신이 이렇게 말하자 소베가 한층 더 크게 헛기침을 했다.

"이 겁쟁이 순사 놈은 사람을 죽이거나 다치게 하는 것만이 검의 도인 줄 아는가 보군. 어리석은 놈. 검의 수행은 정신의 수양이야. 무도에 뜻을 둔 자는 배짱이 두둑해야만 하네. 무사도는 미신에 벌벌 떨면서 이룰 수 있는 게 아닐세. 알겠나, 나는 억지로 이야기를 시킨 게 아니네. 그 제자가 눈을 뜬 걸세."

"그렇다면 한번 말해보게."

겐노신이 말했다.

"글쎄 한창 나무를 하고 있는데 그 산사내가 나타났다더군."

"실제로 봤다는 말인가?"

"아니, 본인 경험은 아니야. 그래도 기이한 이야기이기는 하네. 내 문하생의 친구라는 자는 봤다기보다 교류가 있었다고 하니 말일세."

"산사내와?"

쇼마조차도 입을 다물었다.

요괴를 봤다느니 홀렸다느니 하는 정도는 곧잘 듣는 이야기이지만 의사소통을 했다니 예사로운 이야기가 아니다.

"산사내와 교류가 있었나?"

"글쎄, 뭐라고 부르는지는 모르네. 여섯 자는 될 만큼 큰 사내로 피부색이 검고 머리털은 붉은 데다 허리에는 나뭇잎을 두르고 있었다고 해. 그놈이 몸을 녹이러 왔다고 하네."

"사람 말을 알아듣는가?"

"일단 말이 통하기는 했다는데 말을 할 수는 없었던 모양이야. 그저 마소가 우는 듯한 목소리를 낼 뿐이었다고 하네. 해를 가하거나 하지는 않았다지. 산속 오두막에서 불을 때고 있으면 그놈이 번번이 찾아온다고 그 친구가 말했다더군. 몸을 녹이러 온 걸 보면 추웠을 테고 초목으로 허리를 덮는 건 수치심이 있어서일 테니 벌거벗고 있는 건 좀 그렇지 않은가. 그래서 짐승 가죽이라도 몸에 걸치면 좋지 않겠나 하고……."

"허어. 그렇게 기이한 이야기는 나도 들어본 적이 없네. 그자는 산의 요괴와 말을 나누었다는 말인가?"

겐노신이 목소리를 높였다.

"나눈 건 아니겠지. 하지만 마음은 통했던 모양이야. 그…… 산사내라 했나, 이렇게 깨우쳐준 다음 날 밤에 그놈이 영양을 두 마리 사냥해왔다는군. 가죽을 벗겨주었더니 아주 기뻐했다 하네. 그 뒤로 산사내는 등나무 덩굴로 재주 좋게 옷을 만들어 입었다고 하고, 감사의 표시인지 곰이니 토끼를 사냥해왔다지. 기특하게 여긴 그 친구가 벗긴 가죽이 줄어들지 않게 하는 방법을 가르쳐주고 나무꾼이 쓰는 칼까지 주었다 하네. 뭐, 이런 이야기일세."

"허어."

겐노신은 더더욱 감탄한 듯했다.

"그건 대단한 이야기이네만, 그 산사내는 인간인가?"

일등 순사가 진지한 얼굴로 물었다.

"인간……은 아니겠지."

"사람 말을 알아듣고 사람의 형상을 하고 있으면 사람 아닌가?"

"금수와 가축도 사람과 오래 접하다 보면 사람 말을 알아듣지 않나. 개도 이름을 부르면 꼬리를 흔들며 다가온다네. 드문 이야기는 아닐세. 내 생각건대 그놈은 비비나 원숭이 종류가 아닐지."

"여섯 자나 되는 원숭이가 있는가?"

그러면서 겐노신이 몸을 뒤로 젖혔다.

"있고말고."

이렇게 말한 사람은 쇼마였다.

"동남아에는 소만 한 원숭이가 있어. 원숭이는 종류가 많네. 자네들도 잘 아는《와칸산사이즈에(和漢三才圖會)》* 같은 책에도 꽤 등장하지 않나. 안 그런가, 요지로?"

확실히 원숭이는 종류가 많다.

"요전에 뭘 조사할 때 읽었는데 잘 기억은 나지 않네. 하지만 긴팔원숭이니 성성이니, 동남아에는 괴상한 원숭이가 많이 있다는 건 알아."

"있다네. 양행을 갔을 때 본 박물지 같은 데는 그야말로 기괴한 원숭이 그림이 실려 있었지. 우리나라는 좁아. 좁은 데도 뒤처져 있어, 아직 발견되지 않은 미지의 짐승이 산속에 있다 한들 이상할 것도 없

---

* 그림이 들어간 일종의 백과사전.

네."

쇼마가 말했다.

"산사내가…… 짐승이라는 말인가?"

겐노신이 미간을 찌푸렸다.

"뭐든지 다 원숭이라는 말은 아니네. 하지만 원숭이라는 놈은 짐승 중에서도 고등한 부류야. 원숭이는 사람보다 털이 세 가닥 모자라니 어쩌니 하는 농담도 있네만, 뒤집어보면 그만큼 똑똑하다는 뜻이기도 하겠지. 원숭이 흉내라는 말이 있듯, 사람 동작을 흉내 내기도 하네. 큰 원숭이 전설 같은 건 지천에 깔렸지 않나. 이와미 주타로(岩見重太郎)*가 퇴치한 비비만 해도 원숭이 아닌가. 요지로에게 물어보게."

이런 항설, 그러니까 어리석고 시시한 이야기가 나오면 쇼마는 곧장 요지로에게 넘기곤 했다. 겐노신은 요지로의 얼굴을 보며 어쩌 의기소침한 듯 한숨을 쉬었다.

"그 에치고 사례도 원숭이라는 건가? 산사내라는 건 역시 원숭이일까?"

"잠깐, 잠깐. 원숭이라면 털이 있을 게 아닌가?"

소베가 끼어들었다.

"털이 있다는 건 무슨 뜻인가? 아무도 대머리라고 하지는 않았네."

"그게 아닐세. 생각 좀 해보게. 벌거벗은 원숭이가 있는가? 짐승은 체모로 덮여 있네. 털이 있기 때문에 털 짐승이라고 하는 걸세. 게다가 설사 털이 없는 원숭이가 있다고 해도 마찬가지야. 사람 말을 알아

---

* 도요토미 히데요시 시절에 활동했다는 전설적인 호걸.

들고 의복을 몸에 걸치겠는가? 축생은 축생이야. 암만 지혜가 있어봤자 그러지는 않네. 보고 따라할 수는 있겠지만 깨우쳐준다고 듣는 짐승이 어디 있나. 웃기는 소리일세."

"그러면 뭔가? 원숭이도 아니고 사람도 아니면 역시 산의 요괴, 괴물이라는 이야기가 되네. 소베, 자네는 요괴는 없다는 입장 아니었나?"

겐노신이 되물었다.

"요괴 따위가 있을 리 있나."

"그러면 뭐라는 말인가? 내가 알고 싶은 건 바로 그 점이네. 산사내는 사람인가, 동물인가, 요괴인가? 자네들은 끼어들어서 농만 던지지 해답은 하나도 내놓지 않아. 사람이냐고 물으면 짐승이라고 하고, 짐승이냐고 하면 아니라고 하네. 그럼 요괴냐고 하면 그런 건 또 없다고 해. 결론 없이 제자리에서 빙글빙글 돌기만 할 뿐이야."

"아무래도 좋은 일이니 그렇지. 산사내인지 바다사내인지 모르겠지만 뭐가 되었든 상관없지 않나."

쇼마가 될 대로 되라는 투로 말했다.

"상관이 있네. 잘 듣게. 짐승이라면 쏴 죽일 수도 있겠지. 하지만 사람이라면 간단히 죽일 수 없을 걸세. 반대로 법으로 심판할 수는 있겠지. 요괴라면……."

"무서워서 못 배기겠는가?"

소베가 또다시 크게 웃었다.

겐노신이 반쯤 몸을 일으켰다.

"네 이놈, 아무리 벗이라도 해도 될 말과 안 될 말이 있네. 관헌을 모욕하면 어떻게 되는지 뼈저리게 느끼게 해주지."

"진정하게, 겐노신. 산사내 따위로 다퉈봤자 소용없지 않은가. 소베도 그렇게 놀리지 말라고 하지 않았나. 어른스럽지 못한 것도 정도가 있네. 쇼마도 쇼마일세. 무슨 말인지 모르지는 않겠네만 그렇게까지 말하겠다면 그 수입 지식인지 뭔지로 겐노신의 의문에 답해주면 어떤가? 설사 아무래도 좋은 일이라 한들 그 정도 지식이 있다면 대답 못 할 것은 없지 않나?"

요지로가 말렸다.

"오늘 요지로는 기운이 넘치는구면. 내 대답은 간단해. 동서고금 따질 것 없이 요괴같이 수상쩍은 놈은 존재한 적이 없네. 그건 자네들도 잘 알지 않나? 여기에 관해서는 거기 무사님 말씀이 맞네. 옛 막부 시대라 한들 그런 걸 믿는 사람은 철없는 아이들뿐이었을 걸세. 아닌가, 소베?"

쇼마의 말에 소베가 고개를 끄덕였다.

"요괴니 뭐니 하는 건 자고로 아녀자들 장난감이라고 정해져 있네. 서양 학문을 끌어댈 필요도 없어. 예로부터 분별 있는 사람은 요괴 따위 일절 안 믿네."

"그러면 산사람이라는 건……?"

"원숭이 같은 짐승이거나 아니면 사람이지. 당연히 둘 중 하나 아니겠나. 애초에 이 동네 저 동네에서 이야기하는 산사내가 전부 똑같다는 법도 없네. 산의 요괴이고 괴물이고 얼토당토않은 소리를 꺼내니까 복잡해지는 걸세. 미지의 원숭이니 인간이니 이런 것들을 혼동하는 걸 무지라고 부르네. 시부야 말마따나 체모도 없고, 사람 말을 자세히 알아듣는다면 그건 사람이야."

"사람……일까?"

"무얼 의심하는가, 사람이겠지. 이보게, 겐노신. 그리고 요지로. 자네들은 이 좁은 섬나라 안에 줄곧 틀어박혀 있어서 잘 모르겠지만 세계는 넓다네. 그 넓은 세계의 나라들은 맞닿아 있어. 한 나라 옆에는 다른 나라가 있네."

쇼마가 이해가 안 된다는 듯 얼굴에 인상을 쓰며 말했다.

"그건 이 나라도 마찬가지야. 지방과 번도 서로 이웃해 있네."

겐노신이 대꾸했다.

"등신 같으니. 기슈든 게이슈든 사는 사람은 매한가지 아닌가? 분간이 되는가? 그런 말이 아닐세. 세계에는 다양한 종족과 민족이 있어. 큰바다 건너편에 있는 나라들은 이민족에 둘러싸여서 살아가고 있다네."

"남만, 동이, 북적, 서융이라는 말이군. 사방을 에워싼 야만족이라는 거 아닌가."

겐노신이 신묘하게 말했다.

"그건 중국 이야기이고."

쇼마가 대답했다.

"그야말로 사면초가로구먼, 겐노신."

소베가 농으로 받아쳤다.

"이보게. 요지로가 이야기하라고 하기에 모처럼 이렇게 열변을 토하고 있는데 그리 훼방 놓지 말게나. 사면초가이고 오월동주이고 없네. 당이니 청이니 하는 것도 일본에서 말하는 지방이나 매한가지 아닌가? 나는 한참 다른 이야기를 하고 있어. 예컨대…… 말도 통하지 않고 얼굴 생김새와 피부색도 다른, 완전한 이민족이 넓은 세계에는 잔뜩 있네. 그리고 그들 중에는 나라가 없는 놈들도 있다네."

"나라가 없다니 어찌된 일인가?"

겐노신이 묻자 쇼마가 대답했다.

"말 그대로일세. 한곳에 정주하지 않고 방황하는 이들도 있어. 다른 민족과 싸우다 져서 고향 땅에서 쫓겨난 이들도 있지. 땅이 없으면 나라를 만들 수 없고, 수가 적어도 나라를 못 만들지 않겠나? 개중에는 고향에서 쫓겨나 산속 깊숙이 들어가서 사는 자도 있다네."

"산……에서 말인가?"

"산에서 말이네."

"패주 무사가 산에 자리 잡고 사는 그런 건가?"

"더 심각하겠지. 그래, 이양선이 산더미처럼 몰려오더니 몇 만, 몇 십만 되는 이인들이 상륙해서 이 나라를 점령했다고 생각해보게. 대다수는 죽임을 당하고 살아남은 한 줌의 사람들만 어디 산속에 숨어서 사는 그런 걸세."

"그런 일은 내가 용서치 않아."

소베가 격분했다.

"멍청한 놈, 예를 들었을 뿐이야. 뭐, 다른 데서 온 놈들이 침식해 들어오는 바람에 서서히 산악부로 이주하는 경우도 있겠지. 이국에는 높은 산이 많네. 구로히메니 묘코니, 후지니 아사마니, 이런 낮은 산이 아닐세."

"여, 영봉 후지를 무시하지 말게."

소베가 분개했다.

"아직도 화를 내는가? 무시할 생각은 없네만 낮은 건 낮은 것이니 달리 말할 도리가 없지 않나. 저쪽에는 후지를 두 개, 세 개, 아니 열 개쯤 포개놓은 듯 올려다보기만 해도 목이 아플 만큼 높은 산이 있다네."

"보고 온 사람마냥 거짓말을 한다더니 딱 그 짝이로군. 이런 허풍선이 같으니."

소베가 부루퉁하게 말했다.

하지만 요지로는 쇼마가 하는 엉터리 같은 이야기에 적잖이 마음이 움직였다. 정상이 희미해 보일 정도로 높은 산을 그려보았다.

"허풍이 아닐세. 바다 건너편에서는 당연한 이야기야. 그곳에는 그렇게 높은 산에서 사는 일족까지 있다네."

"그래서 뭐가 어쨌다는 말인가? 빙빙 돌리지 말고. 확실히 이야기하게나."

소베가 안달이 나서 말했다.

"자네들이 끼어드니까 이야기가 앞으로 나아가지를 않는 걸세. 알겠나, 말도 통하지 않고 습속도 다르며 겉보기도 다른 자들이 침공해들어와서 그 땅에 원래부터 살던 사람들을 위협했다고 가정해보게. 선주민들은 평지에서 쫓겨나 산속으로 들어갔다, 이렇게 생각해보라고."

"생각해봤네만 뭔가? 여보게, 쇼마. 자네는 그 패주 무사 같은 자들이 원한을 품고 산속의 요괴로 둔갑했다는 말이라도 할 셈인가? 이보게나, 그것 참 굉장한 양학이로구먼. 배꼽이 다 웃겠어."

"바보 같은 소리. 누가 그런 유치한 말을 하겠나. 자네랑 똑같이 취급 말게. 시대에 뒤처진 겁쟁이와는 다르네. 이보게, 소베. 여기까지는 아무것도 아니네. 그 뒤가 중요해. 침공해 들어온 놈들은 그 뒤에 어떻게 하겠나? 선주민을 쫓아내고 평정하고 나면 그 땅에 나라를 세우는 경우가 보통이겠지?"

"뭐, 그렇겠지."

"그 나라가 다른 나라의 공격을 받고 멸망했다고 해보세."

"멸망시킨 건 산으로 달아난 자들이 아니라는 말인가?"

요지로가 묻자 쇼마는 그렇다고 대답했다.

"그 땅에는 또 다른 자들이 다른 나라를 세우겠지. 그런데 말이네. 그놈들은 전에 있던 나라 사람들이 멸망시킨 선주민이 산속에 이주해서 살고 있다는 건 전혀 모르네. 그런데 그놈들이 산에 올라갔다가 산에 사는 민족과 만나면 어떻게 되겠나?"

쇼마가 말했다.

"어떻게 되겠냐니."

"그러니까 어떻게 생각하겠느냐는 말일세."

"놀라겠지. 그 산은 자기들 영지라고 생각하고 있었을 테니 거기에 전혀 본 적도 없는 놈들이 있으면 분명 놀라겠지."

겐노신이 말했다.

"산에 사는 민족은 어떻게 하겠나?"

"그야……."

"달아나겠지. 모습을 감출 걸세. 아닌가?"

그야 그럴 거라고 요지로도 생각했다.

말도 통하지 않고 습속도 다르다면 만나자마자 의사소통을 꾀하지도 못할 것이다. 상대방에게 적의가 있는지 없는지도 확인할 수 없다.

　그렇다면.

　역시 몸을 숨기는 것이 보통이리라.

　"몇 번 그런 일이 있었다고 해보세. 그러다 보면 아래쪽 나라 사람들은 그래도 산에 들어가기 시작하겠지. 어쨌든 그 산은 자기들 영토니까. 나무도 베고 오두막도 짓겠지. 그리 되면 산에 있는 민족은 또 다른 장소로 옮기거나 눈에 띄지 않게 더 산꼭대기 근처로 달아나거나 아니면 구덩이라도 파고 숨어서 살 수밖에 없겠지. 즉 두 문화는 결코 교류할 일이 없다네. 그게 요괴가 되는 걸세."

　쇼마의 말에 소베가 고개를 갸웃했다.

　"모르겠군. 요지로, 자네 알겠는가?"

　"모를 건 없네. 잘 설명하지는 못하겠네만 요컨대 문화의 차이, 환경의 차이가 서로에게 환영을 보여주는 것이겠지. 인간과 인간이 만나고 있는데도 거기서 사람이라는 부분만이 쑥 빠져서……. 그렇지, 이런 곳에 사람이 있을 리 없어, 있어서는 **안 돼**, 이렇게 되는 것 아닌가? 그래서 만났다는 사실 자체가 괴이한 일이 되어버린다고 할까……."

　요지로가 대답했다.

　"뭐, 그런 이야기일세. 요지로도 이제 제법 말이 통하는군. 중국 같은 곳은 그야말로 광대하니까 나라와 부족이 몇 개씩 있네. 이런 이야기는 지천에 깔렸어. 소수민족은 박해와 차별을 받고 쫓겨나거나 아니면 동화되어서 사라지네. 이윽고 요괴 이야기만 남게 되지."

　쇼마가 말했다.

"이보게. 지당하신 말씀이라고 말하고 싶네만 나는 그런 이국의 소수민족 이야기를 하는 게 아닐세. 자네가 말하는 섬나라 이야기를 하고 있어. 쇼마, 애초에 자네가 아까 말하지 않았나? 우리나라는 변경의 작은 섬나라 아닌가? 이 섬에 사는 건 일본 민족뿐 아니었나?"

겐노신이 끼어들었다.

"그렇지가 **않다**는 말일세."

쇼마가 웬일로 앉음새를 가다듬었다. 평소에는 양장이라는 핑계로 영 자세가 칠칠치 못한 사내인데 말이다.

"그 섬나라 근성이 잘못되었다는 말이네. 쇄국 시대도 아니니 앞으로는 이 나라도 바깥으로 눈을 돌리고 안으로 비추어 생각해야만 할걸세. 확실히 이 나라는 하나의 민족으로 이루어져 있는 것처럼 여겨지지만 그건 표면적인 이야기 아닌가. 내 말이 틀렸나?"

"그 일과 이 일이 무슨 관계가 있는가?"

"선주민인지 아닌지는 모르지만 이 나라에도 복종하지 않는 민족은 있었지 않나. 정사에 얽매이지 않고 다른 신을 모시며 다른 풍속으로 살아가는 자들이 이 섬에도 살고 있지 않았냐는 말일세."

"태곳적 일이야. 쓰치구모(土蜘蛛)*나 에미시(蝦夷)**, 구마소(熊襲)*** 이야기를 하는 거라면 그건 옛날 옛적 신화시대 일이야. 몇 백 년이나 지났는지 모르네."

겐노신이 말했다.

---

* 고대 일본에서 야마토 조정을 따르지 않은 이들의 멸칭.
** 고대 일본의 간토, 도호쿠, 홋카이도 등에 거주하던 사람들로 이민족으로 여겨졌다.
*** 규슈 남부에서 세력을 떨치던 종족으로 야마토 조정에 저항했다.

"에조의 땅(蝦夷地)*에는 지금도 그 땅 선주민들이 있다지 않나. 그 자들은 다른 말을 쓴다고 들었네. 류큐 왕국 사람들도 말과 습관이 달라. 다른 문화를 가진 민족이 산속에 남아서 살고 있다 한들 하나도 이상하지 않네."

"하나도 이상하지…… 않은가?"

요지로는 어쩐지 재미가 없었다.

원숭이 아니면 인간. 그야 그렇겠지만.

"원숭이라면 어찌할 도리가 없네. 하지만 사람이라면 좀 생각을 해봐야 하겠지. 문명개화된 세상이야. 사농공상의 구별도 없다네."

"귀족, 무사, 평민의 구별은 있어."

"무사는 칼을 버렸고 평민도 성씨를 얻는 것이 허용되었네. 평민도 말을 탈 수 있게 되지 않았나. 하지만 그 산사내는……. 만일 인간이라면 호적도 없고 집과 옷도 없다는 뜻일세."

"보호를 하라는 말인가?"

"보호라고 해야 할지……. 말도 못하고 벌거숭이로 살아가는 비문화적인 자가 있어서야 되겠는가, 이 말이네. 일본은 문명국이 될 거야. 그자가 사람이라면 이 섬에 사는 이상 이 나라 국민이네. 사람으로서 교육을 받게 하고 문명국 사람으로 생활하게 해주는 것이 국가의 의무 아닌가. 그자 또한 개화국의 일원으로 일하는 것이 의무 아니겠나."

"음."

---

* 야마토 조정의 지배를 거부한 에미시가 거주한 지역으로, 나중에는 주로 아이누가 거주하는 홋카이도 등지를 가리키는 말로 쓰였다.

겐노신이 팔짱을 끼고 입을 다물었다.

"겐노신, 자네 혹여 어디서 산사내를 잡으라는 부탁이라도 받은 건가? 그래서 고민하는 게지? 짐승이라면 쏴 죽여도 되겠지만 사람은 그렇게는 못하지. 그리고 요괴라면 잡기는커녕 손도 못 댈 텐데…….이렇게 생각하지 않았나? 아닌가?"

쇼마가 추궁했다.

"아니, 그렇게 단순한 이야기가 아닐세."

겐노신이 괴로운 듯 미간을 찌푸리고 수염을 쓰다듬더니 고개를 숙였다.

"실은 말이네. 산사내의 아이를 낳았다는 여자가 있어."

"아이?"

소베가 큰소리로 말했다.

"이보게나 순사 양반. 자네를 나쁘게 말하면 요지로 놈이 화를 내니까 이런 말은 별로 하고 싶지 않네만, 그런 엉터리 이야기를 곧이듣고 그 문제로 고민하고 있었단 말인가?"

"자네는 엉터리라 하네만…….."

"엉터리 아닌가? 산사내가 원숭이라면 아무리 몸을 섞은들 피가 섞이는 일은 없을 걸세. 인간과 짐승이 아이를 만들다니 우스꽝스럽기 짝이 없어. 생각할 필요도 없이 그건 사람 아닌가."

"사람……이라고는 생각할 수 없네."

"생각할 수 없다? 지금 거기 서양 물 든 도련님이 장황하게 설명하지 않았나? 어떤 생활을 하건 사람은 사람, 짐승은 짐승이야. 짐승과 사람은 아이를 못 만드네."

"요괴라면 어떤가?"

겐노신이 말했다.

"요, 요괴 따위는 없다고 몇 번 말해야 알겠나?"

"아니, 기다려보게. 나도 알아. 확실히 자네들 말은 지당하네. 요괴 따위는 없을 테고, 반대로 미지의 원숭이나 산에 살면서 다른 문화를 가진 인간은 있을지 모르지. 하지만 몸길이가 여섯 자가 넘고 온몸이 털투성이에 사람 말을 알아듣기는 하지만 말을 하지는 못하며 멧돼지를 맨손으로 찢어 발겨서 날것으로 먹는 존재는…… 대체 어느 쪽인가? 짐승인가, 사람인가? 이걸 요괴라 부르는 건 잘못인가?"

좌중은 잠잠해졌다.

3

사건이 일어난 곳은 무사시노의 시골 마을이라고 한다.

이 마을 부농의 외동딸이 실종된 것이 발단이었다.

실종된 사람은 노가타 마을에 사는 가모 모스케의 장녀 이네였다. 이네가 사라진 것은 삼 년 전인 명치(明治) 6년* 겨울이었다고 한다.

가모 모스케라는 인물은 노가타에서도 가장 부유한 농민으로 쌀, 보리, 무 외에도 고구마와 감자 등을 광범위하게 경작하는데 이를 에도 시내에 출하해 큰돈을 벌었던 모양이다.

원래부터 광대한 토지를 소유한 부농이기도 했지만, 유신을 계기로 농업 말고도 그 지방에서 성행하던 메밀 제분업에 손을 대는 등 꽤 활발히 일하여 재산을 모은 걸출한 인물이라고 한다.

모스케의 성공 비결은 사람을 쓸 줄 안다는 것이었다.

넓은 토지를 가지고 있은들 그저 묵묵히 벼농사만 짓고 있어서야

---

* 1873년.

아무 쓸모도 없다.

토지를 효과적으로 활용하기 위해서는 기술과 사람이 필요하다. 모스케는 신분을 차별하지 않고 인재를 모아 적재적소에 등용했다.

모스케는 상인, 장색뿐 아니라 그보다 더 신분이 낮은 이들까지 위아래 구별 없이 고용하여 평등하게 대했으며 그들이 제 특성을 발휘할 수 있게끔 배려했다.

사민이 동등한 권리를 가지는 세상에 부합하는 새로운 방식이었으리라.

돈 계산은 상인이 잘하고, 물건 만들기는 장색이, 논밭을 가는 일은 농민이 잘하며, 그 외의 일은 신분이 미천한 사람이라도 충분히 해낼 수 있다고 생각해서였다.

모스케는 인품이 뛰어나고 사람도 잘 돌보아서 피고용인에게나 거래처에서 무척 존경을 받았다고 한다. 장사도 궤도에 올랐고, 모든 일이 순조롭게 흘러가고 있었던 모양이다.

하기야 모스케의 방식을 탐탁찮게 여기는 이들도 많았다.

시기와 질투도 있었을 테고, 지역 사람을 우선 고용하지 않는 모스케의 경영 방식에 대한 반감도 있었을지 모른다.

신분과 태생에 대한 뿌리 깊은 차별도 있었을 것이다.

특히 천민 신분이나 한곳에 정주하지 않는 유랑민을 오두막에 기거하게 하며 일을 주는 데에는 심한 반발이 있었던 듯하다. 말로는 영수와 하인의 차별이 없는 세상이 되었다고 하지만, 아직 세상은 막부 시대와 잇닿아 있었다. 상인이나 장색을 고용하면 또 모를까, 그때까지는 호적도 없던 이들을 쓰다니 어찌된 일이냐는 것이다. 항의가 들어오지는 않았지만 세간의 분위기는 명백히 반발 쪽이었다.

어떤 의미에서는 당연한 반발이기도 했을 것이다. 유신이 있고 거의 십 년이 지난 지금도 이러한 편견은 좀처럼 사라지지 않고 있으니 말이다.

명치 4년 8월, 정부는 다음과 같은 법령을 선포했다.

에타(穢多)*, 비인(非人)** 등의 명칭은 폐지되니 금후 신분과 직업 모두 평민과 동일한 것으로 한다.

조문은 다음과 같다.

에타, 비인이라는 명칭은 폐지되므로 일반 평민에 편입시켜 신분과 직업 모두 동일한 것으로 취급한다. 또한 토지세 그 외를 면제하는 관례도 있으니 고칠 부분을 조사하여 대장성(大藏省)*** 에 품의한다.

이리하여 그때까지는 사농공상의 바깥에 놓여 멸시받던 천민 신분의 사람들이 농민이나 상인, 장색과 마찬가지로 당당한 평민이 되었다. 어디에 살든, 어떤 직업을 갖든, 누구와 부부가 되든 상관없다고

---

* 천민 계급. 본디 일본 불교에서 업을 많이 지는 직업에 종사하는 이들을 가리키는 말로 주로 피혁 가공일이나 도축업 등에 종사했다.
** 천민 계급. 죄를 저지르는 등의 연유로 본래의 신분제도에서 이탈한 사람들을 뜻하는 말. 떠돌이 예인이나 형장 잡역부 등의 일에 종사했다.
*** 재정과 통화, 금융에 관한 업무를 담당하던 중앙 관청으로 지금의 재무성.

정부가 말한 것이다.

이 결정을 환영한 사람도 있고, 강경하게 반대한 사람도 있었던 모양이다. 그래도 어찌어찌 새 정부는 농민과 상인, 장색에 이어 피차별 계급 사람들을 해방함으로써 표면적으로나마 신분 차별을 철폐했다.

하지만 이는 역시 원칙적인 이야기였다.

확실히 사민은 평등해졌다. 날 때부터 정해진 사농공상이라는 서열은 사라졌다. 사라졌지만 생활 방식이 바뀌지는 않았기 때문이다.

농민은 쌀을 짓고 장색은 물건을 만들고 상인은 판매를 한다.

그럴 수밖에 없다.

신분은 균일해졌지만 직업을 간단히 바꿀 수는 없는 노릇이었다.

자유니, 개화니, 문명이니 하며 뽐내본들 그때까지의 생활을 버리고서는 생계를 유지할 수 없다. 가난한 사람은 여전히 가난했다.

가난하나마 일이 있는 사람은 그래도 나았다.

유신과 더불어 신분뿐 아니라 직업까지 잃어버린 계층이 있었다.

가장 위에 있던 무사와 가장 아래보다 더 아래에 있던 천민들이다.

무사와 천민은 신분 자체가 직업이었기 때문이다.

하지만 무사 쪽은 그나마 나았다. 더는 지배 계급이 아니었지만 그래도 무사에게는 조금이나마 비축한 재산이 있었다. 읽고 쓸 줄도 알고 집도 있었다. 무엇보다 거들먹거리는 법을 알았다.

반면 싸잡아서 천민이라고 불리던 이들은 그렇지 않았다.

그들에게는 그야말로 아무것도 없었다.

막부 시대는 그래도 어떻게든 살아왔다. 왜냐하면 신분제도에서 제외되어 있었다고는 해도 그들에게는 신분 바깥의 신분이 마련되어 있었기 때문이다. 백정이나 망나니, 사당패 등은 계층 바깥에 있던 계층인 동시에 막부 시대에는 일종의 소임 즉 직업이기도 했다.

유신으로 인해 그 소임은 끝났다.

그 대신 일단 호적이 생겼다.

하지만 재산이나 일거리를 얻은 것은 아니다. 아니, 얻기는커녕 박탈당했다. 그들에게만 주어지던 일을 누구든지 할 수 있게 되었다.

신도와 불교를 구별하여 불교를 배척하는 종교 정책도 이러한 풍조를 부추겼다. 예컨대 산속에서 수행하는 불교 종파의 승려들은 종교인으로서 완전히 숨통이 끊겼다.

거지나 걸승, 걸립꾼들도 지금은 그냥 실업자가 되어버렸다.

게다가.

직업은 없는데 호적은 있다. 호적이 있으면 세금을 내야 한다. 세리는 가난한 사람이든 차별받는 사람이든 상관없이 무자비하게 징수해 간다. 이제 막 생긴 새로운 제도는 많이 일그러져 있었고 여러 가지 결점도 있었다.

이런 사람들의 살림살이는 한층 더 혹독해졌다. 평민이 된 천민 계층은 단숨에 그냥 극빈층이 된 셈이었기에 자유롭게 행동하기는커녕 더 부자유스러운 생활로 내몰렸다. 일부를 제외하면 그들은 하는 수 없이 나쁜 곳에 모일 수밖에 없었고, 원래 살던 장소에서 원래보다 더 혹독한 조건 아래 서로 어깨를 맞대고 살아갈 수밖에 없었다.

모스케는 이런 사람들을 차별하지 않고 고용했다고 한다. 아니, 오히려 적극적으로 들였다고 한다.

먹고살기 힘든 이들을 차마 볼 수 없다는 불심 때문이었는지, 아니면 다른 사람보다 싼 임금으로 쓸 수 있겠다는 타산이 작용했는지, 모스케의 본심은 알 수 없다.

악의를 품고 후자라고 주장하는 사람들이 주위에는 더 많았던 모양이지만 고용된 쪽은 그래도 무척 감사했다고 한다. 비난이 거세기는 했어도 최소한 모스케가 악랄한 장사를 하지는 않은 듯하다.

가모 모스케는 시샘을 받기는 해도 원망을 살 만한 인물은 아니었던 것이다.

겨울.

모스케의 딸이 행방불명되었다.

당시 이네는 열여덟이었다고 한다.

그 무렵 모스케는 농업과 제분업 외에 간장 제조에도 손을 뻗을 계획이었다고 한다.

이미 이웃 나카노 마을에는 간장과 된장 제조에 착수한 사람이 있었다. 그래서 모스케는 지방의 간장 판매업자와 사돈을 맺기로 했다.

딸도 적령기였다.

북쪽 지방에서 우연히 딱 좋은 상대를 발견해 혼담이 착착 진행되었다. 물론 업무 제휴 건도 순조롭게 풀리고 있었다고 한다.

그러던 중에 일어난 일이었다.

그 일이 있기 얼마 전.

모스케 주변에서는 자그마한 소동이 있었다.

제분 일에 고용한 사람들 사이에서 다툼이 생긴 것이다.

모스케는 가문이나 태생과는 관계없이 인품 하나만을 기준으로 사람을 고용하고 성과에 따라 급료를 주었다. 인부 중에는 산골 사람도 있었고 마을 사람도 있었다. 다른 지방 사람도 있었던 모양이다. 그러다 보니 설사 모스케 본인은 차별을 둘 마음이 없어도 피고용인들 사이에서는 이런저런 마찰이 생기게 마련이다.

분쟁의 원인은 확실하지 않다.

심한 말다툼이 계속되다 이윽고 누가 먼저랄 것도 없이 손을 올리는 바람에 싸움이 났다. 이렇게 되자 관계없는 사람도 불필요한 말참견을 하는가 하면, 편드는 사람, 중재하는 사람도 하나둘 늘어 소동으로 번졌다.

마침 긴자 벽돌 거리가 완성되었을 무렵 이야기이다.

소동은 일단 진정되었지만 분쟁의 불씨는 꺼지지 않고 남아 몇 번씩 말썽이 반복되었다. 그럴 때마다 소란은 더 커졌고 근처의 무뢰한들까지 끌어들이는 큰 소동이 되었다.

난처한 사람은 모스케였다.

작업이 중단된다.

근방에서는 불만이 나온다. 누가 체포되는 일이 생기지 않게끔 내밀하게 해결하려고 모스케는 갖은 수단을 다 쓴 모양이지만, 안 되는 일은 안 된다.

결국 경찰이 출동했다.

천민 폐지령에 따른 폭동이나 봉기가 각지에서 일어나던 시절이다보니 경계를 해서일까?

부상자가 다섯 명 나오고 여덟 명이 붙잡혔다.

모스케도 호된 질책을 들었고 벌금도 내야 했다. 더욱이 마을 안에서나 근처 마을에서 거센 항의가 들어왔기 때문에 모스케도 문제를 일으킨 자들을 포함해 새로 평민이 된 이들을 모두 해고하지 않을 수 없었다.

결국 이 소동을 계기로 잘 흘러가던 이네의 혼담도 자취를 감추어 버렸다.

혼인을 맺을 상황이 아니다 보니 정신을 차렸을 때는 이미 소원해져 있었던 걸까?

모스케도 인연이 아니었다고 생각하고 새로운 장사도 일단은 단념했다.

그러자.

딸이 사라져버렸다.

그 무렵에는 손이 부족해진 만큼 일이 바빴기 때문에 이네도 가업을 돕고 있었다고 한다.

그날도 아침부터 정신없이 뛰어다니는 사이 물을 뜨러 간다고 나간 이네가 돌아오지 않았다.

눈치챈 것은 저녁때였다고 한다.

다음 날도, 그다음 날도 이네는 돌아오지 않았다.

강에 빠졌나, 유괴를 당했나, 하고 온 마을에 소란이 벌어진 것은 사흘이 지난 뒤였다고 한다.

지나간 소동은 그렇다 치지만, 모스케는 원래부터 평판이 나쁜 사람이 아니었고, 막부 시대부터 이어진 부농이기도 했다. 딸 이네에 이르러서는 너 나 할 것 없이 참하다고 인정하고 있었기 때문에 온 마을 사람들이 꽹과리를 치며 산을 수색했다고 한다.

혼담이 깨졌음을 슬퍼하며 스스로 목숨을 끊은 게 아니냐고 하는 사람도 많았다고 한다. 만일 그렇다면 소동을 일으킨 주변 사람에게도 부분적인 책임은 있지 않겠는가.

사흘 밤낮을 찾았지만 행방이 묘연했다.

"그런데 갑자기 돌아왔단 말일세."

겐노신이 이렇게 말했다.

"삼 년이나 지나서 말인가?"

되물은 사람은 소베이다.

"삼 년이나 지나서. 이네가 돌아온 건 불과 너댓새 전이야."

"삼 년이라고 하면 짧지 않은 시간 아닌가? 길을 잃었다는 말로는 답이 되지 않을 텐데? 유괴를 당했거나 가출을 해서 다른 데서 살았다고밖에 생각할 수 없네."

"그렇겠지."

겐노신이 대답했다. 미적지근한 태도이다.

"그런가?"

"글쎄. 어쨌든 돌아온 이네는 아기를 안고 있었네."

겐노신은 이렇게 말하며 불만스럽게 수염을 쓰다듬었다.

"누구 아이인가?"

이렇게 물은 사람은 쇼마이다.

"이네의 아이이겠지."

"아니, 아버지 말일세."

"그러니까…… 산사내일세."

겐노신이 반쯤 내뱉듯 대답했다.

"그런 바보 같은."

"바보라 말게. 나도 난처하단 말이네."

"모르겠군. 그 처녀는 삼 년 동안이나 어디서 뭘 하고 있었단 말인가? 말을 못하지는 않을 텐데. 왜 삼 년씩이나 자리를 비웠다 갑자기 돌아왔나?"

정확하게 말하면 이네는 돌아온 것이 아니다.

노가타에서 멀리 떨어진 다카오 산 산기슭 부근에 있는 마을 변두리에서 보호되었다.

이네는 아이를 업고는 길이라고 할 수도 없을 정도로 걷기 힘든 곳을 비틀비틀 걷고 있었다고 한다. 초라하고 지저분한 행색이었단다. 너무나도 위태로운 모습을 수상하게 여긴 동네 사람이 불러 세워 보호한 것이다.

참으로 지독한 꼴이었다고 한다.

속치마 위에는 원래 무슨 색이었는지를 알아볼 수 없을 정도로 물이 빠진 누더기를 입고 덩굴로 옭아맸다. 짚신도 신지 않았다. 보자기 같은 것으로 아기를 업었는데 가진 것은 넝마 조각뿐이었다고 한다. 아기 기저귀로 쓰는 조각인 모양이다.

가을 산은 춥다. 손발이 온통 갈라져 있었단다.

그 여자, 이네는 무엇을 물어도 아무 대답도 하지 않았다.

이름도 주소도, 아무것도 말하지 않았다.

하지만 말을 할 수 없거나 목소리가 나오지 않는 것은 아니었던 모양이다. 그렇다고 실성한 사람처럼 보이지도 않았다고 한다. 아이 하나만큼은 바지런하게 돌보았다. 아이를 어를 때는 목소리를 냈다. 젖도 준다.

다만 며칠 동안 제대로 된 식사를 하지 못했던 것만은 분명했다. 아기가 아무리 달라붙어도 젖이 나오지 않았다고 한다. 애초에 아기라고는 해도 젖먹이는 아니었다. 영양이 부족해서인지 겉보기는 아주 작고 갓난아기 정도의 몸집이기는 했지만 암만 봐도 젖을 먹을 나이가 아니다.

그래도 젖을 빨고 나면 아이는 울음을 그쳤고, 여자도 사람다운 표정이 되었다. 이때를 제외하면 눈의 초점도 맞지 않고 정신이 다른 데가 있는 것 같은 상태였다고 한다. 구해준 사람 말로는 귀신이라도 들린 것 같았단다. 밥을 주면 공손하게 인사를 하고 먹었다고 한다.

이삼 일은 돌봐준 모양이다. 사흘째가 되어서야 겨우 여자가 입을 열었다. 고맙다면서 은혜는 잊지 않겠다고 했다.

하지만 여전히 이름은 말하지 않았고 어디로 가느냐고 물어도 고개만 저을 뿐 끝까지 신원을 밝히려 하지 않았다. 그저 언제까지나 신세를 질 수는 없다는 말만 계속했다.

마을 관리가 나서서 이대로 나가면 자네는 둘째 치고 아기가 죽을 거라고 설득했다.

그제야 여자는 노가타 마을에 사는 가모 모스케의 장녀 이네라고 이름을 밝혔다.

소식을 들은 모스케는 기뻐하기보다 먼저 놀라 황급히 달려갔다. 보니 확실히 딸 이네이다.

이리하여 아버지와 딸은 삼 년 만에 상봉하게 되었으나…….

"손자가 있었다 이건가."

쇼마가 턱을 쓸었다.

"그랬네. 모자가 둘 다 홀쭉하게 여위어서 뼈에 가죽만 남은 형국이 었다지만 말일세. 뭐, 모스케는 여우에라도 홀린 기분이었다더군."

소베가 웃으며 말했다.

"예로 드는 것이 여우인가? 겐노신답구먼. 이번에는 여우가 아니라 산사내인지 뭔지의 이야기 아니었나? 하지만 그 처녀는 대체 뭐라고 변명하던가?"

"변명이라니 무슨 소린가?"

"그 산사내라고 했나. 그자가 도깨비 같은 건지는 모르겠지만 그자 의 첩이라도 되었다고 하던가?"

"첩……이라고 해야 하나."

처음에 이네는 왠지 말을 잘하지 못했던 것 같은데 그 때문인지 말 수가 무척 적었다고 한다. 더욱이 이야기하는 내용이 하나같이 요령 부득이라 모스케는 도통 이해할 수가 없었다.

산에서 살았다는 둥.

산사람과 함께 있었다는 둥.

이런 말만 한다.

그뿐 아니라 들어본 적조차 없는 말이 섞여 있다. 무슨 소리를 하는 지 의미를 알 수 없는 부분도 있었다고 한다.

아이에 대해 물어보자 요타, 요타라고 대답했다.

아이의 이름인 모양이다.

이래서야 끝이 없을 것 같아 모스케는 도와준 마을 사람들에게 크 게 감사 인사를 하고 사례금을 듬뿍 건넨 뒤 이네와 요타를 노가타의 저택으로 데리고 돌아왔다.

그리고.

무리가 되지 않는 선에서 목욕을 시키거나 보양이 될 만한 음식을 먹이면서 띄엄띄엄 이네에게 사정을 물었다고 한다.

이네는 역시 혼란에 빠져 있었다.

물을 뜨러 간 것은 기억한다.

그 이후가 아무래도 이상하다. 폰스가 이랬다는 둥, 겐시가 저랬다는 둥, 오두막을 짓고 아기를 낳았다는 둥, 어찌된 영문인지 도통 알 수가 없었다.

며칠 동안 끈기 있게 물어봤지만 소득이 없자 속이 탄 모스케는 하다못해 아이 아버지가 누구인지라도 말하라고 따졌다.

이 말을 듣자마자 이네는 착란을 일으켰다.

커다란, 커다란 사내가.

벌거벗은, 벌거벗은 커다란.

털북숭이.

무섭다며 운다.

잘은 모르겠지만 요약하자면 옷을 입지 않은 큰 남자가 이네를 강제로 욕보인 결과 아이를 가졌다. 이런 이야기인 듯했다.

얼마나 크냐고 물었더니 손을 활짝 벌린다. 집채만 한 크기라는 것이다. 힘이 세서 맨손으로 멧돼지나 곰도 찢을 정도라고도 한다.

진정시키는 데 반나절은 걸렸단다.

"그렇게 큰가? 그건 좀 미심쩍은데. 어떻게 생각하나, 소베?"

쇼마가 의심스럽다는 어조로 말했다.

"여섯 자가 넘는 큰 사내라는 건 비유이겠지. 게다가 가을, 겨울 산은 춥네. 알몸으로 살 수 있을 리 없지. 보게, 아까 내 문하생이 했다는 이야기를 들려주지 않았나. 산의 요괴조차 춥다면서 몸을 녹이고 짐승 가죽을 입었다고 하지 않던가. 게다가 그게 사람이라면 맨손으로 곰이나 멧돼지를 찢거나 하지는 않겠지.”

“마소는 먹지 않겠나.”

겐노신이 왠지 원망스럽다는 얼굴로 무사와 양행 신사라는 대조적인 두 친구를 노려보았다.

“소고기 전골이니 뭐니 하며 육식이 개화의 증표라도 되는 것처럼 말하는 사람도 있지만 **들짐승 고깃집**은 막부 시대부터 시내에도 있었네. 산간부에서는 사냥꾼이 짐승을 잡아서 빈번히 먹었지 않나.”

“먹기야 했겠지만 맨손으로 찢지는 않네.”

그도 그렇다.

요지로가 생각하기에 겐노신이 이야기한 이네의 상대는 괴물이라고 볼 수밖에 없다. 이미 인간이 아니라고 봐야 할 것이다.

쇼마가 말했다.

“짐승이네, 짐승. 역시 신종 원숭이야. 동남아의 사나운 원숭이는 하도 커서 사자와도 막상막하라 하네.”

“원숭이가 여자를 공격하는가?”

“공격하지 않나?”

“먹으면 모를까 겁탈한다는 건 받아들이지 못하겠네. 그래서 아이가 생겼다는 것은……”

“그럴 리는 없겠지. 내 말은 그런 뜻이 아니네. 이보게. 그 처녀, 산에서 원숭이의 공격을 받고 너무 무서워서 발광한 나머지 온통 다 뒤

죽박죽이 된 게 아닌가?"

쇼마가 빤하다는 듯 말했다.

"아이 아버지는 따로 있다는 말인가?"

소베가 물었다.

"따로고 뭐고 아이가 있으니 부모도 있겠지. 사람의 부모는 사람일세."

"아하, 자네가 생각한 줄거리는 이런 거로군. 처녀는 본 적도 없는 거대한 원숭이의 공격을 받고 목숨만은 건졌지만 심신상실 상태에 빠져서 일시적으로 모든 것을 잊어버렸다. 산과 들을 헤매고 있는 처녀를 무뢰한이 덮쳐서 욕을 보이고 아이를 임신시켰다……."

겐노신이 끼어들었다.

"잠깐, 잠깐. 이보게, 이네가 모습을 감춘 곳은 산이 아니야. 마을이네. 산속에서 괴이한 짐승의 습격을 받았다고 하면 수긍이야 가겠네만, 이네는 농가의 작업장에서 물을 뜨러 우물로 가던 도중에 사라졌어. 자네들 말이 맞으려면 그 거대 원숭이는 마을을 배회하고 있었던 셈이 돼. 그런 걸 목격한 사람은 없었네."

"물을 뜨러 갔다가…… 산속으로 훌쩍 들어가버린 것 아닌가?"

"노가타에서 다카오 산까지는 여자 걸음으로는 하루 종일 걸어도 닿지 못할 거리이네. 어린 아가씨가 훌쩍 들어갈 수 있겠는가."

"으음."

쇼마가 입을 다물었다.

"거짓말이라고 생각할 수밖에 없네만……. 하지만 그냥 놔둘 수도 없는 노릇이란 말일세. 모스케와 마을 사람들은 혹 그 산사내인지 뭔지가 있다면 퇴치하라고 하네. 하지만 아이를 만들었다면 산사내도 사람일 테고, 짐승이 아니라면 총으로 쏴 죽일 수도 없어. 죽이지 않고 잡아서 심판하는 것이 우리 관헌이 할 일일세. 폭행, 유괴, 감금 혐의가 있는 범죄자이니까."

"괴물이라고 해두면 되지 않나? 진상은 어떤지 모르지만 딸도 돌아왔고 손자도 무사하다면 이제 와서 불편할 일도 없을 걸세. 경시청 순사님이 나설 사건도 아니지 않나? 도깨비, 요괴 현상이 일어나는 것과 도쿄 경시청은 무관하다, 에도의 치안을 지키는 것이 우리의 임무, 괴물은 관할이 아니라고 하게. 분이 풀리지 않는 마음은 알겠네만 그래도 풀고, 앞으로 조심해서 살라고 깨우쳐주면 돼."

요지로는 생각한 대로 말했다.

"그것도 좀……. 그렇게 되면 그러니까……."

겐노신이 한층 더 풀이 죽었다.

"그러니까 뭔가?"

"요타는 괴물의 씨……가 되어버리네. 아이에게는 죄가 없고 조만간 호적도 만들어야 할 걸세. 이제부터 사람으로 살아가야 하는데 태생이……."

확실히 문제이다.

표면적으로 평등한 세상일수록 차별은 깊숙이 뿌리내리는 법. 여기서 무신경하게 괴물의 아이라는 낙인을 찍어버리는 일은 역시 꺼려질 것이다.

사람인가, 짐승인가, 괴물인가…….

"하나를 정해야만 한다네."

겐노신은 두 손으로 뺨을 쓸었다. 애써 정리한 수염이 죄다 흐트러졌다.

"왜 정해야만 하는가?"

소베가 물었다.

"체포 방침을 정하지 않으면 아무것도 못하네. 사람이 한 짓이라면 두고 볼 수 없지. 납치되어 겁탈을 당했다고 호소하는 사람이 있으니 말일세. 이런 범죄자를 산야에 내버려둘 수는 없네. 쇼마 말대로 야만적인 짐승이 서식하고 있다손 치더라도 이 또한 사람들을 위협하는 존재임이 분명하네. 조속히 산을 수색하여 퇴치할 필요가 있겠지. 그리고……."

"또다시 처음으로 돌아왔군. 그런 문제는 생각해봤자 도리가 없네, 겐노신. 지금 상태로는 어찌할 수가 없어. 분명 그 처녀가 거짓말을 하고 있을 걸세. 단지 애 아버지를 감추고 있을 뿐 아닌가? 거기에 대해서는 어떻게 생각하나?"

쇼마가 끼어들었다.

거짓말…….

'정말 거짓말일까?' 하고 요지로는 생각했다.

겐노신이 한층 더 크게 신음했다.

"조금…… 마음에 걸리는 부분도 없지는 않네."

세 사람은 이구동성으로 뭐냐고 물었다.

"우선, 실종되기 직전에 분쟁이 있었다는 이야기는 했지 않나."

"천민 폭동 말인가?"

소베의 말이 땅에 떨어지기도 전에 겐노신이 그런 식으로 말하지 말라고 엄준하게 꾸짖었다.

"지금은 모든 사람이 평민이네. 천민 같은 말을 부주의하게 쓰지 말
게나. 생각이 얕다는 말은 네놈에게 쓰라고 있는 말이야. 뭐, 그때의
분쟁은 정확히 말하면 원래 천민 신분이었던 이들과 **그 외 사람들** 사
이에서 일어나긴 했네."

"그 외 사람들이란 건 농민인가?"

쇼마가 물었다.

"농민은 아니야. 말 그대로 그 외일세. 단자에몬(弾左衛門)*의 부하
도 아니고 천민 우두머리의 지배를 받는 자들도 아니야. 호적이고 출
생지이고 아무것도 없는, 신원을 전혀 알 수 없는 자들……. 즉 유랑
민들이지. 요즘에는 산카(山窩)**라 부르는 모양이더군."

"나는 처음 듣네."

소베가 말했다.

요지로는 알고 있었다.

"여기저기 돌아다니면서 물고기, 거북이를 잡아서 팔거나 키를 만
들면서 먹고사는 덴바모노(転場者) 말인가?"

"덴바모노라고 하나? 확실히 그런 일을 생업으로 하는 무리인 모양
이네만."

"이곳저곳에 간단한 임시 오두막을 짓고 사는 이들 아닌가?"

"그런 모양이네. 전국을 떠돌며 산과 들에서 기거하기 때문에 도통

---

* 에도 시대에 대대로 에타와 비인 등 천민들을 지배하던 우두머리의 이름.
** 산간부를 이동하면서 유랑 생활을 하는 사람들로 채집과 수렵, 죽세공 등으로
생계를 유지했다.

실태를 파악할 수가 없어. 다만 그런 자들도 이 나라에 사는 다음에야 똑같은 평민일세. 평민인 이상 어쨌든 세금은 거둬야 하고, 개중에는 좋지 못한 행동을 하거나 절도 같은 죄를 저지르는 무분별한 자들도 있어서 말이지. 새 정부로서도 간과할 수는 없네만……."

"그런 자들이 섞여 있었나?"

"그렇네. 산카를 몇 명 고용했던 거지, 모스케는."

그러니까.

겐노신이 말하는 산카 몇 명과 소베가 말하는 옛 천민 신분에 속하는 사람들이 모스케 밑에서 같은 일에 종사하고 있었던 셈이다.

"그게 그거 아닌가?"

쇼마가 물었다.

"그렇기야 하겠나."

"다른 건가?"

"그건…… 역시 다를 걸세."

"본인들이 서로 다르다고 주장할 뿐이지 않나? 사실상은 그게 그거겠지."

소베가 말했다.

"그건 잘못된 생각일세."

요지로가 말했다.

"그런 건 역시 그들을 멸시하는 사고방식이라고 보네, 소베."

"멸시할 생각은 없네만, 그렇게 되는가?"

웬일로 신묘해진 소베가 말했다.

"아니, 역시 멸시하는 걸세, 소베. 들어보게나. 이국인의 눈으로 보면 무사든 귀족이든, 상인이든 장색이든 농민이든, 이 나라 사람들은 다 똑같은 옷을 입은 원숭이로 보인다고 하네."

쇼마의 말에 소베가 무척 기분 나쁜 얼굴을 했다.

"화낼 줄 알았네. 기분이 나쁘겠지. 나는 확실히 이국 물을 먹고 이 국을 편애하는 사람인지도 모르네만 그런 나조차도 이런 말을 들으면 다소나마 불쾌하네. 불쾌한 이유는 이국인이 내 나라를 통째로 야만 스럽다며 멸시하기 때문이야. 그러니까 구별이 안 되는 걸세. 호적이 없었다 뿐이지 산에 산다는 그 유랑민들과 옛 천민들도 분명 똑같지 는 않을 거야."

요지로는 쇼마도 가끔은 좋은 이야기를 한다고 생각했다.

"내가 알기로 덴바모노들은 계도 없고 조에도 안 들어가는 것 같던 데?"

"맞네, 요지로. 내가 듣기로 산카는 패거리는 있지만 조직은 없네. 우두머리가 있지는 않아. 어떤 경위로 그렇게 되었는지, 그중 몇 사람 이 모스케 집에 숨어들어서 피고용인으로 일하고 있었던 거지. 그리 고 그 말싸움의 원인이 실은 **이네였다**지 뭔가."

딸이?

"치정 싸움인가? 그 무렵에 딸은 혼담이 진행 중이지 않았나?"

소베가 물었다.

"그랬다더군. 아니, 그러니까 원인이라고는 해도 딸을 둘러싼 사랑 싸움 같이 거창한 게 아닐세. 정말 별것도 아닌 일이었는데, 산카라 여겨지던 헤이자라는 젊은이가 이네에게 연심을 품고 있다는 소문이 났다고 하네. 뭐, 그에 대해서는 당사자도 마음이 없지는 않았는지 부정도 하지 않은 모양이네만 그게 괘씸하다는 이야기가 나왔네. 그러자 모스케에게 꾸지람을 들으면 모를까 너희에게 그런 소리를 들을 이유는 없다며……. 하지만 이건 그냥 계기에 지나지 않았네. 분쟁의 뿌리는 좀 더 깊은 곳에 있었겠지. 뭐, 그래서 다투다…….”

“해고를 당했군.”

“그렇게 되었네. 그래서 모스케는 다 쫓아냈는데 그때도 헤이자는 법도를 어기고 마을에 살면 될 일도 안 된다, 무얼 다시 옛날과 똑같아질 뿐이니 산으로 돌아가겠다, 하면서 웃으며 떠났다고 하네만.”

“산으로 돌아갔다고? 딸은 어땠나?”

소베가 물었다.

“딸도 그 헤이자인지 뭔지에게 반한 건 아닌가?”

“아니……라 해야겠지. 보아하니 이네는 말 한마디 나눠본 적 없는 모양이네. 그런데 이네에게 반한 사람은 피고용인들뿐이 아니었네. 뭐, 참한 처녀였다니 말일세. 근처 농민 가운데도 연심을 품은 사람이 있었다더군.”

“예쁜 처녀였군.”

쇼마가 장단을 맞추었다.

“뭐, 그렇지. 폭동 때 모스케에게 항의를 한 마을 대표의 아들. 이름이 아마…… 야마노 긴로쿠라 했던가. 이 긴로쿠라는 친구가 뭐 상당히 빠져 있었던 모양이네만 죽었지 뭔가.”

“죽었다니?”

“글쎄 행방불명이 된 이네를 찾으러 산을 수색할 때 목숨을 잃었네. 아까도 말했네만 이네가 없어진 데는 우리 탓도 있다며 온 마을이 나서서 찾으러 갔다지 않나. 긴로쿠도 날이 밝기 전에 앞장서서 찾으러 나갔는데 그때 예리한 날붙이에 찔려 죽은 걸세. 게다가 마을에서는 꽤 떨어진 다카오 산 산기슭에서…….”

겐노신이 한 번 더 뺨을 쓸었다.

4

일명 야겐보리의 은거 영감 즉 잇파쿠 옹은 겐노신의 이야기를 듣고 전에 없이 슬픈 표정을 지었다.

그리고 노인은 옆에 앉아 있던 사요에게 눈길을 던졌다. 노인의 시중을 드는 이 부지런한 처녀는 평소에는 차나 과자를 내온 뒤 곧장 안채로 들어가버리는데 어쩐지 오늘은 노인 옆에 대기했다.

요지로는 노인의 건강 상태에 주의를 기울였다.

혹시 어디 안 좋은 곳이라도 있지 않나 하는 생각이 들었기 때문이다. 여위고 주름이 가득한 그 얼굴은 평소에는 표정을 읽는 것이 어려울 정도로 메말라 있다. 그런데 오늘은 어쩐지 서글퍼 보였다.

다른 세 사람은 별로 신경이 쓰이지 않는 모양이었다. 다만 오늘은 사요가 있어서 겐노신의 말투도 조금 딱딱했고, 쇼마의 자세도 그렇게까지 흐트러지지는 않았다. 소베도 야비한 야유를 얼마간 자제하는 듯했다.

요지로는 다들 사요에게 마음이 있다고 생각했다.

"산사내라."

노인이 여느 때와 다를 바 없는 표표한 말투로 말했다.

"산은 말이지요, 무서운 곳입니다."

늘 그렇듯 오늘도 쓰쿠모안의 별채이다. 요지로와 친구들은 끝이 나지 않는 논의를 실컷 하고 나면 결국 이곳에 오게 된다.

"무섭다고요?"

소베가 물었다.

"무섭고말고요. 소베 씨는 호걸이니까 세상에 무서운 건 아무것도 없다고 말씀하시겠지만 무얼, 이것만큼은 사람 힘으로 어떻게 할 수 없습니다. 검의 도나 유학의 이치로는 맞설 수 없는 것이 산일 테지요. 산은 글자 그대로 살아있으니까요. 풀과 나무도 살아있습니다. 벌레와 금수도 살아있습니다. 이끼나 곰팡이도 살아있지요. 산에는 살아있지 않은 것이 없습니다. 땅속에도, 나무껍질에도 벌레가 있고, 물속에는 물고기와 거북이가 있어요. 설사 작은 산이라도 산은 정말이지 수많은 생명의 집결체입니다."

"그야 그렇겠지요. 생명이 없는 것은…… 산에는 별로 없을지도 모르지요."

쇼마가 맞장구를 쳤다.

"없습니다. 사체에도 벌레가 끓고 곰팡이가 피는가 하면 풀이 우거집니다. 그리고 산의 대단한 점은 아무 도움도 필요로 하지 않고 존재할 수 있다는 것이겠지요."

"도움이 필요하지 않다는 게 무슨 뜻입니까?"

"마을은 산이 없어지면 곤란해집니다. 강의 온도도 바뀌고 바람 방향도 바뀌지요. 땅도 마릅니다."

"그럴까요."

소베가 말했다.

"그렇습니다."

노인이 대답했다.

"마을은 산이 있어야 하지요. 하지만 산은 다릅니다. 마을이 없어도 산은 무엇 하나 곤란하지 않습니다. 산은 산만으로 성립하지요. 산은 산을 구성하는 많은 생명 하나하나가 완결되어 있는, 하나의 생물입니다. 우리가 산에 들어가는 건 그러니까 생물의 배 속에 들어가는 일이나 매한가지예요. 산에 들어간 사람은 쓸데없는 이물로 인지되어 배제되거나 산의 생명의 일부로 동화되거나, 둘 중 하나입니다. 어느쪽인지 선택해야만 합니다. 산이 그러라고 강요하거든요."

"배제 아니면 동화라고요?"

요지로는 어쩐지 이해가 되었다.

"강요한다고 해서 간단히 결정할 수 있는 문제는 아니지요. 그러니까 산속에서 사람은 언제나 공중에 붕 떠서 이도 저도 아닐 수밖에 없습니다. 아무리 해도 진정되지 않는 불편함과 감싸 안기는 듯한 안심감을 동시에 느낍니다. 무언가로부터 해방되는 환희와 무언가에 붙잡힌 수인의 우울을 동시에 느끼겠지요. 그래서 무서운 겁니다."

노인이 말했다.

"경계로군요."

"좋은 말씀을 하십니다, 요지로 씨."

요지로가 중얼거리자 노인은 그제야 웃으며 말했다.

"경계입니다. 그렇기 때문에 산은 금기예요."

노인이 말을 이었다.

"함부로 말하거나 파헤쳐서는 안 되는 존재였던 겁니다. 산은."

"아까 말씀드린 제 문하생의 고향에도 그와 유사한 법도가 있는 모양입니다."

소베가 말했다.

"네. 소베 씨가 말씀하신 건 에치고 이야기였지요. 같은 이야기를 읽은 적이 있습니다."

"같은…… 이야기요?"

"네. 문화(文化)* 9년에 쓰인 《호쿠에쓰(北越)** 기담》이라는 책에 실려 있지요. 쓴 사람은 다치바나 곤론이라는 은자입니다. 4권 10에 소베 씨가 말씀하신 내용과 똑같은 산사내 구전이 실려 있습니다. 이 기록도 금기에 대해 쓰고 있지요. 봉행부터 톱질꾼, 나무꾼 무리에 이르기까지 저마다 맹세하기를 산막에 있을 때 어떤 괴이한 일이 일어나더라도 남에게 이야기해서는 아니 된다……."

"호쿠에쓰라고 하면 지역은 같겠군요."

"같지요. 곤론이라는 사람은 잘 모르지만, 저처럼 호사가인지 산여자가 사는 동굴을 구경하러 가기도 했답니다."

"산여자라는 것도 있습니까?"

쇼마의 질문에 소베가 웃었다.

"수컷이 있으면 암컷도 있겠지. 그렇지 않습니까, 노인장?"

---

    * 일본의 연호로 1804-1818년.

    ** 옛추와 에치고, 특히 후자를 가리키는 말로 지금의 도야마 현과 니가타 현 일부.

"암컷, 수컷이라고 부르는 게 과연 맞을까요. 곤론 같은 사람은 짐 승이라 생각하지는 않았던 모양입니다만."

"역시…… 사람이라고 합니까?"

"곤론이 아마 이렇게 썼지요. 무릇 산사내, 산여자라 하는 존재는 귀신의 재주가 있다고 전해지나 전혀 그렇지 않다. 곧 산중 자연에 사 는 인종으로 언어를 배우지 않았기에 말하지 않고, 옷을 만들 줄 모르 기에 벌거숭이라, 단지 오십 년 전 에조의 땅과 풍속이 같아 심히 어 리석으니 이들에게도 사람의 도리를 잘 가르치면 어떨까 생각할 따름 이다……라고."

"그러니까 선주민이라는 뜻입니까?"

겐노신이 달려들듯 묻자 노인은 허어, 하고 한숨으로 피하더니 다 시금 사요의 얼굴을 보았다. 그러고는 이렇게 대답했다.

"뭐라고 딱 잘라 말할 수는 없겠지요. 산의 요괴에도 여러 가지가 있지 않습니까. 산동자라 하면 여름철에는 산을 내려가서 갓파가 된 다고 하고, 산도(山都)라 하면 넘어다보기 승려(見越し入道)*를 가리킨 다고 책에는 나와 있지요."

"넘어다보기 승려? 목이 죽 늘어나는 그 멍청한 장난감 말입니까?"

소베가 목소리를 높였다.

"네. 뭐, 에도 근방에서는 그럴지도 모르지만 원래는 길에 출몰하는 요괴입니다. 길 앞에 나타난 어린 승려가 이렇게 점점 커지지요."

은거 영감은 느릿느릿 천장 쪽으로 고개를 들었다.

---

* 승려의 모습을 한 요괴로, 보고 있으면 점점 커지다 사람을 죽이지만, "넘어다봤다 (見越した)" 혹은 "꿰뚫어봤다(見拔いた)"고 말하면 쫓아 보낼 수 있다고 전해진다.

소베와 쇼마도 따라서 위를 보았다.

둘의 늘어난 목을 언짢은 얼굴로 보며 겐노신이 말했다.

"그럼 역시 요물일까? 크기가 변한다니 생물체는 아니겠지. 천지만물의 이치에 어긋나는 것은 역시 귀신요물 종류와……."

"잠깐, 잠깐."

위를 보고 있던 쇼마가 끼어들었다.

"그렇게 단락적으로 생각하지 말게. 노인장은 그런 이야기를 하시는 게 아닐세. 여러 지방을 돌아다니다 들은 이야기를 하셨을 뿐이겠지. 시골에는 그런 기묘한 현상이 있다는 말이 전해 내려오고 있고, 그걸 그런 이름으로 부른다는 것뿐이네."

"네, 쇼마 씨 말씀이 맞습니다. 그런데 점점 커지는 이 괴물은 지역에 따라 발돋움이니 키 큰 중이니 다양하게 불리지만, 제가 이야기를 수집한 곳에서는 넘어다보기라 불리는 경우가 많았습니다. 이것이 에도에 전해지면서 게사쿠 작가들의 소재가 됩니다. 목이 늘어난다는 건 소설책 따위의 삽화에서 키가 커지는 것을 표현한 기법이겠지요. 자꾸 커진다는 속성을 회화적으로 표현한 것이 목이 긴 그림인데, 그걸 장난감으로 만든 겝니다. 산도라 분류되는 건 그 기원인 큰 승려(大入道)* 쪽입니다."

"분류한 사람은 누구입니까?"

요지로가 물었다.

"데라지마 료안(寺島良安)**입니다."

---

* 승려의 모습을 한 커다란 요괴.
** 에도 시대 중기의 의사로 백과사전인 《와칸산사이즈에》를 편찬했다.

"그러면《와칸산사이즈에》입니까?"

"네. 료안은《본초강목》등을 본으로 삼아 짐승 항목에 우거(寓)류와 괴이(怪)류라는 분류를 넣었습니다."

노인이 고개를 끄덕였다.

"그건 어떤 구분입니까?"

"네. 우거류라 함은 사람을 닮은 짐승, 괴이류라 함은 사람을 닮은 괴이한 존재라 할까요. 이리저리 뒤섞어서 소개하고 있어서 구분하기는 어렵지만, 원숭이와 같은 종류는 우거류일 테고 산도는 괴이류이겠지요. 하지만 이 부분은 모호합니다."

"모호하다니요?"

"네. 잔나비, 긴팔원숭이, 긴꼬리원숭이, 황금원숭이 등은 원숭이이겠지만, 성성이, 비비쯤 되면 어느 쪽이라고도 볼 수 있겠고, 산정(山精)*, 산동자, 발(魃)**, 팽후(彭侯)*** 등은 요즘 말하는 요물이겠지요. 하지만 산도깨비, 산할매, 산어른(山丈), 산어미(山姑)의 경우는……."

"산사내." 겐노신이 민감하게 반응했다. "그래서 그, 그건 뭐라고 설명합니까?"

"아쉽게도 이건 여러분이 묻는 존재와는 다를 겁니다. 외다리에 발뒤꿈치가 휘었고 손가락이 세 개인데 인가의 문을 두드리며 구걸을 한다고 하니까요. 산정 같은 것도 그런데, 다리가 하나뿐인 산요괴입니다."

---

* 중국에 전해지는 요괴로 한 자 정도 되는 크기에 다리가 하나 달려 있다고 한다.
** 가뭄을 일으킨다는 중국의 신으로 손발이 하나씩밖에 없다고 전해진다.
*** 중국에 전해지는 나무의 정령.

"외다리라고요?"

"그렇지요. 아까 소베 씨가 말씀하신 것처럼 산정을 닮은 요물의 수컷을 산어른, 암컷을 산어미라 부른다고 쓰여 있습니다. 하야시 라잔(林羅山)* 같은 사람도 이런 종류의 중국 서적에 등장하는 명사와 일본 이름을 비교하여 연구하는 작업을 하느라 고생을 했습니다. 산에 어른 장(丈) 자를 써서 '야마오토코'라 읽은 사람도 라잔입니다. 이것이 실려 있는 《타시키헨(多識編)》에는 외다리 요괴라는 항목도 있습니다. 일본어로 옮기기도 간단치 않지요. 《와칸산사이즈에》는 《산해경(山海經)》의 영향도 있겠지만 라잔의 성과도 참고해서 편집했으니까요. 같은 **산사내**라도 여러분이 말씀하시는 산사내는 이 경우 오히려 들여자라고 쓰는 쪽의 산여자(野女)이지요. 그리고 목객(木客) 같은 쪽에 더 가까울 수도 있겠습니다."

"그 산여자라는 건 산사내 암컷, 아니, 산사내 여자 같은 겁니까?"

"그것 참 묘한 표현이로군."

겐노신과 쇼마가 웃었다.

"남자인지 여자인지 모르겠어."

노인은 쉰 목소리로 홀홀홀 웃었다.

"데라지마 료안은 《본초강목》을 끌어와서 이렇게 씁니다. 산여자는 일남국(日南国)에 살며 모두 암컷이고 수컷은 없다고."

"괴이한 소리로군. 그래서야 아이를 못 낳을 텐데."

겐노신이 몸을 뒤로 젖혔다.

---

* 에도 시대 초기의 유학자.

"아니, 그러니까 무리지어 다니며 남편감을 찾다 남자와 마주치면 반드시 채어가서 교합을 요구한다는 겁니다. 사람에게 씨를 받는 셈이지요."

"하지만 노인장, 그건 원숭이 아닙니까?"

"뭐, 료안은 옛날이야기에 나오는 산할매와 비슷하지만 성성이 같은 종류가 아닐까, 하고 쓰고 있지요."

"짐승이면 따질 것도 없네. 거짓이겠지."

옛날 사람은 무지하다고 말하기라도 하듯 이번에는 쇼마가 몸을 뒤로 젖혔다.

하지만 박학하고 사람 좋은 노인은 양행을 다녀온 이 청년의 말을 가볍게 받아넘겼다.

"그렇다고 단언할 수는 없습니다. 이 산여자는 몸 전체가 희다고 쓰여 있어요. 그러니까 체모가 없다는 말이지요. 게다가 노란 머리털을 **풀어헤치고** 있다고 합니다. 의복이나 속옷은 입지 않지만 허리 아래부터 무릎까지는 가죽으로 덮고 있고요. 이게…… 원숭이일까요?"

겐노신이 천천히 소베를 보았다.

"이보게. 분명…… 털이 없는 원숭이는 이 세상에 없다고 했지, 소베? 있다 한들 몸에 옷을 걸치거나 하지는 않는다고 했지?"

수염이 숭숭한 호걸은 언짢은 얼굴로 "그렇지" 하고 대답했다.

"그건 원숭이는 아니군, 아니야. 흰 살갗에 노란 머리털이라니 흡사 포도아나 서반아, 화란 사람 같지 않은가?"

"그렇지."

쇼마가 맞장구를 쳤다.

"일남국이란 건 중국의 이웃 나라입니까?"

"그렇게 될까요. 저 같은 늙은이가 정확한 지리를 알 수는 없지만 월국(越国) 쪽이니…… 서양은 아니지요."

노인이 대답했다.

"동양이겠지요. 하지만 서양에는 씨를 얻기 위해 사내를 덮치는 여인족이 있다고 들었습니다. 끌고 온 사내와 몸을 섞어서 임신을 한 뒤 남자아이가 태어나면 죽이고 여자아이만 부족의 일원으로 키운다지요. 많이 닮았군요."

"그게 동양에 흘러온 거로군."

소베가 난폭한 소리를 하자 노인이 어이가 없는 듯 고개를 저었다.

"허허. 뭐, 거리가 꽤 있을 테니 그렇다고 단정할 수는 없겠지요. 하지만 여러분 말씀대로 사람과 교미하여 아이를 갖는 건 사람뿐이라고 해야겠지요. 전설에서는 마물이나 짐승도 사람과 아이를 만들지만 실제로는 있을 수 없는 일일 테니까요. 산여자는 사람과 아주 가까운 존재일 겁니다."

노인은 말을 이었다.

"비슷한 존재로 아까 말씀드린 목객이라는 게 있습니다. 이것은 송대에 쓰인 《유명록(幽明錄)》 등에 실려 있습니다. 《본초강목》에는 남방의 산속에 서식하는 비비 종류라 되어 있는데, 이게 웬걸 머리 모양이나 얼굴이 사람과 다르지 않고 말도 다르지 않다고 합니다."

"말을 합니까?"

"한다는 모양입니다."

노인이 말했다.

"절벽 바위틈에 살며, 죽으면 관에 넣어 매장을 하고 마을 사람들과 교역을 한다고 합니다. 교역이라고 하니까 사냥한 동물인지 뭔지를 마을에서 나는 물건과 교환하는 것일까요. 《합벽고사(合璧故事)》라는 책에 실려 있는 목객은 말이지요, 시를 읊습니다. 술이 동났다 해서 그대 사지 마시게, 술병이 비고 나면 내 응당 떠날지니, 도시에는 속세의 더러운 때 많으니, 산으로 돌아가서 명월을 즐기리……. 이것 참, 산요괴로 두기에는 아까운 문재입니다."

"잠깐 기다려보십시오, 노인장."

쇼마가 끼어들었다.

"얼굴과 몸, 말까지 사람과 똑같은 데다 문화도 가지고 있다면 그건 사람 아닙니까? 그저 사는 장소가 특이할 뿐인 것 아닙니까?"

"네. 다만 손발톱이 길고 갈고리 같은데 이 점만은 사람과 다르다 합니다."

"손톱이라. 손톱 같은 거야 깎지 않으면 자랄 테고."

겐노신이 고개를 갸우뚱했다.

"그런데도 사람이 **아니**라 하니 키가 다르지 않겠습니까? 짐작건대 역시 크지 않았을까요. 산사내는 크지 않습니까? 그렇지요, 사요 씨?"

노인이 말했다.

"저는 모릅니다."

사요가 대답했다.

"대개는 크지 않겠습니까. 산사내에 대해서는 《갓시야와(甲子夜話)》에도 나와 있는데……. 요지로 씨는 읽으셨던가요?"

"저 말입니까?"

확실히 읽기는 했다.

"54권 《슨반잣키(駿番雜記)》 시작 부분입니다."

"아아, 그 발자국……."

거기까지는 기억하고 있었지만 산사내 이야기였는지 어땠는지는 요지로의 기억에 없었다. 유야무야 대답을 하자 노인이 고개를 끄덕였다.

"그렇지요, 발자국 이야기입니다. 스루가의 아베 군에 있는 고시고시 마을 이야기이지요. 발자국이 석 자, 발자국과 발자국 사이 즉 보폭이 아홉 자라고 하니, 큽니다. 샛길도 밟고 넘어가고 작은 개울도 한발에 건넙니다. 이건 크지요. 거기서는 이것을 산사내라 부르는데 드물게 똥을 발견할 때도 있답니다. 이 산사내는 조릿대를 먹기 때문에 똥 속에서 댓잎을 볼 수 있다고 쓰여 있습니다."

"보폭이 아홉 자." 겐노신이 이렇게 말하며 다다미 가장자리를 세듯이 눈으로 쫓다가 숨을 한 번 내쉬고 말했다. "그건 거대하군. 어림짐작도 안 돼."

"쉬이 믿을 수가 없군요. 그러면 코끼리이지요. 아니, 코끼리보다 더 크군."

쇼마가 말했다.

"하지만 작자인 마쓰라 세이잔은 신슈 도가쿠시 부근에서도 석 자쯤 되는 발자국을 보았다는 농부의 이야기를 들은 적이 있습니다. 게다가 분고 다카다에서 키가 두 장은 됨 직한 수행승이나 중으로 보이는 이와 스쳐 지나간 사람 이야기도 채집했지요."

"두 장!"

이구동성으로 외쳤다.

"그, 그건 너무 크지 않습니까?"

"크지요. 쿵쾅거리는 발소리가 들렸다고 한다고 세이잔도 쓰고 있습니다."

"그런 문제가 아니지 않습니까. 노인장, 그렇게까지 크면 사람이라고 할 수는 없습니다."

"그러니까 **사람이 아니**겠지요."

노인이 웃었다.

"사람을 닮았으나 사람이 아니라는 말씀입니까?"

쇼마가 소베의 얼굴을 보았다.

"하지만 원숭이도 아니고."

소베가 겐노신에게 눈길을 던지며 말했다.

"어허 참, 뭐라고 해야 할지. 그야 사람이니 원숭이니 할 크기는 아닐세. 생물이라는 생각도 들지 않아. 그렇지요, 노인장? 요전에 나왔던 가오리 이야기는 아니지만 수중 생물은 실제로 거대하게 자라는 모양입니다마는. 이국 서책에도 배보다 더 긴 오징어니, 바다뱀이니 하는 건 실려 있습니다. 하지만 육상 생물일 경우에는…… 고작해야 코끼리 정도일 테니까요."

쇼마가 어깨를 움츠리며 말했다.

"코끼리라는 건 작은 산만 하지 않나?"

옛 무사가 묻자 양행 신사가 대답했다.

"그렇게 크지는 않네. 말보다는 크지만 고래보다는 작거든."

"코끼리 이야기가 아닐세. 산사내야."

겐노신이 두 사람을 노려보았다.

"노인장, 마쓰라 세이잔의 기록은 신뢰할 수 있습니까?"

"글쎄요. 세이잔 본인이 봤거나 만났다는 이야기는 아니니 말이지요. 들은 내용을 썼겠지요."

"신용할 수 없겠군. 과장이나 오인도 있었을 테고."

"아니, 꼭 그렇지만은 않지요. 뭐, 그런 의미에서는 저도 세이잔과 마찬가지로 산사내를 만났다는 사람에게 직접 이야기를 듣기는 했으니까요. 그들 모두가 거짓말을 했다, 착각을 했다고 저는 생각하지 않습니다. 아니, 항설이라는 게 그런 것이지요. 스루가와 이웃해 있는 엔슈(遠州)* 등지에도 산사내의 소문은 많았습니다. 아키바 산의 산사내도 컸지요."

노인이 눈을 가늘게 떴다.

겪은 일을 회고하는 얼굴이다.

지난날을 돌아보는 노인의 얼굴은 즐거워 보이기도 했지만 어딘지 쓸쓸해 보이기도 한다.

노인의 절반도 살지 않은 요지로는 그 복잡한 인생을 모른다. 하지만 모르면 모르는 대로 이 얼굴을 볼 때마다 노인의 심중을 헤아린다. 언젠가는 나도 이런 얼굴을 할 날이 오겠지 생각하는 것이다.

"역시 두 장이나 되었습니까?"

쇼마가 물었다.

"아니, 그 부근에서는 그렇게까지 크지는 않았던 것 같습니다. 다만

---

* 시즈오카 현 서부에 해당하는 옛 지명.

여섯 자는 족히 넘었지요. 나무꾼 말로는 작은 것도 여섯 자 정도라고 했으니까요."

그리고 노인은 "사요 씨, 잠깐만요" 하고 사요를 부르더니 등 뒤의 두껍닫이 속을 빼곡히 채우고 있는 서책을 몇 권 꺼내게 하더니 한층 더 눈을 가늘게 뜨고 표지에 적힌 글자를 바라보다 그중 한 권을 골라냈다.

"〈엔슈 아키바에서 산사내가 마을을 소란스럽게 한 일〉. 이거로군요."

"흥미롭군요."

겐노신이 자세를 가다듬었다.

"영감님이 실제로 듣고 모은 이야기겠지요?"

"허, 듣고 모았다고 할지, 실은 저도 엔슈에 갔을 때……."

"만났습니까?"

요지로는 두 손을 바닥에 짚고 몸을 앞으로 내밀었다.

"아니, 아니, 아쉽게도 보지는 못했습니다. 하지만 마침 소동이 한창일 때 거기 있었지요. 아아, 적혀 있군요. 여기 산사내는 어디 보자, 짐작건대 목객 종류인 듯하다고 저는 기록해놓았습니다. 마을 사람과 친교를 맺고 교역 등을 하는 것까지는 같다, 술을 좋아하는 것도 마찬가지이다, 다만 중국의 목객과는 달리 문맹이고 야비하다……. 이건 아까 말씀드린 시를 읊었다는 고사에 근거했군요."

"친교를 맺는다는 건 무얼 말합니까?"

"네. 아키바의 산사내는 일족이나 권속도 없고 상주하는 곳도 분명치 않지만 산속에서 만났을 때 부탁을 하면 무거운 짐을 들어주며 산기슭 근처까지 따라온다고……. 이건 힘자랑인 듯싶습니다.”

“우호적이군요.”

“글쎄요……. 꼭 우호적이라고 볼 수는 없지만 말입니다. 뭐, 만나자마자 공격하지는 않지요. 오히려 친절하게 도와주기는 합니다. 도와준 보답으로 품삯을 건네도 받지 않아요. 다만 술을 주면 기뻐하며 얼마든지 마신다고 되어 있군요. 술을 좋아하는 게지요. 말은 전혀 하지 않지만 손짓 발짓으로 전달하면 놀랄 만큼 빨리 알아듣는다고…….”

“흐음. 그래서 노인장은 그 산사내가 어떤 존재라고……?”

젠노신이 신음했다.

“저는 당시에 그걸 사람이라 생각하지는 않았습니다. 물론 원숭이도 아니고 소위 요괴도 아니지요. **산의 기가 응고된 존재**이다……. 이렇게 생각했습니다.”

“산의 기라고요? 하지만 소동을 일으키지 않았습니까? 노인장은 방금 소동이 한창일 때 거기 있었다고 하셨습니다.”

쇼마가 말했다.

“네, 뭐 그렇습니다만……. 산사내에게 끌려간 처자가 한 명 있었거든요. 무사히 돌아오기는 했지만요. 게다가 산사내에게 살해당한 분이…….”

“뭐, 뭐라고요?”

이번에 나선 것은 젠노신이었다.

“끄, 끌려간 처자라고요?”

“돌아오기는 했습니다.”

“사, 살해당한 사람은?”

"납치된 처자를 찾으러 간 분들이었지요."

"그, 그건……. 노인장."

"네, 무척 닮았지요."

노인이 몇 번이고 고개를 끄덕였다. 그러더니 사요를 한 번 보고 나서 한동안 마당 쪽을 바라보다 천천히 입을 떼었다.

"하지만 어떨까요. 다르지 않을까요."

"다, 다르지 않습니다. 산사내에게 끌려간 처녀가 돌아오지 않았습니까? 게다가 찾으러 간 사내가 살해를 당했습니다."

"하지만 시대가 다르지 않습니까?"

노인이 말했다.

"시대가 다르더라도 일어난 일에는 변함이 없습니다. 게다가 그건 노인장이 체험한 일 아닙니까? 소문이나 고문헌 기록이 아니잖습니까."

"뭐, 보고 들은 일이기는 합니다만……."

노인은 전에 없이 미적지근한 태도로 이렇게 말하더니 웬일로 사요에게 의견을 물었다.

"어떻습니까, 사요 씨?"

"어떠냐니요."

"아니…….."

잇파쿠 옹은 거기서 넘어다보기 승려라도 올려다보듯 위를 보았다. 그리고 혼잣말처럼 중얼거렸다.

"어떻게 하는 것이 좋은 길일까? 모사꾼이라면 어떻게 할까?"

"아니, 어떻게든 자세히 들어야겠습니다. 들려주십시오."

일등 순사는 고개를 숙였다.

노인은 마지못해 서책을 펼쳤다.

6

어디 보자.

거 참, 그게 언제였지요.

네, 저는 이번에도 역시 발칙한 나그네였습니다.

동행이 누구였더라.

네, 어행사 마타이치 씨와……. 그렇지, 인형사 고에몬 씨입니다. 그러니까 교토에서 돌아오던 길이었을까요.

네.

언젠가 한번 이야기했던 센슈의 하늘불 소동이 있은 다음일 겁니다. 고에몬 씨와 긴 여행을 한 건 그때가 마지막이었으니까요. 그렇습니다.

오사카의 이치몬지야 씨 댁에서 합류했지요.

어떤 여정을 밟았는지는 잘 기억나지 않지만……. 네, 서책을 보면 알겠지만 가는 순서대로 쓴 건 또 아니니까요. 도카이도(東海道)를 그대로 따라 내려오지는 않았습니다.

네, 어디를 돌았는지는 기억나지 않지만 여기저기 들르다 엔슈에 도착했지요.

닛사카, 가케가와 근방에서 한 달쯤 머물렀던가.

네, 태평한 노릇이지요.

마타이치 씨는 액막이 부적을 팔고 다니는 어행사 아닙니까? 가는 곳곳에서 장사를 하니까요. 같이 다니는 우리도 갈 길을 그리 서두를 수가 없습니다. 뭐, 저야 호사가니까 유행하는 이야기나 전설, 괴담 항설을 수집하기에 좋기는 했지요.

고에몬 씨는 지루했을 겁니다. 산에서 나무를 베어 인형을 만들었던가.

네, 산사내 이야기도 캐묻고 다녔습니다.

묵고 있던 여관 근처에 의원님이 살고 있었습니다. 그분에게도 물어봤지요.

네.

마침 사건이 있어서요. 화제가 되고 있었습니다.

어느 날, 집 앞이 소란스러워서 나가봤더니 다리를 다친 사내가 웅크리고 있었답니다. 사내는 이 마을에서 조금 떨어진 산속에 있는 시라쿠라 마을이라는 곳에 사는 마타조 씨라는 사람이었습니다.

듣자하니 마을에 급한 환자가 생겨서 의원님을 부르러 왔답니다. 서두른 나머지 오는 도중에 골짜기 밑으로 떨어지면서 나무뿌리에 발을 삐었다고 합니다.

환자를 보러 빨리 마을로 가달라 했다지요.

글쎄 그건 알겠는데 그보다는 우선 마타조가 급하다 싶어 의원이

봤더니 말이지요.

네. 마타조 씨는 다리가 부러져 있었습니다.

하지만 그러면 이상하지 않습니까?

네. 마타조 씨가 어떻게 여기까지 왔는지 알 수가 없었습니다. 부러진 다리로는 평지에서도 걸음을 걷기 어렵지 않습니까? 깎아지른 절벽이 병풍처럼 둘러쳐 있는 골짜기 밑에 떨어졌는데 거기서부터 의원 집 문 앞까지 올 수 있을 리 없지요. 절벽이니까요. 보통은 다치지 않았어도 못 기어오르지 않습니까.

네, 바보는 집념으로 바위도 뚫는다 하지만 이런 건 무리이지요.

걷지를 못하니까요.

그래서 의아하게 여긴 의원이 물었습니다.

그러자 마타조 씨가 이상한 말을 합니다.

네.

떨어져서 움직이지 못한 채 골짜기 밑에 가만히 있었더니 어디에선가 커다란 사내가 나타나 마타조 씨를 옆구리에 끼고 깎아선 절벽을 짐승처럼 가뿐히 넘어 의원 집 앞까지 옮겨다 주었다……

이러지 뭡니까.

네.

의원이 있는 곳까지 데려다주고는 감쪽같이 그 모습을 감췄다는 겁니다.

그 사내가 여덟, 아홉 자는 되었다던가.

그렇지요, 산사내입니다.

네, 화제가 되었지요.

마타조 씨는 상대가 산의 요괴라 한들 입은 은혜에는 변함이 없다고 하면서 사람이라면 은혜를 갚아야 한다, 어떻게든 보답을 하고 싶다며 대통에 좋은 술을 담아 골짜기로 갔습니다.

있었답니다.

산사내 말입니다.

둘이었답니다. 산사내는.

둘 다 구름을 뚫고 나갈 정도로 커다란 사내였는데 술을 꺼내자 아주 기뻐하며 홀짝 들이켜고는 또 사라졌다고 합니다.

네, 이건 유명한 이야기였습니다. 근방에서는 다 알고 있었지요. 저는 당사자인 의원님에게 직접 들었습니다.

네.

선행이지요.

무척 선한 행동입니다. 뭐, 나무 벤 것을 운반해주었다느니 쓰러진 나무를 치워주었다느니, 나무꾼들에게 들은 이야기로도 산사내는 대체로 힘자랑하기 좋아하는 선한 사람이었습니다.

네, 말은 통하지 않습니다.

출생이 어떤지, 마지막이 어떤지도 모릅니다.

어디에 사는지도 알 수 없다고 했습니다.

네, 하지만 선행만 하냐 하면 그렇다고도 할 수 없습니다.

네. 산사내이니까요.

산은 사람에게 은덕과 공포 둘 다를 주지 않습니까.

산사내도 마찬가지입니다.

네.

사람의 이치로는 다 이해할 수 없지요.

산사내는 때로 무시무시한 일을 저지르기도 했습니다.

산의 기가 둔갑해서 사람 모습이 된 거라고 말씀드린 이유도 그 때문입니다.

네.

일어났지요, 무서운 일이.

히노키야라고 하는, 직물 도매상이 있었습니다.

대대로 이어오는 큰 가게였습니다.

이곳의 후계자가 부인과 함께 산에서 행방불명이 되었습니다. 네, 이건 저희가 가기 전 해쯤에 일어난 일입니다.

아니, 이 후계자는 데릴사위였습니다. 네, 원래는 지배인이었지요.

네. 고용살이 하던 점원 출신인데 출세해서 지배인까지 올라간, 고생을 많이 한 사람이었습니다. 주인이 그 성실한 인품을 눈여겨보고 사위로 발탁한 겁니다.

이 후계자가 예의 시라쿠라 마을 출신이었습니다.

네, 마타조 씨가 있던 마을이지요.

거기에 어머니가 살고 있었습니다.

위독하다는 소식이 왔다는 거지요.

처음에는 가게를 열어야 한다고 버텼는데, 이미 은퇴한 어르신이 효행이 장사보다 중하지 않겠느냐, 부모가 돈보다 귀하다며 타일렀습니다. 그래서 부인과 함께 병문안을 갔답니다.

네.

뭐, 큰 가게 주인이니까 사환 아이 둘이서 모시고 갔지요. 가게는 은퇴한 어르신과 어르신의 배다른 동생에게 맡기고 갔다고 합니다.

그런데.

네, 일행은 마을에 도착하지 않았습니다.

아니, 가게 쪽에서는 간 줄로만 알았지요.

그런데 열흘이 지나도 돌아오지를 않습니다. 소식도 없고요. 암만 효행이라도 이래서야 도가 지나치지 않느냐고, 은퇴한 어르신의 동생이자 지배인인 기스케인가 하는 사람은 화까지 내는 형편이었습니다.

어차피 산골 촌놈이니 고향이 그리워진 게다 뭐다 했답니다.

그러고 있는데 마을에서 연통이 왔습니다.

네. 어머니가 세상을 떠났다는 소식이었습니다.

줄곧 기다렸지만 끝내 때를 맞추지 못했다고…….

히노키야에서는 난리가 났지요. 네. 열흘도 전에 출발했으니까요.

멀고 험하다고는 해도 이틀은 안 걸리는 여정입니다. 황급히 산을 수색했지요.

네.

찾을 수가 없었습니다.

네.

산사내에게 당했다는 소문이 돌았습니다.

함께 따라간 사환 아이의 옷이 깎아선 절벽의 바위에 걸려 있었다고 합니다.

네, 도저히 걸릴 수가 없는 위치였다지요. 네, 절벽 밑은 아니었나 봅니다. 그러니까 떨어진 건 아니지요. 길보다 한참 위에 있는 바위였다고 하니까요.

굳이 절벽을 기어 올라가서 걸어놓지 않는 다음에야 그런 곳에 남지는 않지요.

네, 짐작하신 대로입니다. 산사내라고. 분명 산사내와 마주쳤다가 화를 돋우기라도 했을 거라는 결론이 난 모양입니다.

뭐, 상대는 큰 나무를 한 손으로 들 정도로 힘이 세니까요.

한 주먹감도 안 될 거라고.

네.

어르신은 슬퍼했다고 합니다. 어쨌든 가라고 한 건 자신이니까요. 효행을 권하려다 안타깝게도 자랑거리이던 사위와 외동딸을 잃어버릴 줄 알았겠습니까.

제가 갔을 때도 비탄에 잠겨 있었습니다.

보고 있는 제가 다 괴로워질 정도였습니다.

네. 뭐, 젊은 시절의 저도 참 곤란한 성품이라 이렇게 안타까운 이야기도 괴이한 일과 관련 있다고 하면 들으러 갔지요.

네, 직접 들었습니다.

히노키야의 은퇴한 주인 와사부로 씨와 그 동생인 기스케 씨에게 들었다……

이렇게 서책에 기록해두었군요.

뭐, 마타조 씨 이야기도 그렇고, 히노키야 이야기도 그렇고, 이렇게 풍부한 체험담을 들을 수 있는 경우는 흔치 않으니까요. 저는 그 시라쿠라 마을에 가보려 했습니다.

하하하. 남의 일에 괜한 관심을 갖는 구경꾼 근성이지요.

구경꾼 근성입니다.

여러분 말씀이 맞아요.

그러다 매번 위험한 일을 당한다고요? 그 말씀도 맞을 겁니다.

굳이 안내인까지 데리고 갔지요.

마타이치 씨와 함께 갔습니다.

아마 제가 가자고 하지 않았을까요?

그게 글쎄 대단한 절벽이었습니다. 그렇기는 하지만 길 쪽은 산길 치고는 걷기 편했습니다. 발을 헛딛거나 하지만 않으면 수월한 길이었습니다.

네, 무리해서 절벽을 오르거나 산으로 들어갈 필요는 없으니까요.

네.

그렇습니다.

거기서 발견하고 말았지요.

네.

일 년 전에 행방불명이 된 부인……. 히노키야 외동딸 치요 씨 말입니다.

네, 겐노신 씨가 말씀하신 노가타의 처자와 똑같은 상태였지요.

앗, 산여자인가 했을 정도입니다.

옷은 죄다 해어지고 말도 제대로 못하는 상태인 데다 눈은 구멍이 뚫린 듯 공허해서 기가 빠져나간 사람 같았습니다. 얼이 나갔다고 할까요.

네. 산 쪽, 나무 사이에 우두커니 서 있었습니다. 설마 그게 히노키야 댁 따님이라고는 생각도 못했지요.

길 안내를 해준 사람이 마타조 씨 사촌인 고사쿠 씨라는 분이었는데 그 사람이 알아봤습니다.

저건 히노키야의 치요 씨 아닌가, 하고.

서둘러 시라쿠라 마을로 데려가려고 했더니 달아나는 겁니다. 네, 겁을 먹은 것처럼 산속으로 들어갑니다. 뒤를 쫓으려 했지만 옆에서 만류했습니다.

위험하다고요.

확실히 위험하기는 합니다.

산길에 익숙한 마타조 씨 같은 사람도 서두르다 떨어졌지 않습니까? 저같이 부실한 사람은 턱도 없지요.

산사내가 도와준다는 법도 없지 않습니까.

네.

마타조 씨는 도움을 받았지만 후계자는 **당하고** 말았으니까요, 산사내에게. 일단 마을로 돌아가서 히노키야에 알렸습니다.

어르신은 놀랐습니다.

그 얼굴을 지금도 잊을 수 없습니다. 기쁘다기보다 혼비백산했다고 할까요.

무리도 아니지요.

다음 날, 날이 밝자마자 산을 뒤지기로 했습니다. 우리도 참가하기로 했지요.

뭐, 저야 억지로 따라갔지만 마타이치 씨는 영험한 부적을 뿌린다고 그 무렵에는 이미 마을에서도 평판이 자자하던 어행사였으니까요. 액막이를 위해 참가하게 되었습니다.

네.

대단한 소동이었습니다.

전날 밤부터 화톳불을 태웠고 잘 싸우는 사람도 여럿 모았습니다. 출진을 기다리는 무장처럼요.

그래 산에 들어갔습니다.

이른 아침이었습니다.

총 서른 명은 있었을까요.

시라쿠라 마을 쪽에서도 고사쿠 씨의 연락을 받은 마을 사람들이 수색하러 내려오기로 되어 있었기 때문에 총 오십 명쯤은 산에 들어 갔을 겁니다.

네.

수색에 나서고 얼마 지나지 않았을 때입니다.

쾅 하는 커다란 소리가 산에 울렸습니다.

네, 들었습니다.

이 귀로 들었지요. 똑똑히 들었습니다. 네, 이어서 쿵쿵 하고 땅이 울리는 듯한 소리가 몇 번씩 들렸습니다. 네, 환청이 아닙니다. 산에서 는 원인을 알 수 없는 큰소리가 나는 현상이 드물게 있지만 그때는 아 니었습니다.

단박에 기가 죽었습니다.

네, 무시무시했습니다. 산에서 그런 소리를 들으면 마을에서 듣는 것보다 몇 배는 무섭습니다. 이건 들어본 사람밖에 모를 겁니다.

그래도 그만둘 수는 없었습니다.

어르신은 벌써 울고 계셨으니까요.

기운을 북돋워준 것은 마타이치 씨였습니다.

온갖 액을 다 태워버리는 다라니 부적을 이렇게 들고…….

"어행봉위."

그러면서 방울을 짤랑 울렸지요.

괴이한 소리를 두려워할 필요는 없다. 소리가 나는 것은 좋은 소식이라. 이런 굉음을 내는 것은 금수가 아니라 산의 요괴임에 틀림없다. 그렇다면 소리가 난 쪽에 따님이 있을 것이니…… 하고.

가보았습니다.

짐승이 다니는 길을 따라 사람은 절대 가지 않을, 아니 갈 수 없을 것 같은 산을 올랐습니다. 네, 발로 밟은 것처럼 묘하게 다져져 있었습니다. 누군가가 오간 듯한 느낌이었지요. 그러자.

절벽 위쪽으로 나왔습니다.

울창한 숲 사이에 동굴이 있었습니다.

네……. 그 속에.

아니, 바로 들어가지는 못했습니다.

동굴 입구를 가로막듯이 수령이 몇 백 년은 됨 직한 거목이 쓰러져 있었거든요.

한 그루가 아닙니다. 베어 넘어뜨리기라도 했는지 몇 그루나 있었습니다. 이렇게, 몇 겹씩 착착. 아무리 봐도 인간이 할 수 있는 일이 아니었습니다. 나무꾼 몇 명이 일제히 달려들어도 도저히 하루 만에 쓰러뜨리지는 못할 만큼 큰 나무였으니까요.

네. 소리는 아마 이 나무가 쓰러지는 소리였던 겁니다.

우리는 말이지요, 전율했습니다.

치울 수 있을 리 없습니다. 어찌할 도리가 없었지요.

그래서 마타이치 씨가 이렇게 나무 틈으로 들여다보았습니다.

그랬더니 동굴 안에 감옥이 있고 거기 치요 씨가 있었습니다.

있었어요.

그리고.

큰 나무 아래에.

네.

기스케 씨와 시라쿠라 마을 사람 두 명이…….

네, 직격을 맞고 깔렸으니까요.

뭉개져서 숨이 끊긴 상태였습니다. 시신을 끌어낼 수도 없었지요.

아마 기스케 씨는 시라쿠라 마을에서 내려온 두 사람과 함께 한발 앞서 동굴을 발견하고 안에 들어가려다 그만…….

당했을 겁니다.

네. 뒤늦게 출발한 우리는 마타이치 씨의 부적 덕에 난을 피했지요.

네, 그렇습니다.

6

"마물이로군요. 그렇게 큰 나무를 넘어뜨리다니……. 역시 인간이 할 수 있는 일이 아니겠지요."

겐노신이 말했다.

"그렇겠지요. 기스케 씨와는 바로 제가 전날 밤에 만났으니까요. 그 기스케 씨가 깔려 있었으니 나무가 쓰러진 건 아침입니다. 하지만 쓰러져 있던 나무는 아까도 말씀드렸다시피……."

"하루가 걸려도 도저히 쓰러뜨릴 수 없을 큰 나무였다?"

노인이 고개를 끄덕였다.

"끔찍한 시체였습니다."

"사람은 아니군. 허나 짐승도 아니야. 그렇지, 쇼마?"

"으음" 하고 쇼마가 고개를 갸웃했다. "그렇다면 확실히 선주민이나 신종 원숭이는 아니겠군. 요괴니 뭐니 하는 말은 쓰고 싶지 않지만 사람의 지식을 넘어선 존재, 괴물이라 생각할 수밖에 없나. 어떤가, 소베?"

"참으로 불가해하지만 책에 나온 기술이 아니라 사실이라면 인정할 수밖에 없겠지. 산사내는 산 **그 자체**라고 했던 노인장의 말씀을 어쩐지 이해한 것 같은 느낌이 드네. 이야기하거나 파헤쳐서는 안 된다는 말인가."

소베가 부루퉁한 얼굴을 한층 더 찡그리며 말했다.

세 사람은 신묘한 표정으로 입을 다물었다.

하지만.

요지로는 어쩐지 석연치 않은 느낌이 들었다.

평소 같으면 여기서 똑같이 수긍하고 그저 감복하며 돌아갈 참이지만, 아무래도 마음이 편치 않았다.

원인은……

잇파쿠 옹의 표정이었다.

노인의 얼굴은 슬퍼 보였고, 말투도 평소보다 덜 경묘했다.

요지로는 잇새에 뭐라도 낀 듯 어딘지 미적지근하고 불편한 느낌을 받았다.

노인이 잠자코 서책을 덮었다.

무언가를 망설이는 듯했다.

사요가 그 모습을 빠짐없이 지켜보고 있었다. 요지로는 그런 사요의 시선을 놓치지 않았다.

"이번 일도……" 겐노신이 입을 뗐다. "이번에 노가타 마을에서 일어난 사건도 역시 그렇게 생각해야 할까요? 노가타 마을 가모 이네는 산의 마물과 맞닥뜨리는 바람에 심신을 상실했다고……."

"쓸데없이 캐고 들어갈 필요는 없다는 거지." 소베가 이어받았다.

"산은 신성한 곳이니 성역으로 가만히 내버려두라는 뜻인지도 모르네. 뭐, 딸이 무사히 돌아왔으니 그걸로 해결된 셈 치라고 그 모스케인지 하는 사람에게 전하면 어떤가? 그렇지 않나, 일등 순사 양반?"

겐노신이 수염을 쓰다듬으며 고개를 끄덕이려는 순간.

"그건 아닙니다."

사요가 말했다.

세 사람은 눈을 둥그렇게 떴다. 물론 요지로도 놀랐다.

"아니……라니?"

"아니지요. 그렇지 않습니까, 영감님? 확실히 산의 기는 사람을 우롱하지만 산의 기로 임신을 하는 경우는 없는 걸요. 아기는 실제로 있잖아요? 게다가 사람도 하나 죽었지 않습니까?"

"하지만 노인장 이야기에서도 사람은 죽지 않았습니까?"

"칼부림이 있었던 건 아니지요."

사요가 슬픈 듯 말했다.

노인은 그 얼굴을 한층 더 슬프게 바라보았다.

"그…… 돌아가신 야마노 긴로쿠 씨라는 분은 칼에 베여서 죽지 않았습니까?"

"베였다고 할까……."

"찔렸지요?"

"그렇지만…… 사요 씨, 당신."

"그 찔린 상처는 평범한 날붙이, 창칼이나 단검, 식칼로 생긴 상처와는 조금 다르지 않았나요?"

겐노신이 잠깐 당혹스러워하더니 그렇다고 대답했다.

"아무래도 한쪽 날만 있는 칼이 아닌 듯합니다. 양날을 간, 그렇지, 서양 검 같은……."

"그건 우메가이예요."

사요가 말했다.

"우메가이……라니?"

"산에서 사는 사람들이 쓰는 양날로 된 산칼이지요."

"산사내…… 말입니까?"

"아니요, 인간입니다. 산사내는 도구를 쓰지 않아요. 물론 날붙이도 가지고 있지 않습니다. 에치고 이야기에서도 그랬잖아요? 산사내는 짐승을 잡아도 가죽을 벗길 수 없습니다. 추위도 불을 피울 수 없고요. 사람 말을 이해하고 마음도 통하고 하니까 결코 바보가 아니지만 산사내는 문명을 이용하지 않는 것이 규칙입니다. 그렇기 때문에 산사내는 사람이 아니라 산 그 자체인 겁니다. 그렇지요, 영감님?"

사요가 말했다.

노인은 사요를 보고 나서 작은 목소리로 "그렇지요" 하고 말했다.

"그렇지만……."

"아니요. 이번 이야기는 지금 영감님이 하신 옛날이야기와는 다릅니다. 무슨 일이 있어도 이번에는 분명히 밝혀야 해요. 아이에게는…… 아버지가 필요하니까요."

사요가 이렇게 말했다.

잠깐 사이를 두고 노인이 말했다.

"알겠습니다. 겐노신 씨."

"앗, 네."

이름을 불린 겐노신은 송구해했다.

"그 살해당한 긴로쿠 씨는 이네 씨에게 꽤나 빠져 있었다고 했지요."

"연모했던 모양입니다. 앞장서서 모스케에게 불평한 것도 혼담을 깨고 싶어서가 아닌가 하고."

"긴로쿠 씨의 집은 모스케 씨 집에서 그리 멀리 떨어져 있지는 않지요?"

"멀리 떨어져 있지는 않습니다. 그것이?"

"긴로쿠 씨는 다카오 산 쪽에 연고가 있지 않았습니까?"

"연고……라고 할지. 뭐, 긴로쿠는 약왕원(藥王院)* 신자로 참배는 빈번하게 다녔던 모양입니다만 그게 왜……?"

"그러면…… 거의 틀림없겠군요."

노인이 사요에게 눈짓을 했다.

사요가 고개를 끄덕였다.

노인이 말했다.

"그 긴로쿠 씨가…… 아마 여섯 자 거인의 정체일 겁니다."

"그, 그건 말도 안 됩니다. 야마노 긴로쿠는 그야 몸집이 큰 대장부이기는 하지만 여섯 자는 안 됩니다. 기껏해야 저기 앉아 있는 소베 정도이지……."

"이네 씨는 몸집이 작지 않습니까?"

사요가 말했다.

---

* 다카오 산 꼭대기에 있는 진언종 지산파(智山派)의 절.

"가모 이네는 몸집이 작지요. 자그마합니다."

"그 작은 이네 씨가 저기 소베 씨 정도 되는 우락부락하고 굳건한 분에게…… 이런 말은 그다지 하고 싶지 않지만…… 깔렸다면 어떤 기분이 들까요?"

"나는 그런 짓은……."

소베가 얼굴을 붉혔다.

"그러니까 이네 씨 눈에 어떻게 비쳤을까 하는 이야기입니다. 아주 크고 힘이 센 자에게 제압을 당했다고……."

"그렇게 생각하겠지요. 가련한 처녀가 그렇게 야비한 **짐승**에게 깔렸다면 그야말로 사자나 곰한테 습격당했다고 착각해도 어쩔 수 없을 겁니다."

쇼마가 말했다.

커다란, 커다란 사내가.

벌거벗은, 벌거벗은 커다란.

털북숭이.

여섯 자는 **됨 직한** 큰 사내.

온몸이 털로 뒤덮인 **듯한**.

멧돼지도 손으로 찢을 **정도로** 힘이 센.

"그 처녀는 거짓말을 한 게 아니라……."

하지만 이것은 객관적인 진실도 아니다. 이네의 주관에는 그렇게 **보였던** 것이다. 왜냐하면…….

"이네 씨는 상당히 겁이 났을 겁니다. 하도 무서워서 모든 것을 잊어버릴 정도로 겁이 나지 않았나 싶습니다. 그래서 그렇게 보였고, 그렇게 믿어버렸겠지요."

"잠깐, 잠깐만 기다려보십시오. 노인장, 그렇다면 그 긴로쿠라는 자는……."

"네. 억측이기는 하지만 다른 답은 없을 겁니다. 긴로쿠 씨가 물을 뜨러 가던 이네 씨를 끌고 갔겠지요."

"긴로쿠가, 긴로쿠가 납치했다니. 하지만……."

겐노신이 얼빠진 목소리로 말했다.

헛기침을 해서 위엄을 되찾은 뒤 겐노신은 어조를 바꾸어 엄숙하게 말했다.

"긴로쿠는 맨 먼저 이네를 찾으러 가는 데 지원했고 앞장서서 산을 수색하러 갔습니다. 누구보다 빨리, 날도 새기 전에 출발했다고……."

"그 점이 수상쩍다면 수상쩍군. 의심을 받지 않으려고 일부러 그랬는지도 모르네."

쇼마가 편하게 앉았다.

"하, 하지만 아무 증거가."

"그렇지요. 증거는 없습니다. 하지만 그러면 여쭙겠는데, 겐노신 씨, 긴로쿠 씨의 시신은 어디서 발견되었습니까?"

"다카오 산 산기슭 부근……이지요."

"멀리도 떨어진 곳이군요. 마을 사람들 모두 노가타 부근을 찾고 있는데 왜 혼자만 그렇게 먼 곳에 있었을까요?"

"그야 맨 앞에 서서 찾으러 나갔다가……."

"너무 멀어. 생각해보면 찾는 도중에 도착하지는 못할 거리네. 서둘러 직행했다고 생각할 수밖에 없어."

소베가 말했다.

"그렇겠지요. 긴로쿠 씨는…… 밤사이에 몰래 이네 씨를 데리고 나와서 다카오 쪽을 향해 갔을 겁니다."

"데리고 나오다니……. 어디서 말입니까?"

"글쎄요. 그때까지 이네 씨를 가두어두었던 곳이겠지요. 온 마을이 수색에 나선 이상 가까운 곳은 전부 뒤질 테고, 그러다 들키면 본전도 못 찾습니다. 뭐, 다카오 정도까지 떼어놓으면 안심이라고 생각하지 않았을까요."

"가두어두었다니……. 긴로쿠가 말입니까?"

"긴로쿠 씨는 아마 납치한 이네 씨를 마을에서 조금 떨어진 어디 다른 곳의 오두막인지 뭔지에 감금하지 않았을까요. 어림짐작이기는 하지만요. 아무리 교묘하게 납치를 했다 한들 마을에 가두어둘 수는 없었을 테지요. 숨겨봤자 마을 안이어서는 곧장 들킵니다."

"그건 그렇지만……. 하지만 감금한다 한들 어떻게……."

"연약한 여인 하나 가두는 것이니까요. 무뢰배 두세 명 돈 주고 고용해서 망을 보게 하는 것쯤 식은 죽 먹기이겠지요."

"그야 그렇지만……."

"게다가 그 무렵에는 모스케 씨가 해고한 거친 사람들 몇몇이 아직 마을 주변에 있었고요. 이러니저러니 해도 쫓겨난 것이니 개중에는 모스케 씨에게 원한을 품은 자도 있었겠지요."

"그, 그러면……. 알겠다, 이네에게 반했던 산카가 손을 빌려주었구나."

"그건 아닙니다."

사요가 또다시 말했다.

"산에 사는 사람이라 해도, 천민이라 불리던 사람들이라 해도 같은 인간입니다. 좋아하는 여자를 겁탈한 데다 감금까지 해서 노리개로 삼는 악행을 돕거나 하지는 않습니다. 손을 빌려준 사람은 다른 사람, 그 산에서 온 사람과 싸우던 놈들 아닐까요?"

사요는 이렇게 말을 이었다.

"사요 씨 말이 맞아. 그편이 조리에 맞네."

소베가 팔짱을 끼고 심각한 얼굴을 했다.

"모든 일은 그 긴로쿠인지 뭔지가 임자 있는 사람을 연모한 끝에 저지른 어리석은 짓이고, 손을 빌려준 것은 은인인 모스케에게 되레 원한을 품은 자들이다⋯⋯. 이렇게 생각하는 편이 조리에 딱 맞아."

"네. 뭐, 상상이기는 합니다만 산을 뒤지는 방향으로 이야기가 흘러가는 바람에 긴로쿠 씨는 꽤 간담이 서늘하지 않았을까요? 회합이 열리는 시간은 보통 밤이니까 산을 뒤지는 건 다음 날 아침이지요. 밤중에 마음대로 움직이지는 못합니다. 그래서 앞장서서 자원하고 맨 먼저 집을 나서는 척하며⋯⋯ 날이 밝기 전에 이네 씨를 데리고 나왔습니다."

"왜 무뢰배들에게 시키지 않았을까? 사람을 고용했으면 그자들에게 옮기게 하고 자기는 마을 주위를 서성이는 편이 의심을 사지 않을 텐데."

"아니, 아닙니다." 노인이 손을 저었다. "아침이니까 초라한 행색을 한 사람에게 옮기게 하면 눈에 띄겠지요. 게다가 만일 누가 수상쩍게 여겨 묻기라도 하면 그자들이 곧장 자기 이름을 댈 게 분명합니다. 그래서 조심하느라 단독으로 옮겼겠지요."

"단독으로요?"

쇼마가 묻자 노인이 대답했다.

"그야 그렇겠지요. 긴로쿠 씨는 **혼자 죽었**으니까요. 뭐, 장소를 다카오로 정한 이유는 익숙하게 다니던 곳이기도 하고 마을에서는 꽤 멀리 떨어져 있는 데다 참배한다는 구실로 약왕원을 오가기 쉬웠기 때문이 아닐까요…….."

그러더니 노인이 곱씹듯 말했다.

"산 같은 곳에 가는 게 아니었습니다."

"산에서…… 무슨 일이 있었던 겁니까?"

겐노신이 물었다.

"산에는…… 산의 사람이 있습니다."

사요가 말했다.

"겐노신 님이 산카라 하셨던 사람들……. 산카라는 건 멸칭입니다. 들에서 자고 다리 밑에 몸을 누이며 토지와 정사에 얽매이지 않고 살아가는 사람들은 줄곧 있었고, 지금도 있습니다. 그들은 스스로를 덴바모노나 쇼켄시(世間師), 겐시, 겐타라고 불렀습니다. 장소에 따라서는 폰스나 폰스케 등 다양하게 불립니다만……."

"그 폰스니 겐시니 하는 건……."

이네가 헛소리처럼 했다는 뜻 모를 말이다. 겐노신이 요지로 쪽으로 고개를 돌렸다.

눈을 둥그렇게 뜨고 있었다.

"그러면……."

"이네 씨는 한동안 쇼켄시와 함께 지냈을 겁니다."

"헤, 헤이자로군." 겐노신이 주먹을 쥐었다. "산카…… 아니, 쇼켄시 헤이자는 모스케의 집에서 해고된 뒤 산으로 돌아간다고 하고 떠났네. 산이라는 건 다카오 산이었을지도 몰라. 그러면……."

겐노신이 입을 다물었기 때문에 사요가 이어서 말했다.

"일설에 따르면 쇼켄시는 꼭두각시를 놀리는 사람의 후예라고도 하는데, 결코 산에서 내려오지 않았습니다."

사요는 말했다.

"드물게 정주를 하는 경우도 있었던 모양이지만 그런 사람은 적었던 것 같아요. 키를 만들거나 물고기나 거북이를 잡아서 팔고, 한곳에 머물지 않고 흘러가며 삽니다……. 번에도, 마을에도, 단자에몬이나 천민 우두머리에게도 속하지 않는 산의 사람은 사농공상에서 벗어나 있다는 의미에서는 천민으로 멸시받던 다른 사람들과 다르지 않았지만, 막부와는 전혀 관계를 맺지 않았다는 점이나 토지에 전혀 속박되지 않았다는 점에서는 진정 신분이 없는 사람들이었어요. 불량배들처럼 두목과 부하가 있는 것도 아니고, 동료들끼리만 통하는 은어로 이야기를 나누면서 산의 법도를 지키며 살아갈 뿐."

"산의 법도……라는 건?"

"산에서 살기 위해 지켜야 하는 규칙입니다. 두목과 부하가 없이 떠돌며 살기 때문에 영역 같은 것도 없지요. 그러면 더더욱 동료 사이의 인의가 필요하지 않을까요?"

"지당한 이치입니다."

쇼마가 말했다.

"그들은 아까 말씀드린 우메가이라 불리는 양날 산칼을 들고 다닙니다. 일설에 따르면 이건 아메노무라쿠모의 검(天叢雲劍)*을 본뜬 것이라고 하는데, 확실치는 않습니다. 이 외에도 화로 위에 냄비를 걸 수 있게 되어 있는 갈고리 등 독특한 도구를 가지고 있습니다."

"그게…… 흉기인가? 그러면."

"유감스럽지만 긴로쿠 씨를 죽인 건 그 헤이자라는 사람이겠지요."

사요가 말했다.

"사요 씨."

노인이 짤막하게 불렀다.

"아니요. 이게 도리입니다, 영감님. 쇼켄시도…… 지금은 평민이니까요. 죄를 지은 이상 심판을 받아야 합니다. 이제 산의 법도만 지키고 있으면 되는 시대가 아닙니다. 이제…… 산은 없어져버렸으니까요."

사요가 말했다.

노인은 우는 듯한 표정을 지었다. 그러고는 작은 목소리로 말했다.

"그렇군요. 산은 이제 없습니까."

"없습니다."

"하지만 왜 그 헤이자인지 뭔지가 긴로쿠를 죽여야 하지? 연적이라서? 산사람이라는 게 원래 그런가? 아무리 그래도 그렇지는 않을 텐데."

소베가 물었다.

---

* 일본 황실에 전해 내려온다는 세 가지 보물 중 하나.

"**봐버렸**겠지요."

노인이 대답했다.

"긴로쿠 씨는 아마 이네 씨를 기절시킨 다음 자루 같은 데 넣어서 숨겨서 운반해야 했을 겁니다. 혹은 겁탈을 당하고 감금된 이네 씨는 이미 제정신을 잃었을지도 모르지요. 그래 순조롭게 산에 데려온 뒤에 자, 이제 어떻게 할까 했겠지요. 아무 준비도 없었으니까요."

"뭐, 그렇겠지요. 이판사판이었나."

소베가 미간을 찌푸렸다.

"뭔가 계획이 있기는 했겠지요. 어쨌거나 산속에서 이네 씨가 소란을 피운 게 아닐까요? 그 모습을……."

"헤이자가 봤군."

"헤이자 씨는 이네 씨에게 호감을 품고 있었지 않습니까? 당연히…… 구하려 했겠지요."

"반드시 구해야지!"

소베가 고함쳤다.

"그렇군. 그런 사정이 있었구면. 모름지기 사내가 그런 비열한 행위를 보고도 내버려두어서야 사내 체면이 서지 않지, 도리가 서지 않아."

"하지만 죽여서는 안 됩니다."

사요가 말했다.

소베가 말을 뚝 그쳤다.

"무슨 일이 있어도 죽여서는 안 되었습니다, 그 헤이자 씨는. 명치 시대는 복수조차도 금지된 세상입니다. 산사람도, 마을 사람도 없습니다. 실제로야 어떻든 구별, 차별이 없는 것이 도리입니다. 그러면 살인은…… 어떤 이유가 있더라도 죄입니다. 죄는 심판을 받아야겠지요."

"사요 씨 말이 맞습니다."

노인이 말했다.

"알겠습니까, 겐노신 씨? 쇼켄시……. 여러분이 말하는 산카 같은 사람들은 여전히 오해를 받고 있고, 앞으로도 오해를 받을 겁니다. 그런 편견은 있어서는 안 됩니다. 원래 천민이었으니 죄가 많다, 호적이 없으니까 죄를 짓는다. 이런 어리석고 못난 차별은 언어도단입니다. 산카라서 악행을 저지르지는 않습니다. 이는 결단코 있을 수 없는 일입니다. 그 점은 잘못 생각하지 마십시오. 하지만 한편으로 죄는 죄. 이것은 이것대로 심판하는 것이 평등입니다. 원래 영주였든, 승려였든 살인은 살인으로 심판을 받아야 하고, 마찬가지로 신분이 낮은 사람도 심판을 받지 않으면 도리에 맞지 않습니다. 그리고…… 유감스럽지만 아무래도 헤이자 씨가 이네 씨를 구하기 위해 사람을 죽인 건 확실한 듯합니다."

"하, 하지만, 노인장. 그러면 이네가 품고 있던 아이는…… 그 헤이자의……?"

"아니요. 그 아이는 긴로쿠 씨의 씨가 아닐까요. 생각해보십시오. 사람을 죽여서까지 구한 처자를 능욕할까요? 아무리 연모하는 마음이 있었다 한들 전부터 정을 통하고 있었다면 모를까, 이네 씨 쪽은 헤이자 씨 얼굴도 몰랐으니 말입니다. 암만 사랑을 이루고 싶다고 강하게 바랐다 해도 그건 좀 아닌 것 같습니다. 헤이자 씨는 신분, 아니,

자기 자신에 대한 분별이 있었지 않습니까. 해고되자 미련도 불평도 없이 산으로 돌아가는 깨끗한 사람이 심신에 상처를 입은 좋아하는 사람을 괴롭히지는 않겠지요."

"그러면 그 시점에서 이네는 임신한 상태였던가."

"그 사실을 알았기 때문에 헤이자 씨는 이네 씨를 모스케 씨에게 돌려보내지 않았을지도 모릅니다. 그 부분은 알 수 없지만, 제 생각에 이네 씨는 그 자리에서 쓰러져버린 게 아닐까요?"

"그래서 간병을 하다 이윽고 아이가 태어나자 길렀다……."

"산사람은 산속에서 뭐든지 할 수 있습니다."

사요가 말했다. 그러고는 다시 고쳐 말했다.

"아니, 할 수 있었습니다."

"자, 나머지는 겐노신 씨 재량이겠지요."

노인은 이렇게 말한 뒤 역시 조금 쓸쓸한 얼굴로 무릎 위의 서책을 보았다.

7

사사무라 요지로가 혼자 잇파쿠 옹 즉 야마오카 모모스케의 집을 찾아온 것은 그로부터 사흘 뒤였다. 모모스케는 요 며칠 동안 뭐라 말할 수 없이 괴롭고 슬픈 기분이었기 때문에 이 갑작스러운 방문에 주저했다.

요지로가 왔음을 전하러 온 사요를 붙잡고 모모스케는 그 사실을 알렸다.

그러자 사요는 옆으로 긴 눈을 가늘게 뜨며 웃었다.

"모모스케 씨, 아직 망설이고 있나요?"

"아직이라니…… 저는."

"훌륭한 모사꾼이었습니다."

사요가 말했다.

"무슨 소리를. 저는 그저 마타이치 씨가 지금 이 명치 세상에 있었다면 노가타 사건을 대체 어떻게 다루었을까 그 생각을 했습니다."

죄 없는 이는 다치게 하지 않고, 슬퍼하는 이에게는 안도를 주며,

화내는 이에게는 평온을 선사하는, 저쪽을 세우면 이쪽이 서지 않고, 이쪽을 세우면 저쪽이 서지 않아 나란히 서지는 않는 것이 이 쓰디쓴 세상의 운명이라면, 둘 다를 세우는 것이 모사꾼이라…….

마타이치 씨라면 어떤 거짓말을 할까? 어떤 속임수를 쓸까?

어떻게 마무리했을까?

끌려가서 농락당하고 임신을 하여 제정신을 잃어버린 처녀. 아무것도 모르고 딸의 몸을 계속해서 걱정하던 아버지. 사모하던 여인을 위해 사람을 죽이고, 그 여인을 돌보다 태어난 아이까지 기른 유랑인…….

세상과의 매듭을, 마음과 마음의 매듭을 마타이치라면 대체 어떻게 지었을까…….

모모스케는 오로지 그것만을 생각하고 있었다.

"저는 망설이지도 않았고 모사꾼의 속임수를 쓰고 싶었던 것도 아닙니다. 마타이치 씨를 생각하고 있었을 뿐이지요."

이렇게 말했다.

"마타이치 씨도 똑같이 했을 거예요. 시대가 다른 걸요."

사요는 한층 더 요염하게 웃었다. 나이를 알 수 없는 처녀이다. 모모스케는 얼굴을 돌렸다.

역시 사요의 웃는 얼굴에는 약하다.

"시대가…… 다르다."

"모모스케 씨도 잘 알면서. 요괴라는 건 토지에 생기고, 시대에 생기는 법이지요. 장소나 시대가 바뀌면 아무 도움이 되지 않습니다. 어행사 마타이치는 요괴를 쓰는 사람이잖아요? 그러면 분명 이 세상에 맞는 걸 쓰겠지요."

사요가 말했다.

그렇다면.

산사내는…….

"요지로 씨는 뭔가 여쭙고 싶은 게 있다고 해요. 그렇게 기운 없는 얼굴을 보여서야 부끄럽지 않겠어요?"

사요가 쾌활하게 말하더니 들여보내겠다고 하면서 방을 나갔다.

얼마 지나지 않아 무료한 얼굴을 한 사사무라 요지로가 약간 고개를 숙이고 들어왔다. 모모스케보다 더 풀이 죽었다. 모모스케 입장에서는 기선을 제압당한 형국이다.

요지로가 공손히 머리를 숙이고 말했다.

"우선 보고부터 하겠습니다. 요전에 이 별채를 시끄럽게 한 산사내건 말입니다만, 일등 순사 야하기 겐노신의 영단으로 두루 원만하게 마무리되었습니다."

"두루…… 말입니까?"

"네, 아마."

"어떻게 마무리를 지었나요?"

흥미가 동한 모모스케가 물었다.

"네. 우선 겐노신은 마을 사람들이 모르게 죽은 야마노 긴로쿠의 신변을 은밀히 조사했습니다."

"호오."

"무엇보다 추론을 뒷받침하기 위해서는 증거가 필요하다는 건 양행 신사 쇼마의 지론입니다만, 실제로도 그렇겠지요. 애초에 순사가 할 일은 체포가 아니라 조사라며…… 듣자하니 도쿄 경시청은 연내에 폐지되고 새롭게 내무성 관할 경시국이라는 곳이 설치된답니다. 더 진보적이고 근대적인 방침이 필요해진다며……."

"그렇군요."

모모스케로서는 감탄할 수밖에 없다.

"하지만 만일 요전에 추측한 내용이 진실이라 해도 이 사건이 일어난 건 삼 년도 전이지 않습니까? 증거가 남아 있을까요?"

"사람은 여기저기 움직이지만 사물은 내버려두면 움직이지 않습니다. 쓰는 사람이 없어진 건물이나 도구는 시간이 지나도 그대로이지 않습니까? 조사 결과 이네 씨를 감금했다고 여겨지는 오두막이 발견되었습니다."

"그런 게 발견되었습니까?"

"노가타 마을 변두리에서 다섯 리쯤 떨어진 숲 속에 빈집이 있습니다. 빈집이라고 해봤자 다 무너져가는 낡은 오두막인데, 긴로쿠가 옛날에 그곳에서 건달들을 모아 자잘한 노름을 즐겼다는 증언이 나왔습니다. 그래서 가보았더니 멍석과 새끼줄, 낡은 이불 같은 것이 방치되어 있었고, 이네 씨가 물을 뜨러 갔던 것으로 보이는 물통, 그리고 무엇보다 이네 씨의 물건인 듯한 빗이 발견되었습니다."

"빗이요?"

"나중에 모스케 씨에게 보여주었더니 실종 당시에 이네 씨가 머리에 꽂고 있던 빗이 틀림없다고 합니다. 그 빗은 이네 씨의 할머니, 즉 모스케 씨 어머니의 유품이라서 절대 잘못 볼 리 없다고 증언했다지요. 그리고."

"더 있습니까?"

모모스케가 물었다.

"네, 이걸로는 부족합니다. 이것만으로는 고작해야 거기에 이네 씨가 갇혀 있었다는 증거밖에 되지 않겠지요."

그건 그렇다.

긴로쿠가 관여했다는 증거가 되지는 않을 것이다.

"그래서 겐노신은 노가타에서 다카오까지 가는 길을 샅샅이 뒤졌습니다. 뭐, 그럴싸한 증언도 뜨문뜨문 얻은 모양이지만 결정적이지는 않았지요. 그런데 다카오 산 산기슭에서 마침내 움직일 수 없는 증거가 나왔습니다."

"그건……?"

"증인이 있었습니다. 다카오 산 산기슭의 눈에 띄지 않는 장소에 있는 어느 숯막에 동이 채 트기도 전에 긴로쿠가 상태가 이상한 처녀를 데리고 나타났다는 겁니다. 숯쟁이가 똑똑히 기억하고 있었습니다. 긴로쿠는 숯쟁이를 기억하지 못한 모양이지만 숯쟁이는 옛날에 노가타에 살던 사내여서 긴로쿠가 누구인지 알고 있었지요. 긴로쿠는 나는 에도에서 온 사람인데 일행의 상태가 안 좋으니 잠깐 맡아달라고 부탁했다고 합니다."

"저런, 그것 참……."

"숯쟁이는 거절했습니다. 수상쩍게 여긴 거지요. 아무래도 처녀의 눈빛이 이상했던 모양입니다. 영감님도 말씀하셨다시피 이네 씨는 완전히 넋을 잃었던 것 같습니다. 말도 못하고 움직이지도 못하는 상태였다고 합니다. 그래서 긴로쿠도 일면식이 없는 타인에게 맡기겠다는 바보 같은 생각을 품었겠지요. 거절당한 긴로쿠는 그대로 뒷산 쪽으로 갔습니다. 긴로쿠의 시신이 발견된 장소는 이 숯막 바로 코앞입니다."

조사하면 알 수 있는 일이었다.

모모스케는 마음속 깊이 감복했다.

"누가 긴로쿠 씨를 죽였는지는 아직 알 수 없지만, 긴로쿠 씨의 범죄인 것만큼은 거의 틀림없다는 사실이 판명되었습니다. 그리고 여기서부터가 수수께끼 순사 겐노신다운 활약이지요."

요지로가 말했다.

"어느 정도 증거를 굳혔기 때문에 겐노신은 마을 사람들을 전부 소집해서 강한 어조로 이렇게 말했습니다. 유신으로부터 십 년이 지난 지금, 산사내 같은 헛소리를 곧이듣고 소란을 일으키다니 우스운 일이다……. 문명개화한 우리나라에서 이러한 망언을 하는 자는 공공연히 인심을 현혹시키는 괘씸한 자라 판단하여 즉각 투옥하겠다고."

"그것 참 과격한……. 마을 사람들은 산사내를 퇴치하라, 붙잡으라고 요구하지 않았습니까?"

"딱 그쳤습니다."

"그쳤다?"

"네. 원래부터 **산사내를 믿는 사람은 별로 없었던** 겁니다."

"별로 없었다고요?"

"네. 반신반의, 아니, 솔직히 말해 아무도 믿지 않았습니다."

"그렇습니까? 하지만……."

"마을 사람들은 요컨대 누군가가, 뭐든 좋으니 **뭔가를 해주기를 바랐**을 뿐입니다. 누구라도 좋으니 **확실히** 이야기해주기를 바랐던 기지요.

훌륭하신 순사 나리의 꾸지람을 들은 마을 사람들은 얌전해졌습니다. 아니, 결코 강제로 굴복당한 것이 아닙니다. 안심한 거지요."

그런지도 모른다.

똑같다. 이것은.

마타이치의 방식과.

"마을 사람들을 진정시킨 뒤에 겐노신은 남몰래 모스케 씨와 다메키치 씨, 그러니까 긴로쿠 씨의 아버지를 불러서 진상을 이야기했습니다. 두 사람 다 처음에는 화내고 울고 큰 일이었던 모양이지만, 이윽고 이해했습니다. 겐노신은 이렇게 말했지요. 모스케 씨는 딸이 무사히 돌아온 것을 더 기뻐해야 한다, 다메키치는 아들의 품행을 부끄럽게 여기고 이 일이 세상에 퍼지지 않은 것에 감사하라고. 그리고 무엇보다 이네 씨가 데리고 온 아기의 얼굴을 보라고 했습니다. 태어난 아기는 둘 다에게 첫 손자가 아니냐고요."

과연.

그렇게 되는가.

"또 겐노신은 이렇게 덧붙였습니다. 긴로쿠가 이네에게 저지른 행위는 극악무도하고 결코 용서할 수 없는 일이다. 하지만 당사자에게는 이미 천벌이 내렸으며, 군이 들추어내서 소란을 피운들 책임을 질 사람은 없고, 그저 이네와 모스케 부녀가 괜한 고통을 받을 뿐 아니라 아기의 앞날에도 어두운 그림자를 드리우리라는 것은 상상하기 어렵지 않다. 천진난만한 어린아이인 요타에게는 아무런 죄과도 없다. 따라서 긴로쿠의 죄는 묻지 않겠다고. 다만 긴로쿠를 살해한 자는 어떠한 이유가 있다 해도 살인죄일 것이고 긴로쿠 살해 사건은 별건이기 때문에 철저히 조사하여 범인 체포를 목표할 생각이다……."

"훌륭한 말씀이신데요."

사요가 차를 가지고 방에 들어와 있었다.

모모스케는 요지로의 말에 신경이 팔려서 장지문이 열리는 것도 전혀 눈치채지 못했다.

"두 사람은 수긍했습니까?"

사요가 차를 권하자 요지로는 어쩔 줄 몰라 했다.

"모스케 씨와 다메키치 씨는 손을 맞잡고 앞으로는 친척으로 지내 보자고 했답니다. 요타는 '与太'라는 한자 이름으로 바꾸어 모스케 씨의 양자로 들이면서 일단락될 것 같습니다. 뭐, 불쌍한 건 이네 씨이지만 이쪽도 서서히 안정을 찾아 옛날 일도 기억하기 시작한 모양입니다. 그야 전부 떠올랐을 때가 가장 괴로울 테지만……."

요지로가 말했다.

"그것을 극복하는 것이 근대인일까요."

"네……."

모모스케는 뜨거운 차를 홀짝이며 사요의 눈치를 살폈다.

"전부 다 사요 씨 말이 맞았습니다."

걱정할 필요는 없었나 보다.

"이제 여러분의 시대입니다."

모모스케가 말했다.

요지로는 무슨 말인지 모르겠는지 한참 모모스케와 사요의 얼굴을 번갈아 보다가 말했다.

"아닙니다, 어르신과 사요 씨 덕입니다. 여기 와서 여쭙지 않았으면 어떻게 되었을지."

"그 말씀은?"

"짐승 사냥이라도 하듯 산사내를 수색한들 아무 성과도 건지지 못했을 테고, 미신이라고 무작정 외면했다면 아무 성과도 없었겠지요. 하물며 산에 사는 새로운 평민을 위험한 패거리라고 곡해하여 인간 사냥 따위가 시작되기라도 했다면 낭패 아니겠습니까."

"그게 가장 있어서는 안 될 일입니다."

사요가 결연히 말했다.

"그렇지요. 뭐, 이것도 사요 씨가 순사 나리에게 진언을 해주셨기 때문입니다. 저희는 자칫 막부 시절을 버리지 못하고 있으면서도 그 사실을 깨닫지 못한 채 바뀐 척만 하곤 합니다. 다만 겐노신 이야기에 따르면 쇼켄시인 헤이자라는 사람은 어지간해서는 못 잡을 거랍니다. 산은…… 아직은 우리를 간단히 받아들여주지 않을 모양입니다."

'과연 그럴까?' 모모스케는 생각했다.

이제 이 나라에 산은 없지 않은가. 모모스케는 그런 느낌이 들었다. 이제부터 산은 평지보다 더 높은 장소라는 것 외의 의미를 지니지 못하는 게 아닐까, 하고 모모스케는 생각했다.

앞으로 산에서 그 이상의 의미를 발견하는 사람이 있다면 그건 보는 사람의 바람이자 환상일 것이다. 그런 바람이나 환상은 현실의 어떤 부분을 은폐하는 역할밖에 하지 못하리라.

산은 이제부터 개념의 도피처가 되어버리는가, 하고 모모스케는 예상했다. 그리고 환멸을 느꼈다. 깊이를 잃어버린 산에는 이제 자연이니 천연이니 하는 얄팍한 것밖에 남아 있지 않다. 이것조차 이윽고 사라질 것이 분명하다.

"어르신."

요지로가 불렀다.

모모스케는 유유히 고개를 들었다.

"실은…… 이번 사건을 제 나름대로 음미해보다 몇 가지 깨달은 것이 있습니다. 가능하다면 그에 대해 무례한 질문도 포함해 두어 가지 여쭙고 싶어서 오늘은 찾아뵌 것입니다만."

요지로가 묘하게 딱딱한 말투로 이렇게 말했다.

"깨달은 것……이요?"

"네. 아니, 저는 어르신을 추궁하러 온 게 아닙니다. 어르신이 대답하고 싶지 않으시면 일절 대답하실 필요 없습니다. 들어주시기만 하면 됩니다."

"요지로 님, 오늘은 퍽 딱딱하시네요."

사요가 웃었다.

"네. 그게, 영감님이 역정을 내시면 어떻게 하나 하는 생각뿐이라."

요지로는 추운 방에서 땀을 흘리고 있었다.

"화내지 않습니다."

모모스케가 말했다.

"제가 화를 내는 건 저 스스로도 상상이 안 됩니다."

"네."

요지로는 품에서 수건을 꺼내 이마를 닦았다.

"그…… 엔슈 사건 말입니다."

"엔슈의? 이번 일이 아니라?"

"네. 이건 제가 멋대로 상상한 것이니 정말 언짢게 여기지 마시기를 부탁드립니다. 그러니까 말이지요, 히노키야라 했습니까? 그곳 후계자와 같이 간 사환들을 살해하고 따님을 암굴에 감금한 건…… 산사내가 아니라 히노키야 주인의 배다른 동생인 기스케 씨 아니었습니까?"

"허어……."

모모스케는 놀랐다. 하지만 대답할 새도 없이 요지로가 계속해서 말을 이었다.

"그리고 큰 나무를 쓰러뜨려서 기스케 일당을 일망타진, 아니, 일격에 토벌한 누군가가 있습니다. 그건 복수가 아니었습니까?"

"아니, 그건……. 왜 그렇게 생각하셨습니까?"

모모스케는 구태여 아무 대답도 하지 않고 물었다.

"네. 영감님은 산을 수색하기 시작하고 나서 바로 거목이 쓰러지는 굉음을 들으셨습니다. 이건 많은 사람들이 함께 들었다고 했지요. 그리고 그 뒤에 커다란 소리가 났다는 이야기는 없었습니다. 그만한 거목이라면 소리 없이 쓰러질 리 없겠지요. 산을 수색하던 일행은 그곳을 향해 나아가고 있었으니까 가까이 있는데 아무 소리도 들리지 않았다고 생각하기는 어렵습니다. 그렇다면 쓰러진 것은 소리가 들렸을 때라고 생각할 수밖에 없겠지요. 한편, 그 나무에 깔렸다면 기스케 씨는 수색이 시작된 직후의 시점에 그곳에 있었던 게 됩니다. 그러면 기스케 씨는 그야말로 아직 날이 밝기 전에 누구보다 빨리 출발해서 길 없는 길을 넘어 일직선으로 그 동굴로 간 셈입니다. 아닙니까?"

"그렇다……고 봐야겠지요."

"동이 트고 나서라면 모를까, 이건 너무나 부자연스럽습니다. 무턱대고 돌진하다 보니 우연히 도착했다고 생각하지 못할 것도 없지만, 길도 없는 장소이니까요. 게다가 깔린 사람은 기스케 씨 혼자가 아닙니다. 시라쿠라 마을에서 온 사내 둘도 죽어 있었다고 했지요?"

"그랬지요."

"이건 지나친 우연 아닐까요? 기스케 씨와 그 두 사람은 출발하는 장소가 다릅니다. 지나가는 길도 전혀 다를 텐데, 어째서인지 둘 다 그곳에 도착했습니다. 게다가 같은 시간에. 흡사 거기서 **만나기라도 한 것처럼** 말입니다. 하지만 미리 짜고 만나기는 어렵지 않습니까? 지금과는 달리 전신이 있는 것도 아닙니다. 당연히 연락을 주고받을 수단이 없을 겁니다. 그렇다면 답은 하나밖에 없습니다."

"그 하나라는 건?"

"시라쿠라 마을 사람은 줄곧 거기에 있었습니다. 기스케 씨는 곧장 그곳으로 갔습니다. 기스케 씨가 도착했을 때…… 나무가 쓰러졌습니다."

"그러면…… 나무를 쓰러뜨린 사람은?"

"당연히 숨어서 기다리고 있었겠지요. 그리고 마타이치 씨도 그 동굴이 있는 곳을 알고 있었습니다. 저는 그렇게 생각합니다. 보통 아무리 큰소리가 난다고 해서 거기에 행방불명된 처녀가 있을 거라고 생각하지는 않습니다. 마타이치 씨가 인도했기 때문에 아무도 의심하지 않고 그곳으로 향한 것 아닙니까?"

"마타이치 씨는 알고 있었다?"

"그렇게 생각합니다. 그러면 전날 치요 씨가 모습을 드러낸 것까지 포함해서 전부 하나의 커다란 속임수였던 게 아닌가 하는 생각이 듭니다. 그때까지 한 번도 모습을 보이지 않았던 치요 씨가 갑자기 모습을 드러냈다, 거기까지는 좋습니다. 어쩌다 보니 감금된 장소에서 빠져나올 수 있었을지도 모릅니다. 그리고 한 번도 본 적 없는 어행사와 나그네와 마주쳐서 겁이 나 달아났다……. 이것도 있을 수 있는 일입니다. 하지만 거기서 무사히 달아났다면 그대로 마을로 가면 됩니다. 그렇지 않더라도 가령 산과 들을 헤매고 있었다면 이해가 됩니다. 하지만 왜 원래 있던 동굴로 돌아갔을까요? 일부러 감금 장소로 돌아가 우리에 들어가는 건 이상하지 않습니까?"

"과연……."

모모스케가 말을 고르는 사이에 요지로가 말을 이었다.

둑이 터지듯 쌓여 있던 말이 넘친 것이리라.

"산사내가 마타조 씨를 도왔다는 이야기가 과연 진실인지 아닌지, 저는 모릅니다. 하지만 히노키야 씨 일가를 덮친 비극은 고용살이 출신의 사위에게 재산을 빼앗겼다고 생각한 기스케 씨가 가게를 손에 넣기 위해 꾸민 계략이 아니었습니까? 그리고 산사내 소동은 그 음모를 역으로 이용하여 모사꾼이 그려낸 깔끔한 복수극인 게……?"

"하지만 그러면 거목을 쓰러뜨린 사람은 누구이지요?"

"고에몬 씨이겠지요."

요지로가 대답했다.

"어떻게 해서 쓰러뜨렸는지는 모릅니다. 하지만 고에몬 씨는 엔슈에 온 뒤로 줄곧 산에서 나무를 베고 있었다고 어르신은 말씀하셨습니다. 고에몬이라는 사람에 대해 어르신은 자세히 말씀하시지 않는 것 같지만, 전에 이렇게 설명하셨지요. 재주가 뛰어난 인형사로 에도의 어두운 세계를 좌지우지하는 소악당이기도 한데 원래는 무사라고도 하고 나무꾼이라고도 한다고. 제가 생각하기에 고에몬 씨가 먼저 산속 동굴에서 옥에 갇혀 있던 치요 씨를 발견하고 치요 씨 본인의 의뢰를 받은 것 아닙니까?"

"의뢰요?"

"남편과 피고용인들의 원수를 갚아달라고요."

아니.

그뿐이 아니었다.

기스케는 은퇴한 주인, 그러니까 배다른 형까지 살해하려는 계획을 품고 있었다. 그리고 형을 처리한 뒤에 치요를 발견해서 데리고 오는 것이 기스케가 그린 설계도였다.

기스케는 치요에게, 조카딸에게 떳떳하지 못한 마음을 품었다. 죽이지 않고 살려서 포로로 삼은 뒤 몸만 가지고 논 게 아니라 목숨이 아까우면 시키는 대로 하라며 줄곧 협박했던 것이다. 아무 말도 하지 않고 산사내에게 끌려간 것으로 하겠다면 원래 생활로 돌아가게 해주겠다고.

비열한 거래이다.

원래 생활이란 요컨대 기스케의 측실이 되는 것이다. 물론 표면적으로는 부부가 될 수 없는 사이이지만 과부와 후견인이라는 관계를 빙자해 죽을 때까지 기스케의 첩으로 살라는 이야기이다. 거부하면…… 평생 바위굴 속 감옥에 가둬놓고 노리개로 삼겠다고 말이다.

세상에 알릴 수는 없었다.

그러면 일단 가게의 명예가 상처를 입는다. 숙부에게 강간당하고 농락당한 치요의 인생도 상처를 입는다.

다 들추어내어 기스케를 붙잡은들 좋은 일은 하나도 없다.

그래서 꾸민 연극이었다.

치요를 일단 풀어준 것은, 물론 산을 수색한다는 덫을 놓기 위해서이기도 했지만 시라쿠라 마을 주민 중에 있을 기스케의 동료를 끌어내기 위해서이기도 했다. 기스케에게는 반드시 협력자가 있었을 터이므로.

치요에게는 하루에 한 번 식사가 운반되었다. 운반해오는 사람은 치요가 본 적이 없는 사내 두 사람이었는데, 산일을 하는 사람 같았다고 한다. 동굴 감옥에 식사를 나르려면 시라쿠라 마을에서 오가는 것이 지리적으로 가장 유리하다.

그래서 시라쿠라 마을에서도 신용할 수 있는 사내, 그러니까 마타조의 사촌인 고사쿠를 치요의 목격자로 세웠다. 돌아온 고사쿠는 온 마을에 소문을 냈다. 마을에 협력자가 있다면 우리가 부서졌는지 아닌지를 반드시 확인하러 갈 것이다.

마타이치의 예측은 들어맞았다.

기스케도 보기 좋게 걸려들었다.

나머지는.

"화약을 썼습니다."

모모스케는 털어놓았다.

사요가 놀란 듯이 모모스케를 보았다.

"모모스케 씨……. 아니, 영감님."

"화약……이요?"

요지로가 되물었다.

"고에몬 씨라는 사람은 화약의 명인입니다. 당신의 고향, 기타바야시의 성 뒷산에 있던 성보다 더 큰 바위를 쏴서 떨어뜨린 사람도 고에몬 씨입니다."

모모스케가 말했다.

"설마……."

"산 하나쯤 날려 보낼 정도의 화약술사이니까요. 큰 나무 대여섯 그루쯤 간단합니다."

"어, 어르신은 전부 다 아시면서……?"

"살인에 가담했는지를 요지로 씨는 묻고 싶으십니까?"

"아니요, 그게."

요지로는 우물거렸다.

"그렇게 미안해하시지 마십시오. 이야, 지금 같은 시대였다면 어엿한 범죄……. 아니, 그 시절에도 살인은 죄였지요. 마타이치 씨는 직접 하지는 않았지만 고에몬 씨 같은 사람들은 몇 번이나 사선을 넘었습니다. 전과가 있는 악당이었으니까요……."

그리고 모모스케는 대답했다.

"저도 같은 죄입니다."

"같은 죄……라기보다 그게……."

요지로는 고개를 숙였다.

"죄송합니다."

"괜찮습니다. 그 말이 맞습니다."

모모스케가 말했다.

"그건 그렇고 어떻게······ 아셨습니까?"

"사건에서 요물을 빼보았습니다."

"뺐다?"

"네. 노가타 사건에서는 산사내라는 산의 요괴를 빼자 진상이 보였습니다. 그러면 엔슈 사건은 어떨까 생각해봤습니다. 엔슈 사건은 산사내라는 요괴가 실제로 없으면 아무리 해도 성립하지 않는 것 같았습니다. 하지만 이건 혹시 교묘하게 꾸민 속임수가 아닐까 하는 생각이 문득 들었습니다. 그렇게 생각하고 보니······."

"네, 네."

모모스케가 고개를 끄덕였다.

몇 번이고, 몇 번이고 끄덕였다.

그렇다. 그 말이 맞다.

"그 말이 맞습니다. 산사내를 빼버리면······ 거기에 남는 것은 그냥 범죄이지요. 원수를 갚는다는 건 사적인 일로 공적인 권리를 침해하는 것. 복수를 위한 살인입니다. 아니, 살인 앞에는 어떠한 대의명분도 성립하지 않지요. 그것이 올바른 모습일 겁니다. 어떤 일이 있어도 역시 사람이 사람을 죽이는 건 좋지 않은 일입니다. 설사 나라를 위해서, 정의를 위해서라고 해도 역시 죽여서는 안 됩니다. 그렇게 생각합니다."

그러니까.

"전부 사요 씨 말이 맞았습니다."

모모스케는 이렇게 말했다.

마타이치였어도 역시 이렇게 했을 것이다.

그것이 지금의 방식이다. 그것이 옳다.

"제가 뭐라고 했던가요?"

사요가 시치미를 뗐다.

"이유야 어쨌든 살인은 죄. 죄를 저질렀으면 심판을 받아야겠지요. 그것이 이 세상의 규칙이니까요."

도(道)를 밀고 나가면 모가 난다.

길에서 벗어나면 늪에 빠진다.

어슴새벽 황혼 녘 깊은 밤중에 살며시 지나는 것은 뒤로 난 길.

어차피 속세는 꿈과 환상이라고 체념하는 이 쓰디쓴 세상의 연극.

생계와 생활로 치워버리면 남는 것은 세간의 괴이한 소문…….

짤랑, 하고.

모모스케의 머릿속에서 방울이 울렸다.

무척 희미한, 무척 가냘픈 환청이었다.

"젊은 사람은…… 좋겠습니다."

정말로 그렇게 생각했다.

이제부터는 요지로나 사요의 시대이다.

모모스케는 창밖을 보았다. 하늘은 희고 추워 보였다.

"사람은 계속 성장하지 않습니까? 나라와 문화도 그랬으면 좋겠습니다. 그러니까 요즘 식이라는 건 어느 때나 가장 뛰어나겠지요. 다만……."

그러고 모모스케는 노래하듯 말했다.

"요괴는 완전히 쓸모가 없어졌습니다."

"요괴가 말입니까?"

"네, 실로 무용지물. 소베 씨나 쇼마 씨 말처럼 필요 없는 것이 되어 버린 듯합니다."

그것이.

모모스케에게는 조금 쓸쓸했을 뿐이다.

하지만 요지로는 그렇지 않다고 강하게 말했다.

어떤 생각에서 하는 말인지 모모스케는 알 수 없었다. 그것이 또 쓸쓸해서 모모스케는 이렇게 말했다.

"그…… 마타조 씨를 도와준 술 좋아하는 산사내 이야기. 그 이야기만큼은 진실이라고 지금도 저는 생각합니다."

이 말을 듣자 사요가 웃으며 대답했다.

"그건 진짜예요, 모모스케 씨."

오품의 빛

이 백로 오품의

지위를 얻었기 때문일까

밤이면 빛이 나 주위를

밝혔다

1

옛날.

천황이 신센엔(神泉苑)*에 행차하셨을 때 일입니다.

문득 눈길을 주니 연못가에 사람 그림자가 보였습니다.

괴이한 일이로다, 하며 천황은 자세히 쳐다보았습니다.

잘 보니 사람이 아니었습니다.

커다란 푸른 백로였던 것입니다.

그래서 천황은 육품의 지위에 있는 관리를 불러 잡으라고 명령하였습니다.

어명을 받은 육품관은 당장 백로를 잡으러 갔지만 좀체 잡히지 않습니다.

살그머니 다가가보아도, 위협을 해보아도, 백로는 스윽 달아나버립니다.

---

* 교토의 절.

하지만 천황의 명령이니 놓칠 수는 없습니다. 어떻게든 잡아야 한다며 육품관은 몇 번이고 거듭 백로를 붙잡으려 했습니다.

그래도 백로는 달아났습니다.

그래서 육품관은 백로에게 이렇게 말했습니다.

어명이시다.

천황의 말씀이니 움직이지 말라고 한 것이지요.

백로는.

딱 멈추었습니다.

그러고는 마치 잡아달라는 듯 육품관 쪽으로 다가와 얌전히 붙잡혔습니다.

백로는 그 자리에서 천황에게 바쳐졌습니다.

천황은 크게 놀라고 감탄했습니다.

육품관이 하는 말은 듣지 않지만 천황의 명은 듣다니 금수라고는 하나 필시 긍지가 높겠구나. 이렇게 생각하셨지요.

그래서 천황은 이렇게 말했습니다.

그대에게 내 오품 벼슬을 내리겠다고.

백로는 오품의 지위를 얻었습니다.

그 뒤로 이 백로는 오품 백로라 불리게 되었습니다.

오품이라 하면 정전에 오를 수 있는 직위. 세이료덴(淸凉殿)*과 당상관 집무실에 드나드는 것이 허락될 정도의 신분이었습니다.

오품 백로는 어두운 밤에 빛난다고들 하지만, 이는 괴이한 빛이 아

---

* 천황의 일상적인 거처.

닙니다.

　백로의 신분이 높은 까닭에 그 위엄이 빛나는 것입니다.

　그 빛은 괴이한 마성의 불이 아니라 아주 고귀한 빛입니다.

2

대개 소나무와 삼나무가 우거진 가운데 축국만 한 크기의 불꽃이 오르락내리락하는 경우가 있다. 구태여 인가에 해를 입히는 불로는 보이지 않는다. 혹자는 말하기를 푸른 백로가 나뭇가지에 앉아 바람에 흔들려 움직일 때마다 날개가 빛나는 것이 화염처럼 보이는 것이라 한다. 이를 바닷가에서는 백로불이라 한다.

그런데 어두운 밤에 고양이털을 반대 방향으로 쓰다듬으면 빛이 나기도 한다. 이는 불이 아니라 털끝이 서로 스치면서 빛나는 것이다. 그렇다면 깃털의 빛도 원래부터 있으니, 바람에 움직이고 사물에 닿아서 빛나는 것이라 어두운 밤이 아니면 빛나지 않는다…….

"이건《우라미칸와(裏見寒話)》*라는 책의 한 구절이네."

사사무라 요지로가 말했다.

"지은이는 누군가?"

---

* 가이(甲斐) 지방의 오래된 기록을 모은 에도 중기의 지지(地誌).

이렇게 물은 사람은 얼마 전에 신설되어 명칭이 바뀐 도쿄 경시국 본서의 명물 순사 야하기 겐노신이다.

"라이쇼도 센소라는 사람인 모양이네만."

"나도 모르는 이름이군. 하이쿠 시인인가?"

"아니, 나도 잘은 모르지만 아무래도 고후 성 근번(勤番)* 노다 이치에몬 시게카타(野田市右衛門成方)라는 사람인 듯한데."

"고후 성 근번이라. 미묘한 부분이군."

겐노신이 수염을 쓸었다.

"미묘하다니 무슨 소린가? 감상이 조금 묘한데?"

요지로가 되물었다.

"조금도 묘하지 않아. 좋은 듯도 하고 안 좋은 듯도 한 신분이라는 말일세."

"하지만 고후 번 영주는 대대로 도쿠가와 가문의 근친이었고, 번이 폐지된 뒤에도 가이** 지방은 막부의 직할지였네. 또한 고후근번지배*** 라 하면 노중(老中)****의 직속 부하이자 원국봉행(遠国奉行)***** 중 으뜸 아닌가."

"그건 근번지배가 그렇고."

겐노신이 말했다.

"그 노다 아무개가 지배인가? 아니지 않나. 이보게, 고후근번이라

---

* 막부에서 파견되어 성의 경비나 정무를 담당하던 관직.
** 지금의 야마나시 현의 옛 지명.
*** 고후근번의 직무를 총괄하는 직책.
**** 막부의 최고위 직책으로 쇼군에 직속되어 정무 일반을 총괄했다.
***** 에도 시대 주요한 막부 직할지에 두었던 봉행의 총칭.

는 건 요컨대 고후를 경비하던 파수꾼이나 다름없네. 어차피 다 고부신구미(小普請組)*야. 요직이라고는 못하지. 여력인지 동심인지는 모르네만."

"여력이라면 그 말을 하는 순사 나리보다는 격이 높을 텐데? 자네는 옛 막부 시대에 동심 아니었나. 설마 잊은 건 아니겠지."

겐노신은 지금이야 콧수염을 기르고 양검을 찬 번듯한 순사 나리이지만 유신 전에는 가문(家紋)이 들어간 검은 겉옷에 하카마**를 입지 않고 칼을 차는 약식 복장이 용인되던 견습 동심이었다.

"내가 문제가 아니네. 요는 신용할 수 있느냐 없느냐야."

겐노신이 말했다.

"신분과 직위로 신용을 재다니 아무래도 자네답지 않은데. 출세하면 그런 생각을 갖게 되나?"

"그게 아닐세." 겐노신은 불만스럽게 말하고는 아주 편한 자세로 고쳐 앉았다. "그렇지는 않네만……. 뭐라고 해야 하나."

"뭐 되었네. 하지만 그렇다면 아까 이야기한 《미미부쿠로(耳囊)》***는 어떤가? 저자인 네기시 야스모리(根岸鎭衞)는 사도와 미나미마치의 봉행 같은 요직을 역임한 중진이잖나. 하타모토(旗本)****이기도 하니 신

---

 * 관직이 없고 녹봉이 삼천 석 미만인 마부 직속 무사들을 편입한 조직.
 ** 기모노 위에 입는 겉옷 하의. 무사들은 착용하는 것이 상례였으나 동심은 하카마를 입지 않아도 되었다.
 *** 에도 시대 중기에 봉행으로 일했던 네기시 야스모리가 동료나 노인들에게 들은 이야기를 기록한 수필집.
 **** 에도 시대 쇼군에 직속된 무사로 만 석 미만의 녹봉을 받았으며 쇼군을 직접 만날 수도 있었다.

분과 가문에도 손색이 없지."

요지로가 물었다.

"아니, 손색이 없는 것도 아니네."

겐노신이 혼잣말을 하며 팔짱을 끼고 고개를 갸우뚱했다. 평소 같
지 않게 침착하지 못한 모습이다.

"하타모토라고 해봤자 천 석 정도야. 고작 하타모토라는 소리를 들
을 수도 있으니 말일세."

"고작 하타모토라니 무슨 말인가? 동심의 녹봉은 마흔 섬 아닌가.
비교가 안 되네."

"그러니까 나와 비교해봤자 별 수 없다고 하지 않나. 게다가 그《미
미부쿠로》이야기는 아무래도 만담 같아서 말이네. 다시 한 번 들려주
게나."

요지로가 이번에는《미미부쿠로》를 낭독했다.

> 문화 2년 가을의 일이다. 요쓰야 사람이 밤중에 볼일이 있어
> 길을 가고 있었더니 하얀 옷을 입은 사람이 앞에서 가고 있었다.
> 잘 보니 허리 아래가 보이지 않았다. 유령인가 해서 따라갔더니
> 뒤를 돌아보는데 커다란 눈 하나가 빛나고 있어 칼을 빼서 베었
> 다. 꽥 하고 쓰러지는 것을 잡아 누르고 찔러죽이자 커다란 오품
> 백로였다. 이고 돌아가 젊은 친구들을 불러 모아 요리해서 먹었
> 다고 한다. 이 일이 유령을 삶아 먹었다는 항설이 되었다……

"이건〈제7권 유령을 삶아 먹은 일〉이네."

"그 제목이 말일세. 아무리 봐도 깔보는 것 같네."

겐노신이 한층 더 떨떠름한 얼굴을 했다.

"깔보는 게 아닐세. 끝에 잘 써두지 않았나. 항설이 되었다……라고. 유령을 삶아 먹었다는 이야기가 웃기고 재미있게 퍼져 있는 걸 보고 야스모리 님이 그 풍문의 전말을 기록하셨을 뿐이네. 별로 농을 친 건 아닐 걸세."

"그것도 알고 있네."

"알 수 없는 건 자네 태도야."

그때까지 줄곧 잠자코 있던 시부야 소베가 큰 짐수레로 두꺼비를 치어죽인 듯한 목소리로 말했다.

애초에 얼굴이 백 년 전의 산적 같이 생겼으니 무섭기 짝이 없다.

"백로가 어떻다는 둥 빛을 내는 물건이 어떻다는 둥 언제나 그렇듯 허튼소리를. 아니, 평소보다 더 요령부득일세."

소베 말이 맞다.

수수께끼 순사라는 별명이 있는 야하기 겐노신은 불가사의한 사건이 일어날 때마다 친구들을 모아 의견을 묻는다. 그 결과, 지금까지 료고쿠 불덩이 소동, 이케부쿠로무라 뱀 분묘 소동, 노가타 마을 산사내 소동 등 희한하기 짝이 없는 사건을 속속 해결하여 이름을 날렸다.

다만.

수수께끼 순사의 이야기는 항상 계기가 모호했다. 과연 어떤 사건인지, 뭐가 불가사의한지, 겐노신은 처음에는 결코 말하지 않는다.

들고 오는 화젯거리는 언제나 황당무계하다. 도깨비불이 사물을 태울 수 있는가, 뱀은 몇 년 사는가, 산사내는 사람인가 짐승인가……. 도무지 멀쩡한 이야기가 아니다. 결과적으로는 그 이면에 멀쩡한 사건이 숨어 있지만, 겐노신이 하는 이야기의 실마리는 항상 괴담 종류이다.

이번에는.

푸른 백로라는 새는 빛이 나는가?

사람으로 변한다는 이야기가 있는가?

신슈 주변에 그런 이야기가 전해지는가?

이렇게 자못 수수께끼 같으면서도 두서없는 질문이었다.

소베가 말을 이었다.

"애초에 말이네. 괴이한 불 종류는 지난번 불덩이 소동 때 실컷 이야기하지 않았나. 그때 서양 물 먹은 쇼마 놈이 뛰어난 학설을 풀어놓았을 텐데, 뭐였더라, 그 에, 에⋯⋯."

"에레키테르 말인가?"

요지로가 도움의 손길을 내밀었다.

"그렇지. 그 **레키**인지 하는 게 발생하네. 아까 요지로가 읽은, 뭐라든가 하는 고후근번이 쓴 책에도 실려 있지 않았나. 고양이털을 반대 방향으로 쓰다듬으면 빛이 난다고. 깃털의 빛도 원래부터 있는 걸세."

"그럴까?"

겐노신은 미적지근한 태도이다.

"이 겁쟁이 관헌 같으니. 뭘 의심하는가? 그 《미미부쿠로》에 실린 글도 똑같지 않나."

"똑같지는 않겠지. 유령으로 변신했으니."

순사가 말했다.

"이런 바보를 봤나."

소베가 호통을 쳤다. 호통을 칠 생각이야 없었겠지만 아무래도 이 생존 무사는 타고난 목소리가 크다.

"이보게 겐노신, 요지로가 읽은 걸 잘 들어보게. 유령이 나왔다는 말은 어디에도 적혀 있지 않아. 잡아서 손질한 뒤 삶아 먹었다고 쓰지 않았나."

"그러니까 백로가."

"둔갑했다고도 쓰지 않았어. 알겠나, 백로에는 뭐 여러 가지 종류가 있겠지만 큰 것도 있네. 게다가 푸른 백로라고 한들 새파란 건 아니지 않나. 밤길은 어두워. 지금이야 가스등 같은 게 있지만, 알다시피 문화 2년의 요쓰야는 지금의 긴자가 아니네. 깜깜하단 말일세."

"그런 건 말해주지 않아도 알고 있어."

겐노신이 말했다. 말은 이렇게 하지만 패기가 없다.

평소 같으면 덤벼들어서 싸우자는 투일 텐데 오늘은 위세가 부족하다.

"아까 말했다시피 백로가 빛을 낸다면 캄캄한 밤에 하얗게 보이겠지. 그렇지 않다면 안 보일 걸세. 어두운 밤길에 희고 큰 것이 움직이고 있었다. 요는 이거야."

"눈 하나가 빛났다고 하지 않나."

"한층 더 빛났던 거네. 이보게나, 유령이 있다고 해도 마찬가지야. 어째서 외눈인가?"

"그거야 뭐."

"외눈박이 동자라는 건 요괴일세. 여자나 아이들이 보는 책에 실려 있는 우스꽝스러운 그림 아닌가. 그런 게 있을 리 없네. 배꼽이 다 웃겠어. 웃다 못해 빠져버릴까 걱정이네."

소베가 유쾌한 듯 말하고는 갑자기 크게 웃었다.

"뭐가 웃긴가?"

"아니, 자네 겁 많은 게 웃겨서 말일세. 요지로 말마따나 애초에 저자도 항설이라고 기록했네. 그걸 건너뛰고 진짜로 곧이듣는 자네가 우습지 뭔가."

"곧이듣은 건 아니지 않나. 나는 만담 같아서 신용할 수 없다고 했네."

"그러니까 말일세. 저자도 만담처럼 쓴 거야. 왜 모르나."

"알고 있어."

"그러면 저자를 믿게나. 자네는 저자를 의심하고 있지 않은가. 저자는 봉행 일을 한 사람인 만큼 총명한 현자야. 또 항간에 떠도는 소문도 익살스럽네. 알겠나. 문화 2년, 여기 에도에서는 봉행 나리부터 입방아 찧기 좋아하는 서민까지 누구 하나 요괴가 나왔다거나 유령이 나타났다는 말을 믿지 않았네. 유령인 줄 알았더니 마른 억새더라고 하지 않나. 삶아 먹었다니 대단하다며 놀리는 걸세."

"안 믿는 건가?"

"안 믿지. 요컨대 하얗게 보이는 커다란 뭔가가 있어서 베어보니까 푸른 백로라 삶아 먹었다는 이야기네. 희한할 것도 전혀 없지. 그냥 백로라는 걸 알기 전에 **유령이라고 생각했을** 뿐이야. 그래 눈 하나가 빛나는 것**처럼도 보였다**는 것뿐 아닌가. 이 부분이 우스개로 퍼져나갔다고 저자는 쓴 걸세."

"우스개인가, 이게?"

"아무렴. 그러니까 유령을 삶아 먹었느니 하는 농담 같은 제목이 붙어 있겠지. 그렇지 않다면 푸른 백로가 요물로 변한 일, 괴물의 정체가 푸른 백로였던 일, 이런 제목이 붙어 있었을 걸세."

"즉 백로가 빛나는 건 사실이라는 말인가?"

겐노신이 영 순순하다.

소베가 맥이 풀린 듯 불만스럽게 요지로 쪽을 보았다.

"사, 사실인지 아닌지는 모르지. 나는 본 적이 없네."

"하타 가나에(秦鼎)*의 《히토요이바나시(一宵話)》에 이렇게 쓰여 있네. 바닷속에 있는 불은 모두 어류의 빛이고 흔히 말하는 불덩어리는 두꺼비가 변해서 나는 것이니……. 또 푸른 백로, 긴꼬리꿩, 꿩은 밤중에 날면 모두 빛난다고."

"모두 빛나는가?"

"글쎄다."

소베가 태도를 싹 바꾸어 고개를 갸웃했다.

"빛나지 않는다고 잘라 말할 수는 없고 빛나는 경우도 있을 성싶네만, 모두 빛난다고 하면 의심스럽지. 나는 한 번도 본 적이 없다네. 애초에 새는 밤에 날아다니지 않지 않나. 밤에 우는 새는 있지만 말일세. 새는 밤눈이 어둡지 않은가?"

소베가 말했다.

"올빼미는 날지 않나."

"올빼미는 빛이 안 나겠지."

"올빼미는 상관없네."

겐노신이 쓸데없는 언쟁에 물을 끼얹었었다.

---

* 에도 시대의 한학자.

"나는 그…… 깃털에서 에레키테르가 발생한다는 이치는 모르겠네. 고양이 한 마리 키운 적이 없어서 말이지. 대체 어떻게 빛이 나는지 솔직히 말해 상상도 안 되네. 요전의 불덩이는 뭐 불로 된 공이고 벼락 같은 것이니 이해할 수 있었네만, 백로가 빛난다니 도무지 모르겠군. 빛이끼 같은 느낌인지."

"반사하는 것 아닌가? 염주비둘기 같은 새는 햇볕을 받으면 몹시 반짝거리네. 컴컴한 밤에 달빛을 반사하는 것 아닌가?"

소베가 말했다.

"컴컴한 밤이면 달이 없네."

요지로가 말했다.

"게다가 내 생각으로는 그렇게 반짝반짝 빛나는 건 아닌 것 같네. 만약 그렇다면 새의 빛이라 부르지 않겠나? 들리는 말은 전부 새의 불, 새 불일세. 이건 날 때 꼬리를 끌면서 빛난다거나 멈춰 있을 때도 이렇게, 희미하게 불타오르듯 빛난다는 의미가 아니겠는가."

"에레키테르라는 건 그런 식으로 빛이 나나?"

"글쎄."

일동은 고개를 갸웃했다.

"분하지만 그런 물 건너온 기술은 쇼마 놈에게 물어보는 게 제일 이겠지. 정말인지 거짓말인지는 몰라도 그 친구는 서양인의 자랑거리를 마치 자기 일처럼 미주알고주알 떠들어대니 말일세. 그러고 보니…….." 소베가 주위를 둘러보며 말을 이었다. "오늘은 왜 쇼마가 없는가?"

둘러볼 필요도 없이 좁은 방이다. 늘 모이는 요지로의 하숙집이다.

"배탈이라도 났나?"

"그 친구는 안 불렀네."

겐노신이 대답했다.

이국 물을 먹고 돌아온 양행 신사 구라타 쇼마도 이 희한한 모임에 늘 얼굴을 내미는, 말하자면 곤란한 친구 중 하나이다.

"부르지 않았다는 말인가? 왜? 그놈이 가장 한가하지 않나. 알겠네. 보아하니 자네, 얼굴을 마주할 때마다 시대에 뒤처졌다느니 미신이라느니 욕을 먹는 게 싫어진 게로군. 뭐, 마음은 알겠네. 얄미운 놈이기는 하지. 오래 알고 지내다 보니 무사의 자비심으로 어쩔 수 없이 함께 있네만, 좋은 시절에 태어났다면 일도양단. 일본 남아의 축에도 끼지 못할 사내이니까."

소베가 말했다.

"그게 아닐세."

겐노신이 불퉁하게 말했다.

"그러면 뭔가? 그 친구가 막부 신하의 아들인 주제에 손도 못 댈 정도로 서양에 심취한 데다 일도 하지 않는 얼토당토않은 사내이기 때문인가?"

"일을 하지 않거나 양행을 다녀온 걸 뻐기는 건 상관없네. 문제는 그 친구가 하타모토의 차남, 그것도 막부의 요직에 있던 분의 아들이라는 점일세."

"모르겠군."

소베가 입을 꾹 다물었다. 요지로도 도통 짐작이 가지 않았다.

"대체 뭔가?"

요지로가 물었다.

"뭔가 뒷이야기가 있나?"

"관헌에게 앞뒤가 있어서야 되겠는가. 나는 국민의 모범이 되기 위해 항상 공명하게……."

"적당히 하고 전부 이야기하는 게 어떻겠나?"

요지로조차 인내심이 바닥났다.

"거기 있는 성질 급한 검잡이가 아니더라도 순사 나리가 이야기하는 방식에는 이의를 달고 싶어지네. 백로의 불이 어떻다, 신슈가 어떻다, 하면서 수수께끼만 던져놓더니 막상 찾아오니 이번에는 작자의 신분에 집착을 하지 않나. 내용을 가지고 이러쿵저러쿵한다면 수긍하겠네만."

"자네가 한 건 신슈 이야기가 아니지 않았나?"

소베가 끼어들었다.

"나는 그냥 무역회사 직원이지 학자나 그런 게 아니야. 그렇게 편리한 자료를 찾아낼 수 있을 리 없지 않나. 그런데도 없는 지혜를 군이 짜내 가며 궁리해서 《우라미칸와》를 발굴해왔네. 신슈와 고슈는 이웃한 지방이니 말일세. 조금이라도 접근하면 좋겠다는 생각에……."

"알았네, 알았어. 딱히 이의는 안 달지 않았나. 고맙게 생각하네."

겐노신이 받아넘겼다.

"그런가? 아무래도 얼굴빛이 흐린데. 수수께끼 풀이만도 힘든데 신분과 가문이 어쩌니, 사람을 못 믿겠다느니 이야기를 못 믿겠다느니, 불평을 늘어놓지 않나. 거기에 막부 신하가 이러니저러니 하면 이제 두 손 두 발 들 수밖에 없지. 뭘 알고 싶은지 도통 모르겠네."

소베가 고개를 끄덕였다.

"내 말이 그 말이야. 숨길 거라면 의논하러 오지를 말게. 의논을 하겠다면 숨기지를 말고. 처음부터 다 소상하게 밝히면 이야기는 훨씬 빨라지네. 무역회사에는 휴일이 있을지 몰라도 나 같은 무사에게 그렇게 해이한 건 없어. 오늘도 도장을 비우고 온 걸세."

"이보게, 도장에 있든 여기에 있든 달라질 게 있겠나? 문하생도 없지 않은가."

"있네."

소베가 부루퉁해하면서도 엄격히 반론하지 않는 이유는 요지로의 말이 사실이기 때문이었다. 소베는 야마오카 뎃슈에게 검술의 기초를 배웠다는 둘도 없는 호걸인 동시에 사루가쿠초에서 검술 지도 간판을 내건 도장 주인이기도 하다. 그런데 이 도장이 인기가 없다. 그야말로 파리를 날리는 중이다.

그래도 작년까지는 문하생이 몇 명 있었던 모양인데, 올해 들어서 완전히 끊겼다고 문제의 쇼마가 말한 적이 있다.

일순 좌중이 조용해졌다.

"실은 말일세." 겐노신이 침울한 표정을 짓더니 작은 목소리로 말했다. "이야기의 출처가 궁 쪽이라서."

"구, 궁이라니 관군인가?"

"공경(公卿) 출신 귀족님이시지. 아니, 이제 화족(華族)*님이라 불러

---

* 메이지 유신 이후 옛 신분을 물려받은 귀족 계급. 조정을 섬기던 집안 출신을 공가(공경)화족, 지방 영주 집안 출신을 제후(다이묘)화족, 황족 출신을 황친화족, 공훈을 세워 새로 화족이 된 집안을 신(공훈)화족이라 한다.

야 하나. 게다가 그 유명한 히가시쿠제(東久世通禧)* 경과 동년배로, 막부 말에는 국정을 의논하는 관직을 맡기도 하셨다는 지체 높은 분이네."

"히, 히가시쿠제? 그 시, 시종장이신 히가시쿠제 경 말인가?"

소베가 큰 소리로 말했다.

"바로 그 히가시쿠제 경과 함께 존왕양이 운동에 매진하셨다는 분이다, 이 말일세. 유신 이후에는 고문을 비롯해 몇몇 요직을 역임하셨는데, 지금은 정계에서 물러나서 국정에는 관여하지 않으시네."

"그, 그게 누군가?"

"유라 기미후사 경이네."

"유라!"

소베가 또다시 큰소리로 말했다.

"시끄러운 사내로군. 이래서 이야기하기 싫었어."

"바보 같은 놈. 그 사람은 유명한 유라 기미아쓰의 아버님 아닌가."

"그건 누군가?"

요지로는 통 모른다.

화족이니 사족(士族)**이니 하는 말을 들어도 도통 감이 안 온다. 새 정부에 대해서도 모른다. 태정대신(太政大臣)*** 산조 사네토미(三条実美)나 우대신(右大臣)**** 이와쿠라 도모미(岩倉具視) 같은 이름쯤은 그

---

* 공경 출신 정치가로 새 정부에서 외교를 담당하기도 했다.
** 메이지 유신 이후 옛 무사 가문에 주어진 새로운 신분으로 화족과는 달리 특권은 없었다.
*** 메이지 정부 초기의 최고 관청인 태정관(太政官)의 최고 관직.
**** 태정관의 관직 중 하나로 좌대신과 함께 태정관 장관.

래도 알지만, 좌대신(左大臣)은 누구인지 모르기도 한다. 관심이 없다기보다 살기도 벅차서 거기까지 주의가 미치지 않는다.

게다가 요지로의 경우 아무래도 옛 막부 시대의 조직과 겹쳐놓고 보게 된다.

친숙하다고 할 정도로 익숙하지는 않지만, 공경과 영주가 같은 화족님이라 한들 도무지 이해할 수 없었다. 머리로는 알아도 마음 한 구석에서는 구분해서 생각하게 된다.

"그 유라 기미아쓰라는 분은 어떤 분인가?"

요지로가 소베에게 물었다.

"유학자야."

"유학자인가? 조신(朝臣) 가문인데?"

요지로의 질문이 이어졌다.

"조신 가문이 뭐가 어쨌단 말인가? 유학에 조신, 무사가 어디 있나. 황송하게도 천자님도 유학을 배우신다네."

"그런가."

요지로는 유학이 무사의 학문이라고 마음대로 생각하고 있었다.

"유라 기미아쓰라 하면 재작년에 무려 스물둘의 나이로 효제숙(孝悌塾)이라는 사숙을 연 수재 유학자이네. 일부에서는 하야시 라잔(林羅山)의 재림이라고까지 하지. 창평횡(昌平黌)* 출신 사이에서도 꽤 평판이 좋고, 문하생 중에는 이국 사람도 많다더군."

"이국 사람이라. 외국인이 유학을 배우는가? 유학이라는 건 중국이

---

* 에도 막부의 학교.

나 조선이 본고장이라 들었네만. 굳이 일본에서 배울 이유는 없지 않나."

"서양인 말이네."

소베가 말했다.

"서양인이 유학을 배우는가?"

"진리에 동서양이 어디 있나. 유라라는 사람은 향학심이 있는 모양이야. 외국어도 열심히 배워서 그럭저럭 잘한다더군. 불란서 사람 같은 경우는 대단히 성실하게 배운다고 들었네."

"너무 잘 아는군."

겐노신이 말했다. 정말이다.

"내 문하생이 효제숙에 다니네."

"아하, 그렇다면 문하생을 뺏긴 겐가."

"뺏긴 건 아닐세."

요지로가 **깎아내리자** 소베는 고개를 획 돌렸다.

"검의 도는 사람의 도야. 요즘 젊은 친구들은 도통 수양이 부족하네. 논어라도 좀 배워 오라고 내보낸 걸세."

강한 척을 한다.

쇼마가 있었다면 분명 욕을 퍼붓다 큰 싸움을 벌였을 것이다. 요지로는 수염투성이 호걸과 말다툼을 할 기분도 아니었기 때문에 그냥 듣고 넘기기로 했다.

그건 그렇다 치더라도.

"그 수재 유학자의 아버님이 존왕양이의 공로자인지 하는 화족님이군. 뭐, 그건 알겠는데 그렇게 대단하신 분이 야하기 겐노신 일등 순사와 뭘 의논하겠다고 온 건가?"

"바로 그걸세. 아무래도 작년 불덩이 사건이 실린 신문을 보셨다는 것 같아."

겐노신이 심각하게 말했다.

"그렇게 대단하신 분이 그런 속된 신문 같은 걸 읽으시나?"

"대단하신 분이지만 읽으셨네. 글쎄, 뭐라고 해야 하나. 괴이한 불에 관심이 있으신가 보지."

"괴이한 불이라니 새 불 말인가?"

"정확하게는 새와 불이야. 어렸을 때 백로와 괴이한 불에 얽힌 체험을 하셨다고 하네. 하지만 유라 가는 대대로 유학을 받드는 가문인 모양이야. 요컨대 선조 대대로 괴력난신을 이야기하지 않는 집안이라는 걸세. 그래서 오랫동안 잠자코 계셨네."

"그러다 수수께끼 순사의 소문을 들었다?"

"그때 〈도쿄 일일신문〉의 기자라는 양반이 한마디 해달라고 해서 말이야. 여기서 자네들과 나눈 이야기나 잇파쿠 옹에게 들었던 이야기를 바탕으로 들려줬거든. 그걸 그 양반이 웃기고 재미있게 쓰는 바람에 이야기하지도 않은 다른 신문에까지 실렸네. 개중에는 얼굴이 달린 불덩이와 나로 보이는 순사가 격투하는 그림을 실은 신문도 있었어. 이름도 야하기의 하기(作)가 싸리꽃 하기(萩)가 되어 있질 않나, 요하기 쇼베라고 엉터리로 보도한 곳까지……."

"누군지 모르겠군."

소베가 말했다.

"그래서 그 대단한 사람이 뭘 물어보러 왔나?"

요지로가 본론을 꺼냈다.

겐노신은 떨떠름한 얼굴로 수염을 쓰다듬었다.

3

천보(天保)* 시절.

사십 년이 넘어 오십 년 가까이 지난 일이다.

그 무렵의 일쯤 된다는 이야기이다.

시기가 가물가물한 이유는 물론 뚜렷이 기억나지 않기 때문인데, 그도 그럴 것이 유라 기미후사 경은 그때 아직 서너 살 된 어린아이였다고 한다.

떠오르는 것은 산속 풍경이다.

어느 산인지는 확실치 않다. 어쩐지 고지대였던 것만은 분명하다는 생각이 든다고 한다. 다만 깊은 산속이라고 할 정도로 숲이 울창하게 우거진 풍경은 아니다. 그저 자작나무만이 어디까지고 늘어서 있었다고 한다. 주위가 밝았다는 기억은 없지만 낮에노 어두운 곳은 아니었던 듯하다. 하늘은 그럭저럭 넓었고, 별이 나오지는 않았을지언정 어

---

* 일본의 연호로 1830년 – 1844년.

둡게 맑았다 한다.

해질 녘이었던가.

기억 속에는 물소리도 섞여 있다고 한다. 머릿속에 하천이 떠오르는 일은 없는 데다 쏴쏴 하는 강물 소리도 아니었던 모양이니 샘터나 습지 같은 곳이었을까.

고지대의 습원 느낌일까.

이상한 것은 빛이었다.

어린 기미후사 경은 **빛나고 있었다.**

그리고 기미후사 경을 **안고 있는 여자도 빛나고 있었다.**

이것만은 뚜렷이 기억한다고 한다. 반짝반짝 윤이 나는 것이 아니다. 석유등처럼 빛을 발하지도 않았다. 그를 안고 있는 여자와 그의 몸은 연극에서 쓰는 장뇌를 태운 불처럼 이글거리면서도 반딧불이 꽁무니의 불빛처럼 어슴푸레했다고 한다.

기미후사 경은 여자에게 안겨 있었다.

여자는 창백했다고 한다. 어디가 어떻게 창백했는지는 확실하지 않다. 낯빛이었는지, 옷이었는지는 기억나지 않는다. 다만 전체적으로 창백한 데다 빛나고 있었다고. 그 자신의 몸도 마찬가지로 빛나고 있었다고 기미후사 경은 말했다고 한다.

그때 기미후사 경은 여자의 가녀린 팔에 다정하게 안긴 채 그녀의 홑옷 같은 옷에 매달려 있었다. 손에 쥔 부드러운 천의 감촉은 지금도 어쩐지 떠오를 것 같지만, 그 살결의 온기나 냄새 같은 건 전혀 기억나지 않는다고 한다.

그 이전의 기억은 없다.

기억은 여기서부터 갑자기 시작된다.

얼마 동안 그러고 있었는지도 모호하다고 한다.

이윽고.

남자가 나타났다.

놀랐던가.

겁이 났던가.

남자는 여자를 보더니 벌벌 떨면서 송구하다는 듯 머리를 조아리고 엎드렸다.

기미후사 경은 여자의 눈높이에서 땅바닥의 진흙 속에 납작 엎드린 남자를 보았다.

몇 마디 대화가 오갔다.

내용은 알 수 없다.

아무것도 기억나지 않는다.

기억나지 않는다기보다 아직 나이도 먹지 않은 어린아이였기 때문에 말뜻을 잘 이해하지 못했을 것이다.

남자는 진흙투성이가 된 채, 마냥 머리를 조아리고만 있었고 여자는 남자에게 뭔가를 계속 이야기했다.

방울을 굴리는 듯한 여자의 목소리만큼은 똑똑히 기억난다고 한다.

얼마나 그러고 있었을까.

그리고.

여자는 기미후사 경을 남자에게 건넸다.

남자의 옷은 까슬까슬했고 사향 같은 냄새가 났다고 한다.

남자가 받아 안은 순간.

짤랑, 소리가 나더니.

이어서 펄럭펄럭하는 커다란 날개 소리를 기미후사 경은 들었다.

놀라서 뒤를 돌아보자.

넓고 넓은 밤하늘에.

커다란 푸른 백로가 날아가는 참이었다고 한다.

백로는 인광 같은 것을 발하면서 맑은 밤하늘로 사라졌다고 한다.

남자는 기미후사 경을 꼭 안았다.

손가락이 파고들 정도로.

그 남자는……

"남자는 유라 다네후사. 기미후사 경의 아버님이네."

겐노신이 말했다.

"아, 아버님인가? 허어."

영문을 알 수 없는 이야기이다.

"그때 안고 있었다는 여자는 누군가?"

"글쎄."

겐노신이 고개를 갸웃했다.

"그거야 어머님이나 유모이겠지. 아이를 안고 있었으니까 그렇지 않겠나."

소베가 말했다.

"아니, 둘 다 아니었을 거야. 어머님은 그때 이미 돌아가신 뒤였네. 유모나 하녀 같은 사람이 아니었다는 것도 뭐 확실할 걸세."

"어째서 그런가?"

"다네후사 경이 유모 따위에게 왜 머리를 숙이겠는가? 부군께서 진창에 머리를 담그고 진흙투성이가 되어가며 머리를 조아렸다지 않나."

"그건…… 아이를 돌려달라고 부탁한 것 아닐까?"

요지로는 어떤 그림을 머릿속으로 그려보았다.

"부탁이라. 그러니까 어린 기미후사 경은 그전까지 누군가에게 유괴되어 있었다, 이 말인가?"

"천하의 조신이 하녀에게……. 아니, 하녀인지 뭔지 모르겠지만 어쨌든 다 큰 사내가 여자한테 납작 엎드려 머리까지 조아리면서 부탁했다니, 소중한 자식의 안전을 위한 일이라고밖에는 떠오르지 않네만."

"그렇군. 그 생각은 못했네. 아이를 납치한 여자가 아버지에게 아이를 돌려주는 장면이라 생각하면 어느 정도는 수긍이 가기는 해."

겐노신이 말했다.

"잠깐만 기다려보게."

소베가 말을 막았다. 어이가 없다는 얼굴이다. 수긍이 가지 않는 모양이다.

"이보게나, 너무 빤한 질문을 하는 것 같네만……. 받아 안은 사람이 누구인지 모르겠다면 하는 수 없네. 하지만 말일세, 겐노신. 자네는 그 사람이 그분의 아버님이라 하지 않았나. 아버님인데 왜 자세히 모르는가?" 소베는 무릎을 쳤다. "그 뭐, 이해가 되지 않는 기묘한 기억이 있다 해도 말일세. 어렸을 때에는 어쩔 수 없다고 하지만 자란 뒤에는 얼마든지 물어볼 수 있지 않나. 그게 뭐였습니까, 하고 아버님께 사정을 여쭈면 될 일이네. 물어봤는데 모르겠다고 하면 그분이 헷갈

린 것이고, 알면 가르쳐주겠지. 사십 년이나 지나서 고민할 일은 아니지 않은가. 그분은 여쭈어보지 않았나? 아니면 아버님도 벌써 돌아가신 겐가?"

"물어봤지만 대답해주지 않으셨다고 하네."

이렇게 말하고 겐노신은 구레나룻을 매만졌다.

"그거 이상하군."

소베가 한층 더 언짢은 얼굴을 했다.

"왜…… 가르쳐주지 않지?"

"알 게 뭔가."

겐노신이 대답했다.

"자네는 그렇게 말하지만 이상하지 않나. 대답을 하지 않는다는 건 다시 말해 전혀 모르는 일은 아니라는 뜻으로 들리네만. 아니면 그런 사실이 있었다는 것만은 인정하셨나?"

"기미후사 경은 간혹 여쭈어보았다고 하는데, 그럴 때마다 다네후사 경은 어두운 얼굴로 그 일에 대해서는 아무것도 묻지 말라고 하셨다더군."

"그 일에 **대해서는**……이라고 하셨다? 그렇다면 무슨 일이 있었던 것만은 사실이겠군."

소베가 털이 숭숭 난 팔을 내놓고 팔짱을 꼈다.

한겨울인데 이 호걸은 아무렇지 않게 금세 살을 드러낸다. 보고 있는 쪽이 다 추울 지경이다.

"하지만 무슨 일이 있었건 사람이 새로 변해 날아가다니 우스꽝스러운 일 아닌가. 이건 고려하지 않아도 되지 않겠나? 그 이야기는 확실히 기묘하지만 그건 상황이 기묘해서이지.”

“그래서 빛나는 백로라 이거군.”

요지로가 소베의 탁한 목소리를 끊었다.

이제부터 소베가 할 이야기는 아마도 지당할 것이다. 하지만 요지로는 그런 지당한 말을 별로 듣고 싶지 않았다.

어디인지 모를 고원 습지에서 아이를 안고 있던 여자가 빛나는 새가 되어 날아갔다……. 이런 환상과 같은 정경이 요지로의 머릿속을 점령해버렸다.

“그러하네. 여자가 빛나는 백로로 변해 하늘 저편으로 날아갔다는 걸세. 그러니까 아까 요지로가 읽은 《우라미칸와》나 《미미부쿠로》도 뭐 흥미로운 이야기이기는 했어. 하지만 뭐라고 해야 하나…….”

겐노신이 말했다.

“뭐, 믿을 수 있는 이야기는 아니지.”

소베가 이번에는 바지자락을 걷었다.

“그렇군. 상대가 화족님이다 보니 자료를 쓴 사람의 격도 신경이 쓰일 테고, 막부 요인의 자제분을 이야기에 끼우고 싶지 않은 마음도 알겠네. 하지만 겐노신, 자네 생각이 지나치네.”

“뭐가 지나친가. 쇼마의 아버님은 막부를 지지하던 파의 선봉이었단 말일세. 그분은 조정과는…….”

“지금은 은퇴하지 않았나.”

호걸이 공언했다.

“원래 노중이었든 하타모토였든, 막부 시대의 직함은 이제 아무런 영향력도 없네. 무사 정신이라는 건 직함에 깃드는 것이 아니니 말일세. 애초에 잘 생각을 해보게, 겐노신. 지금은 도쿠가와 가의 삼대 가문도 화족님이야. 제후와 당상관의 구별도 없네. 하물며 서양 물을 먹은 그 방탕한 놈이야 있든 없든 아무 상관도 없네. 불편할 게 전혀 없어. 게다가 자네도 생각하고 있지 않나, 겐노신?"

소베가 몸을 낮추더니 짓궂은 얼굴을 했다.

"무, 무엇을 말인가?"

"**그런 일은 없다**고⋯⋯. 자네도 그렇게 생각하기 때문에 요지로가 읽은 내용이 어째 수상쩍다고 느낀 것 아닌가? 내 말이 틀렸나?"

"그건 말일세."

겐노신이 우물거렸다. 정곡을 찔리기는 한 모양이다.

"아무래도 믿기지가 않네. 하지만 그 이야기를 받아들이지 않으면 기미후사 경의 이야기도 부정하게 되지. 도저히 믿을 수 없는 일이기는 하지만 화족님의 말을 저버리는 것도 내키지는 않아. 그러니 이도 저도 못하는 걸세. 안 그런가?" 여기까지 말하고 나서 소베가 껄껄 웃었다. "뭐, 기미후사 경 스스로도 믿기지 않아서 자네 같은 겁쟁이에게 이야기를 가지고 왔겠지만 말이네. 뭐니 뭐니 해도 아드님이 고명한 유학자일 뿐 아니라 본인도 유학자이시지. 함부로 귀신을 이야기하거나 하지는 않을 걸세."

"그렇지만 직접 말씀하셨단 말이네."

"그러니까 기분 탓이겠지. 어쨌든 어린애가 겪은 일 아닌가. 다네후사 경에게 안길 때 등 뒤에서 까마귀라도 날아간 것 아니겠나. 이야기만 들으면 여자가 백로로 변한 것처럼 들리기도 하네만 그런 일은 없을 걸세."

소베가 말했다.

없겠지만.

그렇다 해도.

"왜 신슈인가?"

요지로가 물었다.

"지금 이야기와 신슈는 무관하지 않나? 겐노신, 자네 분명 신슈라고 했을 텐데."

"신슈야."

"왜?"

"그 뒤에 이어지는 이야기가 있네."

이렇게 말하며 겐노신은 머리를 쥐어뜯었다.

정성껏 빗은 머리가 순식간에 엉망진창이 되었다.

"거기서 끝이었다면 아무리 나라도 착각일 거라고 말씀드리지. 아니, 기미후사 경 스스로가 착각을 했거나 잘못 봤거나 그도 아니면 망상이라 판단하실 게 분명해."

"뭐, 어떻게 생각해도 착각이나 망상일 테니 말일세."

"하지만 일이 그렇게 간단하지 않네."

이렇게 말하고 겐노신은 입을 꾹 다물었다.

"뭐가 어떻게 간단하지 않나?"

"일단 들어보게. 기미후사 경은 여행을 자주 다니는 분일세. 유라가는 유복했거든. 뭐, 황송한 이야기이네만 조신이라는 분들은 막부 시대부터 그리 유복하지는 않았네. 지금 공경화족님의 생활은 한층 더 어려워졌지. 그중에는 다 갚지도 못할 만큼 빚을 지는 바람에 낭패를 본 집안도 있다고 해. 이것도 저것도 다 가업이 폐지되었기 때문이네."

"가업이 뭔가? 조신이란 무사 가문이 쇼군을 모시는 것처럼 천자님을 모실 뿐인 것 아닌가?"

요지로가 물었다.

"천자님이라고 물 쓰듯 녹봉을 주시지는 않네. 가업이라는 건 뭐 한마디로 말해 지식이나 예도일세. 비파이니 축국이니, 옛 시가의 뜻풀이니 하는 것이 집집마다 전해 내려오고 있는데, 이를 전수하는 것이 생계 수단이었네. 그리고 면허 발행 같은 권리가 있지. 검교(檢校)*의 지위를 하사하거나, 뭐 그런 인가와 관련된 일이야."

겐노신이 신묘하게 대답했다.

"그런가? 아하, 검교가 되기 위해 맹인 비파 법사들이 교토로 가는 것은 그 때문이군."

요지로는 몰랐다.

"이제는 아니네만. 검교가 되려면 그에 상응하는 돈이 필요해. 왜, 비파 법사들이 필사적으로 돈을 모으지 않나. 그것도 다 조신님에게 바칠 돈이네. 인가 비용이지."

"그렇군. 그 유라 님도 검교 쪽인가?"

"아니, 그렇지는 않네. 그런 건 집집마다 달라. 유라 가의 경우에는 유학이겠지. 유라 기미후사라는 분은 젊을 때 유학보다는 신도나 국사, 지지학 쪽에 관심이 있으셨다 하네. 스가에 마스미(菅江眞澄)**처럼

---

* 비파, 침, 안마 등을 생업으로 하던 맹인에게 주던 최고 관직.
** 에도 시대 후기의 국학자, 여행가.

여러 지방을 다니며, 하야시 라잔처럼 유래나 제신에 대해 들으셨다고 해. 뭐, 여유는 없으니 그리 멀리까지 발길을 뻗칠 수는 없었던 모양이네만. 실은…….”

“실은 뭔가? 그만 좀 재게.”

소베가 재촉했다.

겐노신은 더욱더 신묘한 얼굴이 되었다.

“기미후사 경은 그 이십 년 뒤에 시나노 지방을 방문하신 적이 있네.”

“이제야 신슈가 나왔구먼.”

“처음부터 나왔어. 잘 듣게. 기미후사 경은 그곳 신슈 땅에서 문제의 장소를 찾아내고 말았네.”

겐노신이 말했다.

“문제의 장소라니?”

“그러니까.”

“그게 그, 기미후사 경이 아버지 손에 건네지던 장소……인가?”

그러더니 소베가 큰 목소리로 말했다.

“엥? 차, 찾았나?”

“그렇다는 모양이야. 게다가 말일세. 이십 년의 세월을 넘어 기미후사 경은 그 땅에서 다시금 푸른 백로를 만났다지 뭔가.”

“새와?”

“새인…… 여자와 말일세.”

겐노신이 말했다.

“거기에 여자가 있었다고 하네. 그리고 그 여자는 자기 이름을 백로라 했다고 해."

　요지로는 숨을 죽였다.

4

다음 날 오후, 요지로는 홀로 야겐보리를 찾았다.

날씨는 좋았지만 추웠다.

인력거 한 대가 추월해 가고 고용살이하는 아이가 끄는 **이륜 수레** 한 대가 스쳐 지나갔지만 그 외에는 아무도 만나지 않았다. 조용한 거리에는 인기척도 거의 없다. 음력으로 따지자면 아직 정월이기 때문인가 싶기도 했다.

골목으로 들어가 몇 번 모퉁이를 돌면 풍경은 에도가 된다.

야겐보리의 은거 영감, 그러니까 잇파쿠 옹의 한적한 거소인 쓰쿠모안은 그런 에도의 정취 속에 있다.

문 앞에서 사요가 비질을 하고 있었다. "사요 씨" 하고 불렀더니 사요는 "어머, 요지로 씨" 하며 웃었다.

"오늘은 혼자 오셨어요?"

"네. 아무래도 요즘 보조가 잘 안 맞네요. 뭐, 억지로 맞출 것도 없어요. 매번 졸래졸래 개미처럼 줄지어 찾아오는 것도 좀 그렇고요. 어르신은 계십니까?"

"물론 계시지요."

사요는 또 웃었다.

"허리, 다리가 편찮으신 것도 아니니 가끔씩은 어디 나가시는 편이 건강에 좋다고 하는데도 듣지를 않으세요. 눈이 나쁘니까 책을 그만 좀 읽으시라고 해도 역시나 듣지를 않고요."

사요가 말했다.

"백중날이 와도, 정월이 와도 외관이고 뭐고 바뀌지를 않아요. 원래부터 술도 못 드시는 체질이라 정월부터 단 음식을 드시니까 변화가 없어서 저도 의욕이 안 생기네요."

"음력설을 쉽니까?"

요지로가 묻자 아니라고 한다. 그러고 보니 연초에 왔을 때 가가미모치(鏡餅)*가 있었던 것 같기도 하다.

양력으로 바뀐 뒤에도 꽤 시간이 흘렀는데, 사회는 그렇다 쳐도 생활면에서는 좀체 친숙해지지 않는다. 요지로처럼 둥실둥실 흘러가는 대로 사는 사람에게야 실질적인 피해도 없고 실감도 없지만, 개중에는 그렇지 않은 사람도 있다. 실제로 많은 노인들이 음력에 맞춰 생활한다.

"바꾸는 거 하나는 빠르거든요. 마음만은 젊으니까요."

사요가 말했다.

"모모스케……. 야마오카 모모스케 님이라 하지요, 어르신은?"

---

* 정월에 신에게 바치는 동그란 떡.

"어머나."

사요가 옆으로 긴 눈을 크게 떴다.

요지로는 조금 난감해졌다. 뭐라고 하면 좋을까?

"아니, 신원을 캐고 다닌 건 아닙니다. 저는 원래 기타바야시 번 무사였고, 그 인연으로 이곳도 드나들게 된 셈이라 그게."

"이래저래 찾을 방법은 있었다는 말씀이시군요."

"아니, 그저 번의 역사를 읽어봤을 뿐입니다. 기타바야시 번은 작은 번이고 역사도 짧으니까요. 5대 번주인 기타바야시 가게모토 님 치세에 번을 뒤흔드는 큰 소동이 일어났는데, 그때 동분서주해서 번을 구한 에도의 상인이 있었으니……. 뭐, 이렇게 쓰여 있었습니다. 거기에 존함도 기록되어 있었고요."

"어머나."

사요는 모양 좋은 가느다란 눈썹을 찌푸렸다. 요지로는 당황했다.

"수, 숨기고 계셨다면 모, 몰랐던 걸로 하겠습니다. 저, 저는 굳이 어르신의 비밀을……."

"어머나, 무슨 말씀이세요. 비밀은요."

사요가 입에 손을 대고 크게 웃었다.

"자랑은 못하겠지만 켕기는 과거도 아닌 걸요. 영감님도 숨기신 건 아니에요. 나서서 자랑할 일도 아니어서 잠자코 있다 보니 말을 꺼내기가 어려워진 것 아닐까요. 어린아이랑 똑같아요."

사요가 말했다.

"어린아이요?"

"요지로 씨도 똑같아요."

"제, 제가?"

"모모스케 씨와 똑같은 눈빛이에요. 모모스케 씨도 자주 말씀하십니다. 젊은 시절의 당신과 닮았다고."

"사요 씨, 사요 씨."

노인의 목소리가 들려왔다.

"네."

사요는 웃음을 띤 채 다시 한 번 눈을 크게 뜨고는 대답했다.

"누가 오셨습니까?" 하는 목소리가 이어졌다.

"요즘은 여러분이 오시지 않으면 적적해하세요."

사요는 뒤를 한 번 돌아보고 나서 작은 목소리로 말하고는 낭랑한 목소리로 일렀다.

"요지로 씨가 오셨어요."

요지로는 늘 그렇듯 별채로 안내되었다.

평소처럼 검게 물들인 사무에 위에 쥐색 겉옷을 걸친 노인이 작은 몸을 더 작게 움츠리고 앉아 있었다. 겉보기에는 아무래도 추워 보이는 방이지만 안은 그리 춥지 않았다.

노인이 고개를 들고 온화한 표정을 지었다.

"혼자 오셨습니까?"

"네. 겐노신 순사는 조사를 좀 하고 나중에 오겠답니다."

"또 뭐 이상한 사건이라도 일어났나 보지요."

"이상한 사건……이라기보다 이상한 상담이라 할까요."

왜 처음부터 여기에 오지 않았을까 하고 요지로는 생각했다. 요지로가 있지도 않은 지혜를 짜내거나 조사를 해본들 나오는 건 빤하다.

잇파쿠 옹은 동서고금의 기담과 항설에 해박한 사람이다. 그런 종류의 서적을 망라했을 뿐 아니라 제 발로 여러 지방을 다니며 괴담과 풍문을 수집하기도 했다. 생각하거나 조사하지 않아도 금방 유사한 이야기나 방증이 나올 것이고, 거기에서 도출되는 이치에 맞게 설명도 잘 해줄 것이다.

그런데도 요지로와 친구들은 무슨 일이 생겼을 때 곧장 이곳에 오지는 않는다. 일단 넷이 모여서 무익한 의논을 거듭한다. 그렇게 의논을 거듭한 끝에 막히면 고민에 고민을 하다 이곳을 찾는 것이 보통의 흐름이다.

기껏해야 괴담이다.

하찮은 이야기이다 보니 급박한 사안이 아닌 경우가 많다. 그래서일지도 모른다.

아니, 어쩌면 합리를 추구하는 소베나 서양식인 쇼마에게는 분한 마음이 있을 수도 있다. 또 겐노신은 원래부터 그런 불가사의한 논의를 즐기는 성격일 것이다.

요지로의 경우에는 단순한 호사가이다.

유라 기미후사 경 이야기를 했다.

이야기하던 도중에 요지로는 노인의 표정이 변했음을 깨달았다. 시든 얼굴에서 깊은 감정의 미묘한 움직임을 헤아리기는 어렵지만, 요즘 들어 요지로는 조금이나마 알게 되었다.

산속 다른 세상의 신기한 기억…….

요지로는 윤색하지 않으려 주의하면서 이야기했다.

여자가 백로로 변해 날아갔다는 데까지 이야기했을 때에야 겐노신이 왔다.

겐노신이 굳은 얼굴로 불쑥 말했다.

"역시 그랬네."

"그랬다니 무슨 소린가? 인사도 하지 않고 큰 소리를 내다니 어르신이 놀라지 않나."

"이거 실례했습니다."

겐노신은 격식을 차리더니 무릎을 모으고 고개를 숙였다.

"그래, 요지로. 어디까지 들려드렸나?"

"기미후사 경이 기억하던 어렸을 적 기묘한 추억에 대해 말씀드린 참일세. 그런데 그랬다는 건 무슨 소리인가? 나도 모르겠군."

"그러니까 우부메야."

겐노신이 말했다.

"우부메라고?"

"우부메 말일세. 아이를 낳다가 죽은 여자가 변해서 된다고 하는 요괴야. 물론 알겠지?"

"알기는 하네만 무슨 관계가 있다는 말인지 통 모르겠네."

"모르겠나? 그 여자는 우부메야. 우부메가 무슨 짓을 하는가? 떠올려보게."

"아기를 안아달라고 하지요."

노인이 말했다.

"그렇지요. 물가 버드나무 아래에 나타나서 지나가는 사람에게 안고 있던 아이를 맡기려고 합니다. 대부분은 겁을 먹고 달아나지만 받아든 사람은……."

"강한 힘을 얻는다고 하지요."

또다시 잇파쿠 옹이 대답했다.

"맞습니다. 과연 노인장. 받아들 만큼 배짱이 두둑한 사람은 힘과 부를 얻는다. 그런 이야기입니다."

"게다가 우부메 요괴의 정체는 푸른 백로라고도 한다, 이런 말씀입니까?"

"네, 그렇지요. 그 말씀이 맞습니다."

겐노신이 고개를 끄덕였다.

"잠깐만 있어보게, 겐노신. 나는 소베나 쇼마처럼 뭐든지 이치에 맞지 않는다고 부정하지는 않네. 하지만 그렇다고 해서 우부메 요괴라는 말에 그렇구나, 수긍할 수는 없어. 애초에 그렇다면 기미후사 경은 요물이 건넨 아이라는 이야기가 되지 않나?"

"그렇지."

겐노신이 말했다.

"그렇다니……."

"그런 유언비어가 돌았네. 옛날에."

"유언비어?"

"말뜻대로야. 옛날에 기미후사 경은 사람의 자식이 아니라 마물의 자식이라고 중상하는 소문이 실제로 돌았다고 하네."

"겐노신, 아무리 그래도 그건."

"그러니까 중상이지."

겐노신은 이렇게 말하고 수염을 어루만지며 헛기침을 했다.

"현실에 그런 일은 없네. 있어서 되겠는가? 있을 수 없는 일이겠지.

나도 그 정도는 알고 있네. 그러니까 유언비어라고 하는 거야. 잘 듣게, 요지로. 그건 말이네, **시샘**일세. 아무리 조신이라 해도 사람의 자식이야. 시기, 질투도 있겠지. 전에도 한 번 말하지 않았나. 많은 공경이 가난하고 검소한 생활을 했고 지금도 대부분이 빈궁에 신음하며 살고 있네. 하지만 기미후사 경은……."

"자주 여행을 다니셨다고."

"그러하네. 여행이라는 건 여유가 없으면 할 수 없는 법이야. 유라 가는 윤택했던 거지. 유라 가는 섭정을 낼 수 있는 오대 가문(攝家)도 아니고 그다음으로 높은 일곱 가문(淸華家)이나 그다음으로 높은 세 가문(大臣家)도 아닐세. 에도 시대가 된 뒤에 가문을 일으킨 새로운 가문인 데다, 앞의 세 가문을 제외하고 당상에 오를 수 있는 가문 중에서도 격은 아래이네. 그런데도 묘하게 위세가 있고 주머니 사정도 좋으니 입방아를 찧는 사람들도 생긴다는 말일세."

"험담이라는 말인가?"

"험담이겠지."

겐노신이 요지로를 노려보았다.

"험담 이상도 이하도 아니네. 다만 아니 땐 굴뚝에 연기가 나지 않는다는 것 또한 사실이야."

"마, 마물의 자식이라는 말인가?"

"말을 함부로 하지 말게."

겐노신이 더더욱 노려보았다.

"화족님에게 그 무슨 폭언인가. 자네도 단순한 친구일세. 그러면 **있는 그대로** 아닌가. 험담이 되지도 않아. 알겠나, 다음 두 가지를 생각해봐야 하네. 유라 가가 유복했다는 사실, 그리고 그 부귀를 가져온 사람이 기미후사 경이라 여겨진다는 사실."

"기미후사 경이 가져왔다니?"

"기미후사 경이 태어난 뒤로 주머니 사정이 좋아졌다. 적어도 세상 사람들은 그렇게 보았네. 정말인지 아닌지는 모르지만 그 무렵부터 유라 가는 유복해져서……."

"얼마나 유복했을까요?"

노인이 불쑥 물었다.

"글쎄 딱히 큰 부자라 할 정도는 아니었던 것 같습니다. 뭐, 이렇게 말하면 좀 그렇지만 굶느니 마느니 하는 집이 많은 가운데 곤궁하지는 않았을 뿐인 모양이에요."

"아아, 그렇군요." 노인이 고개를 끄덕였다. "지금은 어떻습니까?"

"지금은 그게…… 상당히 어려운 모양입니다. 기미후사 경께는 동생분이 많이 계십니다. 아버님이 돌아가셨을 때 기미후사 경은 상속분을 전부 다 받지 않고 유산을 형제 전부와 나누었다고 해요. 참 욕심도 없지요. 게다가 아드님인 기미아쓰 씨가 사숙을 열 때 비용이 꽤 들어간 모양입니다. 더욱이 사 년 전에 다섯째 아이가 태어난 데다 작년에는 기미아쓰 씨 댁에도 아이가 태어났다고 합니다."

순사가 껄끄럽다는 듯 말했다.

"손자와 아이가 연이어서? 한데 다섯째 아이라면 그 사숙을 열고 있는 기미아쓰 씨의 동생이란 겐가? 나이 차가 꽤 나지 않나?"

요지로가 물었다.

"열여덟아홉 살은 떨어져 있겠지. 어떻게 말하면 좋을까. 흔히 가난한 집에 애가 많다고 하네만 어려운 모양일세. 뭐, 그래도 사숙 쪽은 평판이 나서 다른 공경화족님에 비하면 그나마 나은 편이라 하셨네. 에도에 살고 있는 화족님들의 부채가 다 합해서 이백만 엔 가량이라 더군. 파산하는 집도 있는 모양이야."

겐노신이 말했다.

"그러면 유라 님은 지금도 검소하게 살고 계십니까?"

"그렇겠지요. 뭐, 저는 지난번에 본인을 직접 만났는데 아주 좋은 느낌을 받았습니다. 더 격식을 차리는 분일 줄 알았거든요. 스스로 원해서 물러나기는 했지만 원래대로라면 새 정부의 요직에 계셔도 이상하지 않을 분이니까요. 평소 같으면 가볍게 말을 나눌 수 있는 관계가 아니지 않겠습니까."

"그렇겠지요."

노인이 먼 곳을 바라보았다.

무언가를 떠올리는 눈빛이었다.

"기미후사 경은 지금 몇 살이십니까?"

"연세는 마흔아홉 살이십니다."

"마흔아홉이라."

잇파쿠 옹이 감탄한 듯 말하고서 고개를 몇 번 끄덕였다.

"이런, 이야기를 끊어버렸습니다. 그래 겐노신 씨, 지금 하신 이야기에는 당연히 이어지는 부분이 있겠지요?"

"있습니다. 과연 노인장은 눈치가 빠르십니다."

겐노신이 간살을 떨고 나서 요지로 쪽을 곁눈으로 보았다.

"아까 말씀드렸다시피 기미후사 경에게는 동생이 많습니다. 하지만 아무래도 기미후사 경의 어머님은 기미후사 경을 낳으시고 곧장 세상을 떠난 모양입니다. 다른 아우들은 모두……. 뭐, 속된 말로 하자면 후처의 아이인 셈이지요. 그쪽은 격이 맞는 다른 가문 출신의 아가씨인데 그 가문과는 아직도 친척처럼 지낸다고 합니다. 이거, 아무래도 평민들 말을 쓰게 됩니다만……. 그런데 말입니다."

"뭐 문제라도 있었습니까?"

"아니, 아무래도 기미후사 경의 어머님, 낳아주신 어머님 말인데 그분 친정과는 소원한 듯합니다. 그래서 말이지요, 다소 내키지 않기는 했지만 조사를 좀 해봤습니다. 그랬더니 이 어머님의 내력이라 해야 하나, 존재 자체를 잘 모르겠더군요."

"조신 가문이 아니었단 말입니까?"

"모르겠습니다. 유곽 게이샤의 내력을 조사하는 것과는 사정이 다르지요. 범죄가 일어난 것도 아니니 캐물을 수 없는 데다 깊이 파고들 수도 없으니까요. 다만 윤곽 정도는 어렴풋이 알 것 같습니다. 우선 기미후사 경의 어머님이 누구신지는 기록에 남아 있지 않아요. 적어도 다네후사 경의 정실부인으로서 천수를 누린 분은 아닙니다. 그리고 유라 가의 가계가 윤택해진 건 기미후사 경이 태어난 뒤부터라 합니다. 이 두 가지가 기미후사 경이 마물의 자식이니 하는 중상의 근원이지요."

겐노신이 말했다.

"그렇겠지요."

잇파쿠 옹이 슬픈 듯 말했다.

"그럼 기미후사 경이라는 분은 그다지 행복하지 않으셨습니까?"

측은하다기보다는 미안하다는 말투였다.

그 어조에 요지로는 묘하게 가슴이 술렁거렸다.

"당사자의 귀에까지 그런 악담이 들어갔는지는 모르겠습니다. 어쨌든 좋지 않은 소문 뒤에는 그런 사실이 숨겨져 있었지요. 아니, 사실이라 해봤자 뭔가 알아낸 것도 아니지만…… 유라 가의 재원과 어머님의 내력은 다네후사 경이 눈을 감은 지금으로서는 알 도리가 없습니다. 게다가 이런 사정과 기미후사 경이 기억하는 상황이 묘하게 들어맞는 것도 같아요."

겐노신이 대답했다.

"예를 들면 어떻게?"

갈라진 목소리였지만 노인의 물음에는 겐노신의 자세를 바로잡기에 충분한 박력이 있었다.

"그, 그러니까 예를 들어 신분은 낮지만 재력은 있는 지방의 향사 같은 사람 따님과 다네후사 경 사이에 아이가 생겼다고 해보지요. 그런 경우에는 보통 혼례가 성립하지 않을 겁니다. 지금도 화족님인 데다 막부 시대에는 신분에 차이가 나는 혼인은 용납되지 않았으니까요. 그러니까 사생아, 흔히 말하는 숨겨둔 자식이 됩니다. 하지만."

"하지만 뭐지요?"

"다네후사 경이 그걸 바라지 않았다면 어떻게 되겠습니까? 아내로 맞이할 수는 없지만 어떻게든 아이만은 갖게 해달라고 부탁했다면."

과연, 그런 장면이라는 말인가.

아이를 안고 있던 사람은 기미후사 경의 생모.

아버지인 다네후사 경은 혼례를 치를 수 없음을 사죄하고 그래도 자기 아들만은 달라고 부탁했다 이건가?

수긍은 간다.

"뭐, 이렇게 말하면 신분 높은 사람이 제멋대로 굴었던 것처럼 들리기도 하지만, 메이지 유신 전에는 신분의 차이가 지금과는 비교가 안 될 정도로 분명했으니까요. 외가 쪽에서는 고마운 마음, 고마운 행동이라며 감사했을지도 몰라요."

"그래서 경제적인 도움을 주었다는 말인가?"

요지로가 묻자 겐노신이 곧장 대답했다.

"그럼 앞뒤가 맞겠지. 원래 신분이 미천한 서자 아닌가. 그걸 적자로 들이겠다고 한 걸세. 요즘 같은 시대라면 또 어떨지 몰라도 사십 년도 더 전이라면 사정이 다르네. 과분한 이야기라고 생각했겠지. 한편으로는 조신 가문이 가난했던 것도 사실이니, 손자의 살림살이를 생각하면 돈이든 뭐든 쥐여주지 않았겠나. 다네후사 경 입장에서도 아내 없이 자식만 있다고 하면 겉보기가 좋지 않으니까 황급히 가정을 이루었다⋯⋯."

"억측으로 말씀하시면 안 됩니다."

잇파쿠 옹이 보기 드물게 엄한 말투로 말했다.

"아."

겐노신이 콧수염 밑에 구멍이라도 난 것처럼 입을 떡 벌린 채 그대로 굳었다.

하지만 노인이 "아니, 아니" 하고 말을 꺼냈을 때는 완전히 온화한 말투로 돌아가 있었다.

"아니, 겐노신 씨에게 나쁜 뜻이 없다는 건 잘 알고 있습니다. 하지만 그런 일은 억측이나 짐작으로 이야기하면 안 된다는 생각이 듭니다. 설령 사실이라도 이야기하지 않는 편이 좋은 경우도 있을 테고, 죽고 사는 것과 관련된 일은 신중히 다루는 게 좋겠지요. 뭐 노파심이지요."

"제가 좀 경솔했습니다."

겐노신이 사과했다.

"한데 겐노신 씨."

노인이 불렀다.

"앗, 네."

"기미후사 경이 무슨 부탁을 하셨습니까?"

"네?"

겐노신은 덥지도 않은데 땀을 닦았다.

"그러니까 백로가 사람으로 변하거나 빛을 발하는 일이 있느냐고……."

"그렇군요. 하지만 겐노신 씨가 지금 내놓은 답은 그 물음에는 아무런 답도 되지 않는 것 아닙니까?

"그게."

맞는 말이다.

요지로와 겐노신은 그런 일은 없다는 전제에서 이론을 세우고 추리를 펼치고 있었을 뿐이다.

있을 수 없는 일이니 이면이 있을 것이다. 무슨 사정이 있을 것이다. 그렇게 기괴한 기억이 생기게 할 만큼 특수한 사정이나 상황이 반드시 있을 터.

요지로와 겐노신은 그런 사정을 뒤지고 있을 뿐이다.

그런 상황을 만들어내고 있을 뿐이다.

하지만.

"상대방은 그런 이야기를 듣고 싶은 게 아니지 않을까요?"

"뭐, 그게…… 그렇겠지요."

겐노신이 고개를 숙였다.

"게다가 자세히는 모르지만 자신과 자기 아버지 일이니, 이 짧은 기간에 겐노신 씨가 조사하신 내용 정도야 기미후사 경도 알고 있지 않을까요? 그런데도 경은 자신이 겪은 일이 무엇이었는지 알고 싶은 것 아니겠습니까?"

"그도…… 그럴지 모릅니다."

"백로가 사람으로 변하거나 빛을 발하는 일이 있는가. 요컨대 겐노신 씨와 요지로 씨는 이에 관해서는 처음부터 안중에 없었을 겁니다. 그러니까 겐노신 씨, 겐노신 씨가 실제로 그렇게 생각한다면 우선은 이렇게 대답하는 것이 도리이겠지요. 백로는 사람으로 변하지 않습니다, 빛나지도 않습니다, 그 일은 경의 착각일 겁니다, 하고."

정말로 그렇다.

기미후사 경은 자기 내력을 밝히고 싶다고는 한마디도 하지 않았다. 그 여자가 누구든, 그 장면이 어떤 상황이든 관계없는 일이다.

"변하지 않습니까? 변하지 않는다고 말씀드리는 게…… 옳겠습니까?"

요지로는 왠지 이렇게 물었다.

"그건 말이지요."

노인이 주름에 파묻힌 눈을 가늘게 떴다.

"뭐, 변하지 않을 겁니다. 그러니까 역시 착각이겠지요. 잘못 봤겠지요. 하지만 잘못 본 것이다, 착각이다, 하면 기미후사 경을 안고 있던 여인은 살아있는 인간이 되지 않습니까?"

그럴 것이다.

노인이 말을 이었다.

"그러면 이야기가 당장에 세속적이 됩니다. 사람이라면 누구인가 싶겠지요. 왜 그런 행동을 했냐고 하겠지요. 그러면 지금 겐노신 씨가 하신 이야기처럼 쓸데없이 뒤를 캐게 되고 투박한 억측도 생길 겁니다. 그건 좀 그렇지 않나 싶습니다."

겐노신이 고개를 들었다. 눈썹이 팔자가 되어 있다.

"차라리 요, 요물인 걸로 해두라는 말씀입니까?"

"요물의 자식······. 이건 요즘 같은 문명개화 시대에는 단순한 차별이지만, 옛날에는 다정함이기도 했습니다. 예전에는 두 가지 역할을 갖고 있었지요. 지금은 한쪽이 사라져버렸습니다. 다만 그 여자가 백로였다 해도 지금 기미후사 경의 입장이 나빠지는 일은 없으리라는 생각이 듭니다."

"으음, 뭐 그런 일은 없겠지만요."

겐노신이 말했다.

"그렇다면 요지로 씨가 찾아오신《우라미칸와》나《미미부쿠로》같은 걸 보여드리고 백로는 빛을 발하며 때로는 사람으로 변하기도 하는 존재라고 옛날부터 전해옵니다······ 하고 설명해드리면 되지 않겠습니까?"

요지로는 늘 그렇듯 잇파쿠 옹의 말에 감복했다.

실제로 그렇게 보였다면, 그렇다고 줄곧 믿었다면 그걸로 좋지 않은가.

그렇게 비합리적인 일은 있을 수 없다고 덮어놓고 부정한다 해서 그 기억이 사라지지는 않는다. 그것이 환시나 환청 종류였다 해도 당사자에게는 현실의 기억이다. 오히려 비슷한 예를 찾아 알려주는 편이 좋을지도 모른다.

쓸데없고 투박한…….

'그런 게 문명개화인가' 하고 요지로는 생각했다.

"뭣하면 다른 자료도 드리겠습니다."

이렇게 말하고 노인은 사요를 불렀다. 그런 문헌이야 차고 넘칠 정도로 많다.

사요가 장지문을 여는 것과 거의 동시에 겐노신이 "하지만" 하고 입을 뗐다.

"하지만…… 뭡니까?"

노인이 눈을 휘둥그레 뜨고 순사의 얼굴을 보았다.

"아니, 노인장의 말씀은 하나같이 다 지당하다 생각합니다. 생각은 합니다만 그러면 그 이십 년 뒤의 이야기는 뭐라 설명하면 좋을지."

요지로 입에서도 "아아" 하는 말이 나왔다.

그 문제도 있었다.

"이십 년 뒤라니 무슨 일이지요?"

노인은 무엇 때문인지 당황하더니 무슨 일이냐는 듯 고개를 갸웃거리며 사요를 올려다보았다.

"이십 년 뒤의 재회 말입니다."

겐노신이 말했다.

6

시나노는 깊은 산속에 있는 지방이다.

기미후사 경은 그때 교토에서 가마쿠라로 간 뒤 우에노미치(上道)를 따라 사가미(相模)*에서 무사시(武蔵)**, 고즈케(上野)***를 지나 시나노 지방 시오타 장원으로 향했다.

시오타 장원은 호조 요시마사(北条義政)****가 은둔한 땅이라고 한다.

처음에는 《고킨와카슈(古今和歌集)》에서도 읊고 있는 아사마 산을 즐기려고 나선 여행이었는데, 여행을 계속하다 보니 관심이 다른 곳으로 옮겨간 모양이다. 유라가 원래 문관의 가계인 데다 유학이 가업인 가문이기도 했기 때문인지 기미후사 경은 어렸을 때부터 지지학과 역사, 신앙에 예사롭지 않은 흥미를 느꼈다고 한다.

---

* 지금의 가나가와 현 대부분에 해당하는 옛 지방.
** 지금의 도쿄 도와 사이타마 현 대부분, 가나가와 현 일부에 해당하는 옛 지명.
*** 지금의 군마 현의 옛 지명.
**** 가마쿠라 시대 중기의 무장.

무사히 시오타 장원으로 들어가서 얼마 동안 머문 뒤에 젊은 기미후사 경은 지쿠마 강을 따라 이동했다.

여행이라고는 하지만 아무래도 조신 가문이라는 신분에서 상상할 만한 호화로운 여행이 아니라 들에 누워 돌을 베개 삼는 여행이었던 것 같다.

마쓰바라 근방까지 오니 무슨 까닭인지 산에 들어가고 싶어졌다고 기미후사 경은 순사에게 말했다. 길 아닌 길을 헤치고 산속에 들어가 보고 싶어졌단다.

산 이름은 모른다고 기미후사 경은 말했다.

가이와 신슈에는 산이 많다. 다른 지방 사람이 어느 산이 뭐라 불리는지 분간하기란 불가능할 것이다. 결과적으로는 스와 쪽으로 빠져나왔으니 다테시나 산이나 덴구다케 산, 어쨌든 오이시 고개에서 헤치고 들어간 어느 산이었다고 한다.

짐승이 다니는 길을 따라 숲 속으로 들어가다 보니 이윽고 시야가 확 열렸다.

내려가지는 않았다.

내려가지는 않았지만 그곳은 습원이었다고 한다.

황무지였다. 솟아난 물이 여기저기 고여 있고, 풀과 나무와 바위와 물이 거의 제멋대로 배치되어 있었다. 사람 손이 닿은 곳이 아님은 분명했다고 한다. 산속이라기보다 흡사 땅끝 같은 모습이었다.

기미후사 경은 그렇게 생각했다.

잠시 멍하니 있었다고 한다.

그때 해가 넘어갔다.

주위가 순식간에 다갈색으로 변하더니 이윽고 서쪽 하늘이 새빨갛게 물들었다. 밤의 장막이 내려오기 조금 전.

　어슴푸레한 해질 녘 황무지의 모습을 눈앞에 두고.

　기미후사 경은 갑자기 잊고 있던 정경을 떠올렸다고 한다.

　빛나는 여자. 그리고 빛나는 새.

　땅에 넙죽 엎드린 아버지.

　비명을 질렀다……고 한다.

　당연하리라고 요지로는 생각했다.

　어릴 때 성격이 평생 간다고 한다. 서너 살 된 아이도 인격은 이미 갖추고 있게 마련이다. 그 시절부터 줄곧 머리 한구석을 지배하던 낡고 오래된 기억이 갑자기 실제 풍경으로 눈앞에 펼쳐졌다면…….

　그것도 우연히.

　그때 기미후사 경의 마음을 상상하기만 해도 요지로는 어질어질했다. 다색 판화 속에 섞여 들어온 느낌이었을까? 소설책의 등장인물과 마주한 기분이었을까?

　이것이야말로 기묘한 우연이리라.

　하지만 기묘한 우연은 여기서 끝나지 않았다.

　기미후사 경은 황무지로 들어가 여기저기 걸어 다녔다고 한다. 당연한 일이지만 비교해볼 정도로 선명하게 장소와 정경을 기억하지는 못했다. 하지만 어떻게든 확인하고 싶었다고 한다.

　착각이었을지도 모르니까.

　요지로도 그건 그럴 거라고 생각했다. 엇비슷한 장소는 얼마든지 있다. 어지간한 표식이라도 없는 다음에야 어디에 나 있든 나무와 풀은 나무나 풀이다.

기미후사 경은 해질 녘의 습지를 헤매 다녔다.

그리고.

기미후사 경은 그것을 보고 한 발짝도 움직일 수 없었다고 한다. 다리만 쓸 수 없었던 것이 아니다. 가위에 눌린 것처럼 호흡까지 순간 멈추었다.

어둠이 서서히 짙어지는 황무지 저쪽 편이 푸르게 빛나고 있었다고 한다.

불꽃은 아니다. 무언가가 반사되는 것도 아니다. 그것은 흡사 연극에서 쓰는 장뇌 불처럼 창백하게 불타오르고 있었다.

똑같다.

직감적으로 그렇게 생각했다고 한다.

물론 어렸을 때 본 여자의, 백로의 빛과 똑같다고 생각한 것이다.

이윽고 빛 속에서 그림자가 두 개 나타났다.

하나는 역시 창백하게 빛을 발하고 있었다.

다른 하나는 칠흑이었다.

칠흑 같은 그림자는 전혀 못 움직이고 있는 기미후사 경에게 소리 없이 다가오더니 깊이 고개를 숙이고 이런 이름을 댔다고 한다.

소생은 구마노 신사의 신을 모시는 야타가라스*라 합니다.

습원은 이미 짙은 어둠에 휩싸여 컴컴했다.

처음부터 검은 야타가라스는 먹으로 칠한 것 같은 칠흑 덩어리였다

---

* 일본 신화에서 진무 천황이 동쪽 지방을 정벌할 때 길 안내를 해주었다는 까마귀.

고 한다.

까마귀는 또 이렇게 말했다.

저것은 태고부터 이 땅에 살고 있는 푸른 백로.

나는 스와의 신을 받드는 미나카타(南方)의 백로요.

빛나고 있던 건.

여자였다. **그때와 똑같은** 여자였다.

기미후사 경은 그 시점에서 의심을 거두었다.

그 뒤로 이십 몇 년이 지난 지금도 그때 본 여자의 얼굴을 떠올릴 수 있다고 기미후사 경은 겐노신에게 말했다고 한다.

주변은 이미 어두웠고 남자 쪽은 새까맸지만 여자는 푸르게 빛나고 있었다.

그래서 얼굴도 보였다고 한다.

어떤 얼굴이냐고 묻는다면 말로는 설명하기 어렵지만 그래도 명료하게 떠올릴 수 있다고 기미후사 경은 말했다고 한다.

오랜만에 뵙습니다.

야타가라스가 말했다.

기미후사 님이 튼튼하게 자라주신 것 같으니 무엇보다 다행입니다.

소생도 기쁩니다.

다만.

이 땅은 기미후사 님이 오실 곳이 아닙니다.

까마귀는 기미후사 경에게 이렇게 고했다고 한다.

이곳은 다른 신이 계신 땅.

기미후사 님은 이미 저쪽 세계에 속하신 분.

'결코 발을 들여서는 안 되는 곳입니다.

까마귀는 이렇게 말하고 나서.

방울을 짤랑 울렸다.

그 순간 몸을 묶고 있던 눈에 보이지 않는 사슬이 풀리더니 기미후사 경은 정신을 잃고 땅바닥에 쓰러졌다. 무너져 내리는 그 짧은 순간에……

기미후사 경은 밤하늘로 날아가는 빛나는 백로를 또다시 보았다.

넓고 넓은 밤하늘로.

정신이 들었을 때 기미후사 경은 쓰에쓰키 고개 기슭의 후나토 바위라는 바위 옆에 누워 있었다고 한다.

"이것을 끝으로 기미후사 경은 여행을 그만두었다고 하셨습니다."

겐노신은 이렇게 이야기를 맺었다.

겐노신이 이야기를 끝내고 나서도 노인은 잠시 아무 말도 하지 않았다.

사요 또한 노인 옆에 앉아 잠자코 있었다.

"이건…… 어떻게 생각하면 될까요?"

겐노신이 머뭇머뭇 물었다.

노인은 눈을 감고 고개를 위로 향하며 말했다.

"야타가라스라는 이름을 댔습니까?"

"그렇다고 하셨습니다만, 그게 왜?"

"아닙니다."

대답하는 노인의 목소리는 명백히 동요하고 있었다.

"그건 언제 있었던 일입니까?"

"음, 지금으로부터 이십 몇 년쯤 전이라고 하니 안정(安政)* 무렵일까요. 확실하지는 않지만 기미후사 경이 스물두세 살 때 일이라 합니다. 뭐, 서너 살 먹은 아이라면 모를까, 아무렴 그 나이에 잘못 봤다, 착각을 했다고 넘길 수는 없겠지요."

"그건 잘못 보거나 착각한 것이 아닐 겁니다."

"그렇습니까? 하지만."

"야타가라스는 있으니까요."

노인이 말했다.

"있다……는 말씀은?"

겐노신이 이렇게 말하며 몸을 앞으로 내민 순간.

쿵 하는 큰 소리가 났다.

이어서 무어라 욕하는 소리가 들리더니 이윽고 귀에 익은 탁한 목소리가 요지로의 귓속으로 날아 들어왔다. 그 탁한 목소리는 몇 번의 포효 소리와 섞이다가 곧 마구 고함을 쳐대는 야비한 말로 바뀌었다.

"소베 목소리 아닌가."

틀림없이 호걸의 호통 소리였다. 겐노신은 말을 하자마자 엉덩이를 들었지만, 일어서기도 전에 이번에는 현관 쪽에서 쇼마가 아우성치는 소리가 들려왔다.

한심할 정도로 뒤집어진 목소리였다.

"크, 큰일이다. 어이, 겐노신, 요지로. 안에 있으면 나와보게!"

"두 분은 여기 계십시오."

---

* 일본의 연호로 1854년 – 1860년.

이렇게 말하자마자 겐노신은 엉덩이를 반쯤 든 채 장지문을 열고는 그대로 뛰쳐나갔다. 요지로는 노인과 사요의 얼굴을 번갈아 보고 나서 조금 뒤늦게 쫓아갔다.

"이보게, 뭐하고 있나? 무슨 일인가?"

"뭐, 뭐냐니. 요지로의 하숙집에 갔더니 텅텅 비었기에 어차피 여기겠지 싶어 인력거를 타고 날아오다 보니 겐노신, 자네가 걸어가고 있지 않나. 그래서 살짝 미행이라도 할까 했더니만……. 자, 자네들만 가다니 치사하네."

"그런 걸 묻는 게 아닐세!"

겐노신이 쇼마의 멱살을 잡았다.

"그, 그러니까 나 말고도 자, 자네를 미행하는 놈들이 있지 뭔가. 그래 나는 심장이 벌렁거려서 오던 길을 되돌아가 소베 놈을 불러온 걸세."

"나를 미행?"

"무, 무슨 짓인가." 겐노신이 멱살을 푸는 바람에 쇼마가 엉덩방아를 찧었다. "분명 미행하고 있었네. 참으로 얼빠진 일등 순사일세. 그래서 소베를 태우고 곧장 되돌아와보니 자네는 벌써 온데간데없었네. 그래 여기로 와서 사요 씨가 있나 싶어 산울타리 너머로 슬쩍 들여다봤더니."

"이놈들이 마당에 숨어서 엿듣고 있었네."

우레 같은 목소리가 들렸다.

소매를 걷어붙이고 머리에는 수건을 동여매 더더욱 산적 같이 무서운 얼굴이 된 소베가 서생처럼 보이는 두 사내의 목덜미를 붙잡고 골목에 떡 버티고 서 있었다.

좀처럼 보기 힘든 광경이다.

"이런 바보 놈들. 이 시부야 소베 님께 덤벼들다니 백 년은 멀었어."

본인 말이 맞다. 소베를 조금이라도 아는 사람이라면 누구나 그렇게 생각한다. 이자에게 덤벼들다니 제정신이 박힌 사람이 할 일이 아닐 것이다. 과연, 상당한 활극이 벌어진 모양이다.

호걸은 껄껄 크게 웃었다. 신문에 실리는 삽화 같다고 요지로는 생각했다.

붙잡힌 사내들은 벌벌 떨고 있었다. 하나는 이마에 큰 혹이 났고, 다른 하나는 코피를 흘리고 있다. 분명 혼쭐이 났을 것이다.

"양장을 한 사내는 어떻게 되었나?"

쇼마가 허리를 문지르며 물었다.

"그놈 말인가? 그놈은 내 얼굴을 보자마자 토끼처럼 재빨리 달아났네. 자네도 보지 않았나."

"그렇게 야만적인 건 보지 않네."

"흥, 겁쟁이 놈. 서양 문화에서는 악한을 보고 도망가는 것이 상투인가. 한심하구먼. 그걸 생각하면 이놈들은 무모한 만큼 그래도 기골이 있어."

쇼마가 볼썽사나운 반론을 시작하기 전에 눈썹을 치뜬 겐노신이 소베 쪽으로 다가가 서생 한 명의 턱을 잡았다.

코피를 흘리는 쪽이다.

"이놈, 내게 무슨 볼일이라도 있나?"

서생은 겐노신의 얼굴을 보고 새파랗게 질렸다.

요지로 쪽에서는 보이지 않았지만 평소에는 점잔빼는 순사님도 이번에는 어지간히 무서운 얼굴을 하고 있었던 것이리라.

사내가 아무 대답도 하지 않은 사이 코피만 턱까지 흘러내렸다.

"네 이놈, 일등 순사의 질문에 묵비를 행한단 말인가. 참 밉살스럽고 고얀 놈이다. 아니, 애초에 관헌의 뒤를 미행하다니 무례하기 짝이 없고, 하물며 남의 마당에 무단으로 숨어들어 처마 밑에서 안의 사정을 살피다니, 용서하기 힘든 행패야. 이 자리에서 체포해주지."

겐노신은 코피를 흘리고 있는 사내의 턱에서 손을 떼고 포승줄을 꺼냈다.

소베도 손을 뗐다. 그 잠깐의 틈을 타서 혹이 난 남자가 소베에게 몸으로 박치기를 하고 코피를 흘리던 남자가 겐노신을 밀치더니 둘은 그야말로 줄행랑을 놓았다.

"이놈!"

달려가려는 겐노신을 소베가 만류했다.

"잠깐 기다리게."

"노, 놓게. 달아나버리지 않나."

"달아나게 두면 되지 않나."

소베가 말했다.

"지, 지금 달아나게 두라고 한 건가? 미쳤나, 소베?"

"그렇게 흥분 말게나."

소베가 말했다. 평소와는 입장이 정반대로 뒤집힌 셈이라 겐노신은 당황한 듯했다.

"어, 어째 그리 침착한가, 소베? 자네도 험한 일을 당하지 않았나."

"습격은 저놈들이 했네만 험한 일을 한 건 나야. 이보게, 겐노신. 저런 조무래기는 붙잡아봤자 소용없네. 그렇게 되었으니 나에 대한 폭행은 계산에 들어가지 않고, 자네를 미행한 것도 증거는 없지 않나. 죄를 묻는다 한들 결국은 마당에 침입해서 방을 엿봤을 뿐이니 경미한 죄가 되겠지. 젊은 처자가 목욕하는 모습이라도 엿봤다면 모를까, 안에 있던 사람은 다 늙은 노인장일세."

"사요 씨도 계시지 않았나."

쇼마가 말했다.

"목욕탕이나 변소를 엿본 건 아니네. 게다가 저건 조무래기야. 어차피 대단한 걸 알지는 못할 테고, 무얼 물어본들 입을 열지 않을 걸세."

"그, 그렇기는 하네만, 소베." 겐노신이 요지로를 한 번 보고 나서 거듭 말했다. "그렇기는 하네만."

"그렇대도. 괜찮네. 놈들의 신원은 대충 알고 있어."

이렇게 말하고 호걸은 머리에 동여매고 있던 수건을 풀었다.

"뭐, 뭐라고? 입에서 나오는 대로 말하는 거라면 베어버리겠네."

"무얼. 저놈들은 내 기억이 맞다면 효제숙 학생이야."

"이보게, 효제숙이라니, 그 효제숙 말인가?"

이렇게 말한 쇼마가 어처구니없다는 표정을 지었다.

"맞네. 그곳일세."

"보면 아는가, 소베?"

"알지. 잡은 놈들도 낯이 익은 놈들이기는 했네만 도망친 사내 얼굴도 분명 본 기억이 있어. 여차하면 얼마든지 붙잡을 수 있네."

"효제숙이라고? 효, 효제숙이라 하면…… 기미후사 경 아드님이 하시는 사숙 아닌가."

겐노신이 큰 소리로 말했다.

"그것 말고는 없지. 기미후사 경 아드님이 연 곳이야. 내 문하생에게 선전을 하던 탐탁찮은 놈이니 잊어버릴 리 없네. 덕분에 도장에는 파리가 날리고 있어."

소베가 말했다.

역시나 문하생을 빼앗긴 모양이다.

"하지만 그 효제숙 학생이 뭐 때문에 겐노신을 미행하고 쓰쿠모안을 엿본단 말인가."

"당연히 아버님과 접점이 있는 수수께끼 순사의 동향에 관심이 있겠지."

소베가 담대하게 웃었다.

6

사흘이 지난 밤, 요지로는 다시 쓰쿠모안을 찾았다.

보고할 내용도 있었고, 꼭 묻고 싶은 것도 있었다. 호걸이 죄인을 잡는 소동 덕분에 기미후사 경 이야기는 흐지부지되고 말았다.

요지로가 현관 앞에서 부르자 곧바로 사요가 나타나서 몹시 기다리셨다고 말했다.

노인은 늘 그렇듯 별채 다다미방에 조그맣게 앉아 있었다. 사요는 차를 권하고 나서 노인 옆에 정좌했다.

요지로는 어쩐지 송구스러웠다.

어디서부터 이야기하면 좋을까? 요지로는 이것저것 궁리하다 적당히 말을 꺼내기로 마음먹었다. 하지만 요지로가 말을 꺼내기 전에 노인이 먼저 물었다.

"어땠습니까?"

"어땠냐고 하시면 그게."

"아니, 예의 불한당 말입니다."

"아아, 그쪽은 전에 검잡이가 말했던 대로 효제숙 학생이었던 모양입니다."

"소베 씨 말씀이 맞았습니까?"

"네, 이번에는 딱 적중했습니다. 달아난 사내는 숙장인 유라 기미아쓰 씨의 동문인 야마가타라는 사족인데, 기미아쓰 씨가 한때 가르침을 받았던 유학자의 집에 살면서 가사를 도우며 배우던 제자, 말하자면 사제 같은 사람입니다. 지금은 기미아쓰 씨의 문하생이 되어 효제숙 지배인 일을 하고 있지요."

"어쨌든 기미후사 경 아드님의 제자들이라는 말이군요. 한데 무얼하고 싶었던 걸까요?"

잇파쿠 옹이 말했다.

"거기에 대해서는 소베가 알아냈습니다."

"소베 씨가. 혹시?"

"네⋯⋯. 문하생이 줄어든 울분도 풀 겸 아주 거칠게⋯⋯. 이렇게 말하고 싶지만 아쉽게도 그렇지 않은 모양입니다. 뭐, 생긴 얼굴이 그렇다 보니 협박하지 말라는 게 무리이고, 얼굴을 마주하고 추궁하다 보면 대개는 협박이 되기는 합니다마는. 요는 죄를 묻지 않게끔 도쿄 경시국 본서에는 자기가 잘 말해줄 테니 사실대로 불라고 마치 옛날 깡패들 같은 짓을 했습니다."

상냥하게 물어봤을 뿐이라고 본인은 이야기하지만 그편이 오히려 더 무섭지 않을까, 하고 요지로는 생각한다.

"전부 스승인 유라 선생님에 대한 충성심에서 비롯된 행동인 모양입니다. 실은 기미아쓰 씨의 조부님이자 기미후사 경의 아버님인 다네후사 경께서 돌아가셨을 때, 유언 비슷한 말을 남기셨답니다."

"유언을요?"

"아니요, **유언 비슷한 말**입니다."

요지로가 한 번 더 말했다.

"다네후사 경은 유신 전부터 병상에 누워 계시다 명치 2년에 돌아가셨는데, 마지막에는 의식이 몽롱해서 헛소리를 되풀이하는 상태였던 모양입니다. 그러니 정식 유언은 아닙니다만……."

나는 보물을 손에 넣었다…….

나는 행복했다…….

보물을, 보물을 소중히 여겨라.

눈을 감기 전에 조신은 이 말을 되풀이했다고 한다.

"뭐, 상당히 비몽사몽인 상태라 가족 얼굴도 쉬이 알아보지 못하고, 옛날 일과 지금 일을 온통 뒤섞어서 이야기하다 보니 아무도 진지하게 듣지 않은 모양인데, 당시 열여섯 살이던 기미아쓰 씨는 묘하게 기억하고 있었던 데다 신경도 쓰고 있었다고 합니다."

"신경을 쓰고 있었군요."

"네. 유가에서는 가부장의 말을 유난히 중시하지 않습니까. 유라 가는 무사 집안 이상으로 엄격했던 모양입니다. 다네후사 경은 뒤로 물러나 있기는 했지만 가장이 기미후사 경의 아버지인 데다, 기미아쓰 씨는 어릴 때부터 언젠가는 가문을 이어받을 장자라는 자각이 필요 이상으로 강했다고 합니다. 그러니 할아버지가 마지막으로 남긴 말을 대단히 엄숙하게 받아들였지요……."

보물.

아버지인 기미후사 경에게 물었지만 모른다는 말만 돌아왔다. 아버지는 할아버지에게 아무것도 듣지 못했다고 기미후사 경은 판단했다. 그리고 조사를 시작했다고 한다.

아무것도 알 수 없었다.

아무 기록도 남아 있지 않았다고 한다.

하지만.

"기미후사 경은 다네후사 경이 돌아가신 것을 계기로 정계에서도 완전히 물러나셨고, 그리 많지 않던 유산도 형제끼리 평등하게 나눈 뒤 주위를 싹 정리하고 교토에서 에도로 이사하셨습니다. 당연히 살림살이는 어려워지겠지요. 하지만 기미후사 경은 욕심이 전혀 없는 분인 모양이에요. 검소한 생활을 염려하는 분은 아니셨던 겁니다. 또 그 인품 때문인지 동생분들이 정성껏 돌봐주고 계십니다. 적으나마 재산도 평등하게 나눠 받았으니 은혜도 있고요. 동생분들은 유신 전에 분가했지만, 세상이 바뀐 뒤에 다들 사업을 시작해서 그럭저럭 성공했습니다……."

"기미후사 경은 그런 장사 같은 건 하지 않으십니까?"

"네. 화족 나리가 익숙하지 않은 장사에 손을 댔다 실패하는 예가 헤아릴 수 없이 많다고 합니다. 얼핏 들은 소문에 따르면 긴키 부근의 토지 개간 사업 같은 건 크게 실패한 모양이니까요. 기미후사 경은 그걸 알고 있었기 때문에 장사를 할 생각은 없었나 봅니다. 거기에 대해서는 아드님인 기미아쓰 씨도 크게 찬성했고요. 이득보다는 덕, 실익보다는 명예를 중시하는 것이 올바른 길이라 생각하셨겠지요. 그러니까 장사를 하지 않는 건 좋았습니다. 하지만 기미아쓰 씨는 불만이 하나 있었던 모양이에요."

"무슨 불만이 있었을까요."

"비난을 당했다고 합니다."

"어느 분에게?"

"기미후사 경의 막내 동생인 기미타네라는 분이라고 야마가타라는 사내가 말했답니다. 기미타네 씨는 상사를 세워서 어째 그럭저럭 번성하고 있는 모양인데, 이분이 좀 독설가인가 봅니다."

"입이 험합니까?"

노인이 물었다.

"나쁜 뜻은 없으리라고 생각하지만요. 결론적으로는 원조를 아끼지 않는 데다, 듣자니 세 살이 되는 기미후사 경의 다섯째 아이를 양자로 들이기도 한 것 같으니까요. 형제 사이에 불화가 있는 건 아니겠지요. 하지만 기미아쓰 씨와는 영 안 맞는답니다."

"무슨 말씀을 하셨습니까?"

"네. 본가는 결국 분가의 시혜로 살고 있을 뿐이다, 이래서야 거지나 다를 바 없다. 뭐, 이런 말을 기미아쓰 씨에게 한 모양입니다. 저 같은 사람이 들으면 지당하신 말씀, 그러니 자네도 땀 흘리며 일을 하라고 타이르는 이야기로 들립니다만, 기미아쓰 씨는 그렇게 듣지 않았습니다. 그래서 사숙을 열었다고 합니다만."

"호구를 하려고 돈을 벌거나 욕심 때문에 천하게 일하는 게 아니라, 학문으로 입신해보이겠다는 걸까요."

"바로 그거겠지요. 그런데 그렇게 잘 되지가 않습니다."

요지로가 대답했다.

"그 말씀인즉슨?"

"사숙이라는 건 돈벌이가 안 됩니다. 뜻이 높으면 높을수록 그렇습니다. 소베의 도장 같은 곳은 뜻이 낮으니까 동네 아이들을 그러모아 봉을 휘두르게 하고는 공돈을 우려내거나 경시국 본서에 쳐들어가서 검술 지도를 강매하기도 하고 종내에는 길거리에서 발검술을 선보이는 등, 뭐 그런 **활용**이 가능하지요. 하지만 효제숙이 가르치는 것은 유학입니다. 효제충신, 예를 다하고 의를 중시하는 성인군자의 가르침을 배우는 곳이니까요."

"뭐, 유학자는 가난한 법이지요."

노인이 말했다.

"그렇습니다. 사숙을 여는 데도 그럭저럭 자금이 들어갔어요. 사숙 쪽은 번성하고 있는 모양이지만 빚이 도통 없어지지 않습니다. 친척에게 의지하지 않으면 부뚜막의 불이 꺼져버려요. 하지만 한번 시작한 이상, 또 평판을 얻은 이상, 문을 닫을 수도 없습니다."

"체면이라는 겁니까?"

"체면이지요."

"귀찮은 노릇이네요."

사요가 말했다.

"그래서 기미아쓰 씨는 예의 보물에 생각이 미쳤습니다. 보물을 독차지하겠다든지 그런 건 아니라고 그 야마가타라는 지배인은 말했다고 하지만요. 요컨대 친척에게 빌린 돈도 갚고 사숙 쪽도 무료로 개방하겠다는, 뭐 독장수셈을 한 겁니다……."

"그렇다고는 해도 장소를 모르지 않나요?"

사요가 이상하다는 듯 물었다.

"모릅니다. 하지만 그래서……."

"기미후사 경의 신기한 추억……이군요."

노인이 무척 슬픈 듯이 말하고 사요 쪽으로 눈길을 돌렸다.

"바로 그겁니다. 기미후사 경은 지금껏 아드님에게 그 이야기를 일절 하지 않았습니다. 줄곧 가슴에 품고 살아오셨습니다. 세상의 유학자들은 함부로 괴력난신을 입에 담지 않는 법이지요. 하지만 연세가 들어서 마음이 약해지셨는지, 요직에서 물러나서 기가 쇠하신 건지."

"늙으면 말입니다."

잇파쿠 옹이 주름진 얼굴을 들고 노래하듯 말했다.

"어제의 숫자가 많아집니다. 내일이 오면 오늘이 어제가 되지 않습니까. 모레가 오면 내일도 어제가 되겠지요. 글피가 되면 이제 오늘도, 내일도 다 똑같아집니다. 같은 이치로, 몇 십 년씩 살다 보면 옛날이라는 건 다 같은 값이 됩니다. 오랜 옛날의 기억과 어제의 기억이 같은 곳에 늘어서게 되지요. 그러니까 더 선명하고 더 생생한 기억 쪽이 눈에 들어옵니다. 그런 추억이 가슴속에 떠오르게 됩니다. 그걸로 아, 나는 살아있었구나, 하고 생각하게 되는 거지요."

요지로는 그런 기분을 조금쯤은 알 것 같았다.

알기는 하지만 실감은 없다.

"그렇겠지요."

요지로가 다정하게 말했다.

"기미후사 경은 삽화가 들어가는 신문 같은 데서 작년의 불덩이 사건에 관한 기사를 읽으신 모양입니다. 우리 수수께끼 순사 나리는 어르신께 들은 고금의 괴이한 불에 대해 이런저런 담화를 늘어놓았습니다. 새의 불 같은 것도 뭐 들은 대로 받아 옮겼지요. 그걸 읽으신 뒤로는 마음에 걸려서 어찌할 수 없었다……. 이렇게 된 것 같아요. 그래서 한 번은 아드님에게 상담해보았습니다. 하지만 기미아쓰 씨는 확고한 유학자이니까 그런 괴이한 일은 인정하지 않았겠지요. 가볍게 넘겨버렸습니다. 그래서 고민하던 기미후사 경은 신문을 장식한 수수께끼 전문 일등 순사 야하기 겐노신에게 상담하러 온 겁니다."

겐노신에게 이야기를 전한 사람은 야마가타라고 한다. 야마가타는 겐노신과 직접 만나지는 않았지만 세상 물정에 어두운 기미후사 경의 의뢰를 받고 만남을 준비해주었다.

거기까지는 좋았는데 밥상을 다 차리고 나니 퍼뜩 떠오르는 생각이 있었다고 한다. 화족님이 내밀하게 경시국 본서 일등 순사와 만나서 대체 무슨 이야기를 할까? 혹시 예의 보물 이야기는 아닐까?

"그래서 미행을 했군요."

"네, 겐노신이 그 뒤로 유라 가의 과거에 대해 이것저것 조사하고 다녔으니 괜히 더 수상쩍게 여긴 거지요……."

유라 가의 역사뿐 아니라 선대인 다네후사 경의 이력이나 기미후사 경의 출생과 관련한 사정 따위를 주로 조사했으니 의심을 받아도 하는 수 없다. 게다가 겐노신은 신슈와 관련지으려는 생각으로 묻고 다녔다.

"신슈와 유라 가는 겉보기에는 관계가 없으니까요. 이건 수상쩍지요. 그래서 미행을 하기로 했습니다. 그런 사정은 추호도 모르는 순사님은 별반 수확도 없는데 헐레벌떡 여기로 달려왔고요. 이크, 뭔가가 판명되었음이 분명하다 해서 거기 명장지에 귀를 대고 우리 대화를 한 마디도 놓치지 않겠다고 숨을 죽이고 있었는데, 애석하게도 안쪽에 너무 신경을 쓴 탓에 꽁무니 쪽이 허점투성이였던 겁니다. 눈치 빠른 쇼마에게 들켜서 거친 검잡이에게 붙잡히고 말았습니다. 변변찮은 이야기입니다만."

이렇게 말한 뒤 요지로는 고쳐 말했다.

"그렇지도 않나요. 뭐, 변변찮기는 하지만 악의는 없습니다. 모두 스승인 기미아쓰 씨를 생각하는 마음에서 나온 행동이지요. 인(仁)인지 충인지, 저 같은 사람은 모르겠지만요."

"그렇군요."

노인이 고개를 끄덕였다.

"그래 그 건은 기미아쓰 씨 귀에도 들어갔습니까?"

"네. 장소는 전했다던가. 신슈 고즈케에서 지쿠마 강을 따라 내려가다 마쓰바라 부근에서 오이시 고개 쪽으로 나아간 다음 더 들어간 곳에 있는 어느 산……. 다테시나 산인지 덴구다케 산인지, 그 산속에 있는 습원 같은 곳이라고요."

"호오. 한데 그 야마가타 씨는 그곳을 대체 어디서 조사했다고 보고했을까요."

"기미후사 경과 겐노신의 대화를 우연히 듣게 되었다고 거짓말을 한 모양입니다."

"유학자가 거짓말을?"

"네. 신의를 중시해야 할 유학자가 남의 뒤를 밟거나 몰래 엿들었다는 사실이 드러나면 경우에 따라서는 파문될 수도 있으니까요. 게다가 의심한 상대는 사형이자 스승인 기미아쓰 씨의 아버님입니다. 야마가타라는 사람은 아버님이 보물이 있는 곳을 가리키는 무언가를 알면서도 일부러 숨기는 게 아닐까 의심한 셈이니까요."

"아드님에게도 숨기고 있었다고 그분은 생각했을까요?"

"야마가타라는 사람은 적을 속이려면 우선 아군부터 속이는 거라고 생각했습니다. 기미후사 경이 얼마 안 되는 재산을 형제들에게 나누어준 것도 욕심이 없어서가 아니라 전부 친척들을 안심시키기 위한 위장 공작, 나중에 보물을 찾아내서 독차지하기 위해서였다고 생각했지요. 뭐, 그러기 위해서는 보물에 대해서는 전혀 모른다는 태도를 고수해야 할 테니, 당연히 자기 자식에게도 말할 수 없을 거라고요."

"그랬군요. 하지만 기미아쓰 씨는 그 말을 듣고 뭐라고 하셨을까요? 설마 잘했다, 훌륭하다고 칭찬하지는 않았겠지요."

"화를 내셨다고 합니다."

"화를 내셨다?"

"뭐, 자기를 생각해서 급히 보고하기도 했겠지 싶어서 엄하게 꾸짖지는 않은 것 같지만요. 야마가타 씨를 잘 타일렀다고 합니다. 그래서 추궁을 하는 소베에게 선생님에게만은 절대 알리지 말아 달라고 울면서 부탁한 모양이에요. 관헌에 붙잡히는 것보다 그쪽이 더 싫었나 봅니다."

"과연, 그렇군요."

노인이 왜소한 몸을 흔들었다.

"그러면 기미아쓰 씨는 귀를 기울이지 않았군요."

그게…….

"그렇지만도 않습니다."

요지로가 말했다.

"이야기를 들은 기미아쓰 씨는 아버님은 숨기신 게 아니라 정말로 모르실 거라고 말씀하셨다 합니다. 다시 말해 기미후사 경은 자신의 기억과 보물을 연결해서 생각하지 않았다. 기미아쓰 씨는 이렇게 판단했습니다."

"어라."

노인이 새하얀 눈썹을 찌푸렸다.

"그러면 그 기미아쓰라는 분은 일단 그곳에 보물이 있다고 생각하기는 한 걸까요?"

"그럴지도 모릅니다. 그런데 그게 왜?"

"난처하게 되었군요."

노인이 말했다.

"보물은 없습니다."

"없다니……?"

노인이 무척 쓸쓸하게 웃었다.

"거기에는 아무것도 없습니다. 그때부터 아무것도 없었고, 지금도 아무것도 없을 거라고 생각합니다."

"어르신, 그러면?"

"네. 저는 그 자리에 있었습니다. 어린 기미후사 경을 다네후사 경에게 돌려주는 장면을 자작나무 숲 그늘에서 줄곧 지켜보고 있었습니다. 마타이치 씨와 함께……."

노인, 야마오카 모모스케가 말했다.

"마타이치 씨라니, 그러면⋯⋯."

"네, 그건 연극이었습니다."

역시.

그랬나.

요지로가 마른침을 삼켰다.

"그, 그건 대체 어떤⋯⋯. 아, 그게."

물어서는 안 되는 일인가.

"당신도 정말 호기심이 많은 분입니다."

모모스케 노인이 요지로의 얼굴을 찬찬히 들여다보며 말했다.

"저도 젊었을 때는 당신과 똑같았습니다. 그런 눈을 하고 남에게 묻기만 했지요. 그것도 엄청 망설이면서요. 망설이고 망설이다 결국 이렇게 죽지 못해 살면서도 아직 망설이고 있습니다. 그러니까 그 마음은 잘 압니다."

그 일은⋯⋯.

노인이 눈을 감고 이야기했다.

7

그 일은 말이지요.

아마도 제가 관여한······. 그렇지, 마지막 속임수였습니다.

네.

그 뒤 마타이치 씨는 뭔가 큰일에 착수했는지 그대로 제 앞에서 모습을 감췄습니다. 그러니까 그건 어디 보자, 기타바야시에서 있었던 큰 사건으로부터 사 년쯤 후였을까요.

네. 아니, 겐노신 씨가 요전에 하신 추측이 얼추 맞았습니다. 네, 과연 혜안이었지요.

다만 전부 들어맞았냐고 한다면 그렇지는 않습니다. 틀린 부분도 있습니다.

빗나간 건 다네후사 경의 상대였던 아가씨의 태생입니다. 다네후사 경의 상대는 지방 향사의 따님 같은 게 아니었습니다.

네. 신분이 다른 사람끼리의 연애이기는 했지만요.

하지만 그건 글쎄 일종의 모략······이라고 할까요.

후우, 좋은 말을 못 찾겠습니다.

이 나라는 지금이야 하나의 나라인 척하고 있지만 실은 그렇지도 않습니다. 일전의 산사람 같은 경우도 그랬지만 조정이나 막부와는 관계없이 살던 사람도 있었나 하면 이른바 복종하지 않는 민족도 많이 있었습니다.

조정이 모시는 신과는 다른 신을 받드는 이들도 적잖이 있었습니다. 예를 들어 스와 근방에서는 매우 오래된 신을 모시기도 하고, 실제로 지금도 그에 대한 신앙이 있지 않습니까.

공들여 조사해보면 그런 옛날 옛적의 신들이 꽤 있습니다.

아니, 모시는 존재가 다르다는 건 어떤 의미에서는 다른 나라인 것이나 다름없습니다. 하지만 융합되거나 대체되기도 하고 흡수되거나 내용물이 없어지기도 하는 등 다양한 형태로 타협이 이루어지는데, 그 가운데에는 타협이 이루어지지 않는 경우도 있습니다.

네. 개중에는 가령 조정에 깊은 원한을 지닌 자도 있겠지요. 뭐니 뭐니 해도 이 나라의 신을 모시는 가장 근본은 천자님이니까요.

네. 그러니까 말이지요.

조정의 적이라고 하면 막부군이 아닐까 하겠지만 그보다 훨씬, 훨씬 더 오래된 원한과 오래된 반목이라 할까요. 네.

그런 게 남아 있는 경우도 있습니다.

아니, 아니, 그렇게 최근 이야기가 아닙니다.

네. 아니, 그러니까 예를 들면 이즈모의 신도 천손(天孫)에게 나라를 양보하셨지 않습니까.

그런 건 신화시대 이야기라고요?

그렇지요, 신화시대 이야기입니다. 신화시대에 있던 신들 사이의 반목을 계속 가지고 가는 사람들도 있었던 겁니다.

네, 있었습니다. 그런 일족이 천황에게 복수를 하려고 했다. 이것이 발단입니다.

허어, 그렇게 규모가 큰 이야기냐고요?

아니, 크지는 않습니다. 사람이 하는 일은 어느 시대나 그리 다르지 않겠지요. 신도 마찬가지입니다. 네.

뭐, 그런 일족이 있었다고 생각해주십시오.

그런데 그 무렵은 시대가 크게 변하기 전이지 않습니까? 네, 유신이 싹을 틔우기 삼십 년쯤 전 일입니다. 네, 하지만 이건 축제 전날 같은 거지요. 여기저기 술렁이기 시작합니다. **흉흉한** 냄새가 나는 연기가 여기저기서 피어오릅니다. 또 실제로 정부의 기반도 느슨해졌음을 알 수 있었겠지요.

믿지 못하시겠지만, 그런 겁니다.

아아, 요지로 씨 같은 분은 실감이 안 날지도 모르겠네요.

요지로 씨와 친구분들은 요컨대 막부 말기에 태어나서 자랐으니까요. 안정된 시기, 천하태평이라는 걸 경험하지 못했겠지요.

저 같은 경우 인생의 절반은 세상이 견고했습니다. 시대가 바뀌리라는 생각도 하지 않았습니다. 하지만 남은 바은 닮았어요.

땅바닥인 줄만 알았던 발밑이 갑자기 뱃바닥이 되는 기분입니다. 네, 널빤지 한 장 밑은 바다인 셈이지요. 언제 뒤집어질지 모릅니다.

정부가 쓰러질지도 모른다는 예감 같은 건 백성들에게도 뭐 없지는 않았습니다.

네. 그리고 혹 그렇게 된다면……. 막부가 쓰러지면 옥좌에 앉는 것은 교토에 계신 천황일 것이라는 것도 뭐 예상은 갑니다. 하지만 생각해보세요. 아까 말씀드린, 천황에게 원한을 품은 자들에게 이건 그리 좋은 이야기가 아닙니다.

그래요, 그 말이 맞습니다. 막부가 뒤집어지고 황정으로 되돌아가고 나서는 늦다고 생각하겠지요. 그러니 **한다**면 지금밖에 없다, 이런 느낌이었을까요.

네.

그런 일족이 처녀를 첩자로 궁중에 들여보내 천황의 목숨을 노린 것이 모든 일의 출발점이었습니다. 그런데 그 처녀가…….

네.

다네후사 경과…….

그렇습니다. 사랑에 빠져버렸지요.

세상일이란 그리 단순하게 돌아가지 않는 법입니다.

처녀는 아마 천황에게 접근하기 위한 수단으로서 다네후사 경을 이용하려 했겠지요.

그런데 어느새 정이 통하여……. 네, 이윽고 다네후사 경의 아이를 임신하고 말았습니다.

네, 맞습니다.

어쨌든 적이 아니거나 첩자가 아니었어도 신분 차이는 있으니까요. 그 처녀는 숨어서 몰래 낳았습니다. 낳은 건 좋았는데 결국 교토에서 자취를 감추고 말았습니다.

네……. 그렇습니다.

다네후사 경 입장에서는 뭐가 뭔지 알 수가 없습니다. 왜 자취를 감췄는지 알 수가 없으니까요. 뭐, 신분 차이가 이유라고 생각하는 것이 일반적이겠지요. 다네후사 경은 슬퍼했습니다. 무척 슬퍼했어요. 네, 처녀가 보고 싶기도 했을 테고, 책임이라고 하나, 그런 마음도 있었겠지요. 하지만 무엇보다 유라 다네후사라는 분은 아주 보기 드물게 자식을 애지중지하는 분이었습니다.

그렇습니다.

찾는다고 찾아질 리 없습니다.

거의 불가능하겠지요.

삼 년을 찾았지만 찾지 못한 다네후사 경은 집에 드나드는 맹인 비파법사를 통해 에도의 모사꾼에게 부탁을 했습니다. 갖은 수를 써서 돈을 긁어모아서요. 네, 비파법사가 마타이치 씨의 떠돌이 패거리와 조신 나리를 잇는 다리가 된 셈이지요.

그렇습니다. 그 처녀와 아이를 찾아달라고.

네, 그런 의뢰를 해왔습니다.

그야 마타이치 씨이니까요. 이런저런 연줄이 있습니다. 이야기는 들려오지요. 금세 안 모양입니다.

네.

하지만 찾고 보니…….

맞습니다. 그 처녀를 보낸 건 천황에게 반기를 든 자들이었습니다. 네, 그렇지요. 게다가 단순한 조정의 적이 아니었습니다.

아니었겠지요. 백 년, 이백 년의 원한이 아닙니다. 신화시대부터 연면히 이어진, 깊고 지우기 힘든 원념을 품은 자들입니다.

네.

마타이치 씨가 조사한 바에 따르면 처녀는 아기를 데리고 일족에게 돌아간 것 같습니다. 그자들은 산에서 산으로 떠도는 유랑민이었는데, 그때는 교토와 비교적 가까운 가쓰라기 산 부근에 있었습니다.

네, 금방 압니다, 모사꾼은. 산속에서 수행하는 승려에 고철 장수, 덴바모노, 머리를 깎지 않은 반속반승에 염불승, 산묘회까지 다들 마타이치 씨와 이어져 있습니다.

네. 처녀는 돌아오기는 했지만 아이 아버지가 누구인지는 결코 말하지 않았다고 합니다.

네? 아, 길에서 험한 일을 당하여 아이가 생겼다. 아기에게는 죄가 없다고 생각하니 차마 뗄 수도 없어서 소임도 다하지 못한 채 마지못해 돌아왔다고 거짓말을 했다고 합니다.

네. 사실대로 말했다면 아기는 죽임을 당했을 테니까요.

네, 이건 어쩔 수가 없습니다. 어느 쪽에도 진실을 알릴 수 없는 겁니다. 그래서 모사꾼은 계획을 하나 짜냈습니다.

네, 늘 하는 그거지요.

그렇습니다, 모든 일을 요괴의 소행으로 돌린다. 그걸로 원만하게 수습하기로 하고 속임수를 생각해냈습니다.

그런데 말입니다.

네, 잘 안 되는 일도 있습니다.

아, 마타이치 씨가 실수를 한 게 아닙니다. 네, 그 집단이 분열되어 버렸습니다.

아니, 분열되었다는 말은 좀 틀리군요. 네. 공격을 주장하는 과격한 일파와 때가 무르익기를 기다리자는 온건한 파벌로 나뉘었습니다. 네, 주신구라(忠臣蔵)*에서 아코 성을 막부에 내어줄 것이냐를 평의하는 장면 같은 겁니다. 원수를 갚자고 하는 파와 주군을 따라 죽자는 파가 나뉘지 않습니까.

처녀는 과격한 일파의 의심을 받고 추궁을 당하다 결국 자백하고 말았습니다.

아이 옷에 말이지요, 유라의 문장이 들어 있었습니다.

맞습니다. 그것 때문에 들켰지요.

이 아이가 교토 조신의 씨라는 사실이.

네, 완전히 들통나는 바람에 가엾게도 처녀는 죽임을 당하고 말았습니다. 끔찍한 일이지요.

네.

다행히 아기는 죽이지 않았습니다. 네. 아니요, 예를 들면 다네후사 경을 협박해서 시키는 대로 하게 한다든지, 어쨌든 무슨 도구로 쓰려는 생각이었을까요. 아니, 처녀도 숙청을 했다기보다는 고문인지 뭔지가 지나쳐서 목숨을 잃었다고 하는 게 맞겠지요.

네, 날 때부터 악인은 없습니다. 이런 경우, 죽여버리는 건 대개 도를 지나치기 때문입니다. 무언가를 너무 믿은 나머지 도를 넘는 거지요. 하지만 아무리 대의명분이 있다 한들 살인은 살인이니까요.

주저할 틈이 없었습니다.

---

* 1702년 주군인 아코 번 영주가 당한 치욕을 갚기 위해 사십칠 명의 번 무사가 막부의 신하인 기라 요시나카를 살해한 사건을 제재로 한 가부키, 인형극 등을 말한다.

네. 그래서 마타이치 씨는 양쪽에 함정을 팠습니다.

네. 마타이치 씨는 환술쟁이 도쿠지로 씨를 불러 그 일족을 속인 겁니다.

어떻게 속였냐고요?

마타이치 씨는 **신으로 가장**했습니다.

참 불손한 이야기이지요. 부적으로 코를 풀고 경문으로 손을 닦는 신심 없는 자가 신으로 가장을 하다니요.

네, 그들이 숭배하는 신이었습니다.

다케미나카타(建御名方)의 신입니다.

네. 오쿠니누시노미코토(大国主命)*의 아들입니다. 나라를 바치고 물러간. 아시지요? 네, 이 신은 스와 신사에도 모셔져 있습니다.

네. 하지만 그들, 미나카타 무리라고 했던가요. 그들 일족은 그것과는 또 다른 방식으로 다케미나카타의 신을 숭배하고 있었습니다.

네, 듣자하니 다케미나카타의 두개골을 숭배하는 사람들이었던 모양입니다.

마타이치 씨는 이렇게 말씀하셨습니다.

나는 다케미나카타이다.

나의 일족이여, 잘 들어라.

동족끼리 서로 싸우다니 어리석다. 하물며 이 대지를 동족의 피로 더럽히다니 당치도 않다.

그러니 벌을 내리겠노라.

---

* 일본 땅을 다스리던 신이었으나 일본 황실의 시조신이자 태양신인 아마테라스 오미카미의 사자가 오자 땅을 바치고 물러났다고 전해진다.

네, 신이 대단히 화가 난 겁니다. 마타이치 씨는 일단 처녀를 죽인 이들에게 이렇게 말했습니다.

나의 뼈를 모아라.

이렇게 말했지요.

네, 뼈 말입니다. 자신의 뼈가 여러 지방에 흩어져서 매장되어 있으니 그걸 찾아서 파내어 전부 모으라고 명령한 거지요.

신의 뼈 같은 게 있냐고요.

지당한 질문입니다. 보통은 없지요. 하지만 말입니다. 그 무리는 그 신의 해골, 그러니까 두개골을 가지고 있었으니까요. 네, 다른 뼈도 있을 거다. 뭐 이렇게 생각하겠지요.

아, 하지만 마타이치 씨가 꼭 엉터리 이야기를 한 것만도 아닌 듯했습니다. 네, 아까도 말씀드렸다시피 마타이치 씨는 여러 지방의 산사람들과 어딘가에서 이어져 있었으니까요. 어쩌면 그런 전승, 전해 내려오는 이야기가 있었는지도 모릅니다.

네.

그렇게 해서 우선 위험한 무리를 멀리 쫓아보냈지요. 네. 그들은 황급히 달려간 모양입니다. 무엇보다 신이 직접 계시를 내렸으니까요. 뼈가 모이면 부활한다고, 그렇게 말했지 않습니까.

네. 물론 그 계시에는 과격한 행동을 억제한다는 의미도 있었겠지요. 네. 천황의 목숨을 노리기보다 일단은 뼈를 찾으라고. 네. 그런 건 좀처럼 찾기가 어렵지요. 있어야 할 뼈를 전부 모아야 하니까요. 하지만 위험을 무릅쓰고 복수를 하는 것보다는 확실하지 않습니까.

네.

그 일만 완수하면 신이 부활할 거라고 신이 직접 선언했으니까요. 자신들이 복수하기보다는 신이 몸소 나서주시는 편이 확실하겠지요.

그다음에 마타이치 씨는 남은 이들에게 이렇게 고했습니다.

나에비 산 제물을 바쳐라.

내 성지로 와서 산 제물을 바쳐라.

그러고 나서 그 땅에 머무르며 뼈가 모이기를 기다려라.

그러면 내가 이 세상에 다시 와서 다시 이 나라와 대지를 다스리겠다.

네. 산 제물이라는 건 아기, 다시 말해 기미후사 경입니다.

그리고 성지라는 곳이.

맞습니다. 신슈의 깊은 산속입니다.

네, 그야 믿겠지요. 미나카타 무리는 기미후사 경을 가마에 태우고 산에 산을 지나 신슈의 다테시나 산에 이르렀습니다.

그곳에서는 오긴 씨가 기다리고 있었습니다.

네. 오긴 씨는 신의 심부름꾼, 신이 보낸 동물입니다.

그렇지요, 미나카타의 백로예요.

네. 믿었겠지요.

말한 대로 기다리고 있으니까요.

그리고 오긴 씨는 정중히 산 제물을, 기미후사 경을 탈환했습니다.

그들은 그길로 근처 산속에 정착하여 뼈가 오기를 기다렸습니다.

한편.

휴, 지금 생각하면 등줄기가 서늘해집니다만 실은 마타이치 씨는 천황을.

네.

당시 천황을 속인 겁니다. 송구하기 그지없는 일이지요.

네. 어느 날 밤 천황의 침소에 그러니까, 신이 강림했습니다. 뭐 이 또한 환술이지만요. 그리고 이런 계시를 내렸지요.

동남쪽에.

아이를 잃은 공경이 있다.

아이를 숨긴 건 귀신이 아니다.

신슈 다테시나 산속에 고귀한 백로가 있다.

그 백로가 여인의 모습으로 아이를 안고 서 있으니.

백로에게서 아이를 되찾아라. 되찾는다면…….

그 아이는 성장하여 반드시 천황의 힘이 될 것이다. 그러면 도쿠가와의 천하는 뒤집히고 조정의 깃발이 나라 한가운데 설 것이다. 뭐 이런 말을 한 모양입니다.

당치도 않은 말을 한 셈이지요.

네, 당치도 않은 말입니다. 실제로.

뭐, 아까도 말씀드렸다시피 개혁이니 기근, 지진이니 하면서 정부의 뼈대가 느슨해지기 시작한 건 확실합니다.

하지만.

그렇다고 노골적으로 막부를 타도한다는 말을 입에 올리다가는 역시나 목이 덜컥 날아가는 시대였습니다, 네, 당연하지요.

네.

그렇기에 더욱 진지하게 받아들이고말고요.

그래서 천황님은 은밀히 포고를 내렸습니다.

그런데 해당하는 사람이 없습니다.

뭐, 당연한 노릇이지요. 유라 가에서는 철저하게 숨겼으니까요. 이것도 다 계산에 넣었겠지만요.

그때가 제가 나설 차례였습니다.

네? 아니, 저는 연기 같은 건 못합니다. 항상 제 모습 그대로일 뿐이지요.

네. 그래서 유라 가로 갔습니다. 모사꾼의 심부름꾼이라고 밝혔는데, 뭐 정말이니까요. 그리고 이렇게 말씀드렸습니다.

당신이 찾으시는 여인은 인간 세상에 계시는 분이 아닙니다.

고귀한 천상의 사람입니다.

이렇게 아뢰었지요.

마타이치 씨가 시킨 대로요.

네.

천상으로 돌아가셨다고 말씀드렸습니다. 다만 돌아가시기는 했지만 아이를 생각하는 당신의 마음은 하늘에 통했다, 이런 말씀도 드렸어요. 그래서 시나노의 산속에 백로가 사자로 내려와 아이를 돌려준다고 한다……라고.

네, 새빨간 거짓말입니다. 보통은 믿지 않겠지요.

하지만 말입니다. 여기서 다네후사 경은 딱 알아챈 겁니다.

네, 천황님이 포고를 내리지 않았습니까.

네, 장소부터 시작해서 모든 것이 맞아 떨어집니다.

그렇지요. 시나노 산속, 백로, 그리고 아이.

포고는 은밀하게 돌았습니다. 애초에 신분이 미천한 저 같은 사람이 알고 있을 리 없습니다.

뭐, 포고의 근본부터가 미천한 쪽에서 나왔지만요.

네.

다네후사 경은 고민했습니다. 하지만 천황님을 속일 수는 없다고 생각했는지, 결국은 꾸지람을 각오하고 나서서 전부 솔직히 말씀드렸다고 합니다.

네, 천황님은 꾸짖을 상황이 아니지요.

어쨌든 이건 정말 이만저만한 일이 아닙니다.

계시에 들어맞는 사실이 있었던 셈이니까요.

네. 맞습니다.

천황님은 당장 시종을 두세 명 붙여서 다네후사 경을 남몰래 시나노로 보내셨습니다. 네. 몰래 보낼 필요는 없지만, 그 뒤에 또 막부 타도를 운운하는 이야기가 있으니까요. 아니요, 그 무렵에는 양쪽 관계가 표면적으로 양호했거든요. 네. 그 뒤로 삼십 년쯤 막부와 조정은 불화를 일으키지 않았습니다. 황녀님이 도쿠가와 가에 시집을 간 것도 한참 뒤인 문구(文久)* 2년이었으니까요.

네, 나머지는 짐작하신 그대로입니다.

저도 내친걸음이라 동행했습니다. 마타이치 씨는 다테시나 산 산기슭 부근에서 기다리고 있었어요.

준비는 다 끝났겠지요.

네, 안내할 필요는 있습니다. 어쨌든 **장치**가 있으니까요.

네.

---

* 일본의 연호로 1861 - 1864년.

뮈, 그곳은 기미후사 경이 말씀하신 것과 같은 장소였어요. 신성한 장소라기보다 땅끝이었습니다.

네.

황무지 한복판에 빛나는 여인이 어린아이를 안고 서 있었지요.

네, 빛나고 있었습니다. 다네후사 경과 시종들은 눈을 동그랗게 떴습니다. 뮈, 이상한 광경이었으니 분명 그랬겠지요.

네.

오긴 씨입니다.

무슨 도료를 바른 홑옷을 입고 있었던 겁니다. 네, 그렇게라도 하지 않으면 그냥 사람이니까요. 믿게 하려면 그런 준비가 필요합니다.

뛰어나가려는 시종을 마타이치 씨가 붙잡고는 다네후사 경만 가라고 했습니다.

네.

이건 감시역이 따라오리라는 것을 예상한 연출이기도 했으니까요.

멀리서 보고 있자니 실제로 이 세상에서 일어나는 일이라고는 생각할 수 없었습니다. 푸르게 불타는 여자와 그 앞에 납작 엎드린 조신, 시간은 해질 녘에 장소는 산속 황무지이니까요.

네, 그때 오긴 씨가 다네후사 경에게 무슨 말을 했는지는 모릅니다.

들리지 않았습니다. 하지만 다네후사 경 입장에서 보면 상대는 천상에서 보낸 고귀한 백로인 데다 경 본인은 어명을 받고 왔으니까요.

네, 그래서 땅에 엎드려 머리를 조아리게 된 겁니다.

네.

그래 오긴 씨가 아이를 건넨 순간 마타이치 씨가 방울을 짤랑 울렸습니다.

"어행봉위."

네, 들렸습니다. 그때까지는 한적하기도 했고 다들 여인이 하는 말을 듣기 위해 집중하고 있었으니까요. 그 순간 마타이치 씨 쪽으로 주의가 쏠리겠지요. 방울 소리는 널리 퍼지니까 다네후사 경도 뒤를 돌아보았습니다.

그 짧은 순간에 말입니다.

오긴 씨는 몸을 숨기고 대신 커다란 백로가 날아올랐습니다.

네, 모두가 보았습니다. 날아가는 빛나는 백로를.

네, 장치를 해두었거든요.

오긴 씨 뒤쪽 땅에 구덩이를 파놓았는데 그 속에 신탁자 지혜이 씨가 숨어 있었지요.

네, 맞습니다.

지혜이 씨라는 사람은 짐승 부리기의 명인이었습니다. 네. 그다음 해였나, 다음다음 해에 돌아가신 모양입니다만.

오긴 씨는 방울 소리를 신호로 구덩이에 숨었습니다.

네, 그렇지요.

단순한 바꿔치기입니다.

백로 깃털에도 반짝이는 도료를 발랐겠지요. 굳이 백로를 빛나게 한 이유는 감시자들에게도 날아가는 모습을 똑똑히 보여주기 위해서이기도 했고, 오긴 씨가 백로로 변했다고 확실히 믿게 하기 위해서이기도 했을 겁니다.

네, 뚜껑을 열어보면 별것 아닙니다.

하지만 당사자에게는 이 세상 일 같지 않았겠지요. 어쨌든 천황님에게 계시가 내려왔고, 그들이 보기에는 그것이 발단이었으니까요.

아니, 믿겠지요.

장치나 거짓말이나 크면 클수록 들키지 않는 법이다. 이건 지혜이씨의 말인데요.

이러니저러니 해도 천황님까지 끌어들인 연극이니까요. 뭐, 신용하겠지요.

다네후사 경은 아이를 꼭 안고 잠시 하늘을 올려다보고 있었는데……. 아니, 저도 포함해서 모두가 하늘을 올려다보고 있었지만요.

아니, 아니, 저 같은 경우에는 장치가 너무도 훌륭해서 감탄했습니다. 시종들은 다들 떨고 있었습니다.

이윽고 다네후사 경이 돌아오더니 마타이치 씨에게 깊이 고개를 숙이고 감사 인사를 했습니다.

이렇게 말씀하셨지요.

감사하오, 이 아이는 분명 내 아이요.

네.

그 부분은 빈틈이 없었습니다.

유라의 문장이 들어간 옷을 입혀두었거든요.

삼 년이 넘게 지났으니까요. 얼굴만으로는 알아볼 수 없습니다. 뭐, 실제로 다네후사 경의 아이이기는 했지만요.

네.

이렇게 해서 기미후사 경은 무사히 돌아오셨습니다.

네, 짐작하신 대로입니다.

어찌 된 일인지는 덮어두었어요. 기록에도 남지 않았습니다.

이런 일은 결코 기록할 수 없지요. 정사는 물론이고 패사에도 쓸 수 없습니다. 아니, 황당무계해서가 아닙니다. 자세히 살펴보면 공식 기록에도 황당무계한 부분은 많이 있지 않습니까. 네, 맞습니다. 어쨌든 막부 타도의 냄새가 나는 이야기니까요, 철저하게 숨겼겠지요.

남은 것이라고는 기껏해야 항간의 소문.

항설 정도에 불과합니다.

그래요. 항간에 떠도는 이야기만이 기미후사 경은 마물의 아이라고 전했겠지요.

세상이라는 곳은 무섭군요.

네.

하지만 기미후사 경은 소중히 길러졌습니다.

네, 그렇습니다. 다네후사 경이라는 분은 원래부터 그렇게 아이를 애지중지하는 착한 사람이었을 겁니다. 그러니까 마타이치 씨도 그런 거짓 연극을 생각해내지 않았을까요.

그래야지요.

네.

재산 말입니까? 부? 보물 말입니까?

아아, 그렇군요. 그런 건…….

없습니다.

그 뒤로 유라 님이 평안하기는 했지만요. 다만 그건 유라 가가 유복해진 게 아니라 조정에서 기미후사 경을 중요하게 여겼을 뿐입니다.

그렇지요, 아무튼 성장한 뒤에 반드시 천황의 도움이 될 천녀의 아이……이니까요.

네, 네. 그 말씀이 맞습니다.

경제적인 원조가 있었는지 어떤지는 모르지만요. 어쨌든 특별한 대우를 받기는 했을 텐데, 진상이 완전히 은폐되어 있으니 자세한 사정은 알 수가 없습니다. 네, 소중히 여겨진 만큼 질투도 샀겠지요. 그렇지 않겠습니까. 소중히 여기는 이유가 완전히 감추어져 있으니까요. 나쁜 소문쯤은 생길 겁니다.

네.

어쨌든.

보물은 기미후사 경 자신이었습니다.

8

　모모스케가 이야기를 다 끝내자 요지로는 뭐라 말할 수 없는 표정을 지었다.

　신묘하다고도 할 수 있고 진묘하다고도 할 수 있는 기묘한 얼굴이었다.

　"어떻습니까?"

　모모스케가 묻자 요지로는 "허어" 하고 맥 빠진 대답을 했다.

　"그러면 기미아쓰 씨는 완전히 착각을 하고 계신 셈이네요."

　"그렇겠지요. 보물 같은 건 없습니다. 있을 리 없지요. 있다고 한다면 그 근방 어딘가에 정착해서 살고 있을 미나카타 무리가 중요하게 여기는 다케미나카타의 해골뿐……이겠지요. 그것도 정말로 있는지 없는지는 모릅니다. 상당히 오래된 이야기라 원래부터 있었는지 어떤지는 저도 모릅니다."

　"허어."

　요지로는 다시 한 번 한숨을 내쉬었다.

"그 이야기도 참 그게."

"네. 황당무계하지요. 하지만 그때 당사자에게는 진지한 이야기였습니다. 뭐, 남은 뼛조각을 모으러 여행을 떠난 이들이 어떻게 되었을지 그 부분은 마음에 걸리지만 말입니다. 실제로 뼈가 있었을 것 같지는 않지만요. ……마타이치 씨도 죄 많은 분입니다."

모모스케가 말했다.

정말 그런 생각이 들었다.

"없겠지요."

요지로도 말했다.

"신화시대의 뼈 같은 게 있었다고 해도 십중팔구 가짜이겠지요. 아니, 여간해서는 믿는 저 같은 사람도 신의 유골쯤 되면 도저히 못 믿겠습니다. 하지만, 하지만 말입니다, 어르신. 마타이치 씨의 예언은 들어맞은 것 아닐까요. 기미후사 경은 실제로 존왕양이를 추진하는 역할을 해냈으니까요."

"그건 어떨까요."

모모스케는 아니라고 생각한다.

기미후사 경은 정치에는 관심이 없는 것 아닐까.

다만 그런 태생 탓에 필요 이상으로 기대를 받다 보니 결국 그런 위치에 오를 수밖에 없었던 것 아닐까. 모모스케는 그렇게 생각했다.

사실…… 가문의 격도 같고 처지도 같았던 히가시쿠제 미치토미 경이 눈부신 활약을 한 데 비해 기미후사 경에게는 눈에 띄는 공적이 없다. 문구 3년 정변 때도 히가시쿠제 경을 위시한 일곱 명의 조신이 관위를 빼앗기고 조슈(長州)*로 달아났지만 유라 기미후사 경은 거기에 포함되지 않았다.

황정복고 이후 달아난 일곱 명은 즉시 중앙으로 복귀해 정치활동을 시작했다. 하지만 기미후사 경은 구태여 서두르거나 눈에 띄는 일 없이 그저 담담히 직무를 수행한 감이 있다. 유신 후에도 곧장 정계에서 물러났다.

현실보다는 상념, 미래보다 과거, 차안보다 피안.

기미후사 경은 여행을 좋아하고 늘 책을 읽곤 했다고 한다. 그런 분에게 정치는 어울리지 않는다는 느낌이 든다.

모모스케는 기미후사 경에게서 자신과 같은 냄새를 맡는다.

그리고 모모스케는 똑같은 냄새를 요지로에게서도 맡는다.

"진실은 알 수 없지만요."

모모스케가 말했다.

"알 수 없습니까?"

"네, 바깥에서는 보이지 않는 것이 많습니다."

"그렇군요."

요지로가 말했다.

"뭐, 기구한 운명이라 할까요. 기미후사 경이라는 분은 일반적으로 생각하면 있을 수 없는 태생이지만, 본인은 그 사실을 전혀 모르는 거군요. 아는 사람은……."

"저와 당신, 그리고."

---

* 지금의 야마구치 현 북서부에 해당하는 옛 지명.

마타이치.

"잠깐만요."

요지로가 손을 들었다.

"왜 그러십니까?"

"아니, 그, 이십 년 후에 기미후사 경이 그 다테시나 산을 찾아갔을 때 나온 야타가라스와 푸른 백로는……."

"아아."

야타가라스라 합니다.

그건.

마타이치이다.

모모스케 앞에서 모습을 감춘 어행사 마타이치이다.

다테시나에서 돌아온 마타이치는 대단히 큰일을 마치고 나서 기타바야시 성 뒷산에서 등명 고에몬의 임종을 지켜본 뒤 모모스케 앞에서 사라졌다.

떠나면서 마타이치는 야타가라스라는 이름을 댔다.

그 후의 소식은 모른다. 모모스케는 여행을 그만두고 그 뒤로는 에도에 머물며 낮의 세계에서 살아왔다.

"그건 마타이치 씨입니다."

모모스케가 말했다.

말한 순간 눈물이 나왔다.

"마타이치 씨라니……. 하지만 어르신, 이십 년이나 지났습니다. 그런데 왜……."

"마타이치 씨는 그런 사람입니다."

모모스케가 말했다.

"한 번 관여한 일에는 끝까지 계속 관여하고 일은 빈틈없이 완성하는, 그런 사람이었습니다. 그러니까 기미후사 경의 동향도 이십 년 동안 줄곧 신경을 쓰고 있었겠지요. 아까도 말씀드렸다시피 마타이치 씨에게 협력하는 사람은 많이 있습니다. 신분이 없는 자, 산사람, 물사람, 모두 모사꾼의……. 아니, 야타가라스의 협력자입니다."

"그러면 기미후사 경은 감시당하고 있었다고……?"

"감시가 아닙니다."

그래, 아마도 감시한 것은 아닐 터다.

"신경을 쓰고 있었다……고 하면 될까요."

"신경을 쓰고 있었다는 말씀은?"

"알겠습니까, 요지로 씨. 한 장의 종잇조각, 세 치 혀만으로도 사람의 일생이라는 건 크게 바뀌고 맙니다. 마타이치 씨가 하는 모사꾼이란 그런 일을 의도적으로 하는 것입니다. 그러니 각오도 필요하고 책임도 필요합니다. 경솔한 말 한마디나 생각 없이 한 분별없는 행동으로 사람은 간단히 죽기도 하고 살기도 합니다. 마타이치 씨는 그걸 잘 알고 있었습니다. 저 같은 사람은 아무래도 그런 부분이 경솔했지만요. 뭐, 어쨌든 기미후사 경 같은 경우에는 삶이 시작되는 시점에 크게 관여하기도 했고……."

"분명 어르신이나 마타이치 씨가 관여하지 않았다면……. 그렇군요, 기미후사 경의 인생은 완전히 달라졌겠지요."

"네, 맞습니다. 그러니까 마타이치 씨가 보기에는……. 그렇지, 관여하는 바람에 그 사람이 불행해진다면 그 일은 실패한 겁니다. 저쪽을 세우면 이쪽이 서지 않는, 사방이 꽉 막힌 상황에서 양쪽을 다 세우고 탈 없이 두루 원만하게 마무리하는 것이 모사꾼의 신조이니까요."

"그래서 신경을 썼다고요? 줄곧 말입니까?"

줄곧 그랬을 것이다.

"그렇겠지요. 가령 무슨 일을 계기로 미나카타 무리가 진실을 알게 되었다면 어떤 행동을 취할지 알 수가 없지 않습니까. 기미후사 경에게 해가 미치지 말라는 법도 없으니 그런 일은 가능한 한 막아야 합니다."

그렇다. 마타이치는 특히 장치를 꾸미는 것이 늦어지는 바람에 사람이 목숨을 잃는 일을 무엇보다도 싫어했다. 아니, 두려워하기까지 했다.

"이건 추측인데, 마타이치 씨는 기미후사 경이 신슈로 여행을 떠난다는 이야기를 듣고 곧장 뒤를 쫓았을 겁니다. 뭐가 있을지 모르니까요."

"하지만 어르신, 신슈에는 아무것도 없었던 것 아닙니까?"

"네, 보물은 없습니다. 하지만 사람은 있었지요."

"그 미나카타 무리요?"

"네. 아마 미나카타 무리는 기미후사 경이 더듬어 간 길 어딘가에 정착해서 살고 있었겠지요. 기미후사 경이 그들과 접촉하는 것은 좋지 않습니다. 뭐, 어쨌든 산사람이니까 보통은 마을 사람과 교류하지 않을 테지만, 기미후사 경의 여행은 좀 뭐랄까."

"색달랐다는 뜻입니까?"

요지로가 물었다.

색달랐을 것이다.

모모스케는 알 수 있다. 그러니까 요지로도 알 수 있을 거라는 생각이 들었다.

"아니나 다를까 기미후사 경은 산속으로 들어갔습니다. 미나카타무리와 만나지는 않았지만 그 장소에 다다른 겁니다."

"그렇구나. 거기서 무언가를 떠올리거나 캐내기 시작하면 곤란하다고……."

"네. 찾다 보면 뭔가는 알게 됩니다. 그러면 현실에 틈이 벌어지지요. 틈이 벌어지면 현실이 거짓이 됩니다. 끝까지 속일 수 없게 됩니다. 끝까지 속이지 못하면 모사는 그냥 거짓. 거짓을 진실로 바꾸기 위해서는 끝까지 거짓말을 하는 방법 말고 다른 길은 없습니다."

어차피.

어차피 사람의 세상은 슬픈 것.

그러니까 소인은…….

마타이치는.

"그래서 다시 백로 연극을?"

"네. 그러면 기미후사 경도 더는 쓸데없이 캐내려 하지 않겠지요. 실제로 기미후사 경은 그 뒤로 여행을 그만두지 않았습니까?"

나와 똑같다고 모모스케는 생각했다.

"그러면 그때도 역시 까마귀는 마타이치 씨, 백로는 오긴 씨……였습니까?"

"글쎄요. 거기까지는 모르겠습니다."

모모스케는 이렇게 말하고 눈을 내리깔았다.

마타이치는 살아있었다. 적어도 이십 몇 년 전까지는 잘 살아있었다. 그리고 그 옛날 그 시절과 똑같이…….

어쩌면.

모모스케도.

어딘가에서 보고 있었을까.

조금도 변하지 않는다.

그렇다면 지금도…….

지금도 역시.

모모스케는 고개를 들고 의미 없이 위쪽을 바라보았다.

그리고 "사요 씨" 하고 불렀다.

"두 번째 백로는 어쩌면 당신의 어머니일지도 모릅니다."

"네."

사요는 조그맣게 대답했다.

요지로는 아무것도 묻지 않고 "그렇습니까" 하고 다정한 목소리로 말했다.

바람신

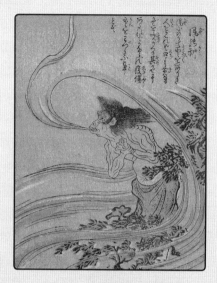

바람을 타고 이곳저곳을 돌아다니다

사람을 보면

입에서 노란 바람을 뿜는다

그 바람에 맞으면

반드시 역병에 걸린다고 한다

1

옛날.

백 가지 이야기라는 놀이가 유행했습니다.

누가 시작했는지는 모르지만 박식한 사람이나 호사가가 즐기던 좌흥이었습니다.

물론 놀이니까 재미있기도 하고 웃기기도 하고 즐겁기도 했겠지요. 하지만 이것은 그냥 유쾌하기만 한 좌흥이 아니었습니다.

왜냐하면.

무섭기도 했기 때문입니다.

백 가지 이야기란 백 가지 괴이한 이야기, 무시무시한 이야기, 기묘한 이야기를 하룻밤 사이에 죄다 이야기하는 취지의 괴담 모임이었습니다.

게다가 단순한 괴담 모임이 아니었습니다.

백 가지 괴이한 일을 이야기하면 이야기를 마치는 찰나 그 자리에 기이한 일이 일어난다고, 이상한 존재가 나타난다고 전해지고 있었습니다. 백 가지 이야기라는 것은 괴상한 일을 일으키기 위해 고안된 관습이자 무시무시한 주술이기도 했습니다.

이상한 일, 기이한 현상.

원인을 모르는.

이유를 알 수 없는.

이치를 헤아릴 수 없는.

인간의 지식을 넘어서는 불가사의한 사실. 사람은 끼어들 수 없는 이해 불가능한 사건.

이것을 **사람 손으로 일으키려는** 것이 백 가지 이야기의 시초였습니다.

예로부터 괴이한 이야기를 하면 괴이한 일이 생긴다고 합니다.

사람이 괴이한 일을 불러들입니다.

재앙을 끌어당깁니다.

요괴를 깨웁니다.

이것이 백 가지 이야기였습니다.

다만.

괴이한 일이란 대체 무엇인가, 기이한 것이란 대체 무엇인가? 이를 아는 사람은 어디에도 아무도 없었습니다.

요괴가 나온다고 하는 이도 있었습니다.

망령이 깃든다고 하는 이도 있었습니다.

아니다, 그 자리에 재액이 내리는 것이다. 누군가가 죽는다고 하는 이도 있었습니다.

참가한 사람뿐 아니라 친지에게도 화가 미쳐 악령이 든다고 하는 사람까지 있었습니다.

하지만 진실은 누구도 몰랐습니다.

어차피 놀이인 까닭에 끝까지 해낸 사람은 아무도 없다고도, 아니, 완수한 사람은 다들 무서워서 이야기하지 않는다고도 했습니다. 모두 목숨을 잃었다고 하는 사람도 있었습니다. 그래도 그것은 세상의 소문, 항간에 떠도는 소리였습니다.

아무도 몰랐습니다.

머지않아 사람들은 어차피 아무 일도 일어나지 않는다고 생각하기 시작했습니다.

그리고 백 가지 이야기는 유행하지 않게 되었습니다.

어느 날, 어느 때.

식자와 현자가 모여 이것저것 이야기를 나누다 보니 이야기가 수상쩍어졌습니다. 말을 하고 논의를 하다 보니 옛날에 유행하던 백 가지 이야기의 진위를 시험해보자는 별난 결론이 나왔습니다.

과연 괴이한 일이 일어날 것인가? 일어난다면 그때는 대체 무슨 일이 벌어질까?

이쯤에서 한번 담력 시험 삼아 옛날 방식에 따라 백 가지 이야기를 해보자는 것이지요.

방식은 어렵지 않았습니다.

하는 것은 달빛 어두운 밤.

푸른 종이를 바른 사방등에 심지를 백 가닥. 어슴푸레하게 빛나는 등불이 백 개.

백 개의 등이 발하는 푸르고 푸른 음광으로 방 안을 푸르게 물들이며, 자리에 모인 사람이 한 명씩 괴담이고 기담을 이야기하는 것이 다입니다.

　괴이한 이야기입니다. 무서운 이야기입니다.

　이야기를 하나 하면.

　한 가닥을 뽑습니다.

　이야기를 하나 하면.

　한 가닥을 뽑습니다.

　푸르게 물든 방 안은 서서히, 서서히 어두워졌습니다.

　아무도 믿지 않았습니다. 마음속 깊은 곳에서는 비웃었습니다. 아무리 이야기를 해봤자, 암만 들어봤자 무슨 일이 일어날 턱이 없었습니다. 이 세상에 요괴가 있을 리 없고, 하물며 이야기하는 것만으로 괴이한 일이 일어날 턱도 없다. 이런 것쯤 다들 잘 알고 있었습니다. 하지만 모든 사람이 가슴 깊은 곳에서는 조금, 아주 조금 의심하기도 했습니다.

　괴담은 지어낸 이야기. 그렇지 않다면 옛날이야기. 설사 정말로 있었던 일, 이 눈과 이 귀로 보고 들은 일이라고 한들 대개는 과거에 있었던 일, 그 개인의 일. 들으면 무섭지만 남의 일. 모든 것은 이야기하는 사람에 달린 것. 이야기는 속임수. 무서워봤자 거짓말은 거짓말.

　하지만.

　혹여 이 자리에서 괴이한 일이 생긴다면 그것은 우리 일. 현재의 일. 그렇기 때문에 그 자리에 모인 사람들은 조금쯤 의심하고 조금쯤 겁을 먹었습니다.

　이윽고.

　밤이 깊어지자 방은 한층 더 어두워지고 어슴푸레한 불빛도 마지막한 가닥이 남았습니다.

마지막 화자가 백 번째 이야기를 끝낸 바로 그 순간이었습니다.

훅, 하고 바람이 불었습니다.

그리고 남아 있던 심지의 불이 뽑기도 전에 꺼졌습니다.

그뿐이었습니다. 오직 그뿐. 아무리 기다려도 아무 일도 일어나지 않았습니다. 자리에 있던 사람들은 김이 빠져서 마지막에는 저마다 욕을 퍼부었습니다. 역시 미신이었다, 바보 같다, 기대해서 손해를 봤다, 겁을 내서 창피를 당했다, 어차피 얼토당토않은 허망일 뿐이었다, 하면서.

하지만.

사방이 닫힌 방 안에 어째서 바람이 불었나? 왜 마지막 심지만이 이야기가 끝나기를 기다렸다는 듯 딱 맞춰서 꺼졌나?

아무도 희한히 여기지 않았습니다. 어쨌든 바람이 불었을 뿐. 무섭지도 않거니와 곤란하지도 않습니다. 괴이쩍지도 않습니다. 어쩌다 보니 그렇게 되었다고 누구나 생각했기 때문입니다.

누구 하나 눈치채지 못했습니다.

그 바람은 실은 바람신이 불게 한 바람이었습니다.

그 뒤로 신은 없어졌다고 합니다.

이제 돌아오지 않는다는 것입니다. 그러니까 이제는 아무리 이야기해도…….

신은 오지 않는다고 합니다.

2

연향(延享)* 초기, 우마야바시 성 안에서 젊은 무사들이 당직을 서고 있었다. 비가 많이 와서 무서운 밤이었기 때문에 사람들이 한곳에 모여 늘 그렇듯 괴담 이야기를 하게 되었다. 그중에 나카하라 주다유라는 사람은 좌중의 선배이자 아주 용감한 사람이었다. 그가 제안했다. 세상에 요괴가 있다고도 하고 없다고도 하여 결론을 내리기 어렵다. 오늘 밤은 어쩐지 무서우니 세상에서 말하는 백 가지 이야기라는 것을 해서 요괴가 나오는지 안 나오는지 시험해보자. 하나같이 혈기 왕성한 남자들이라 각자 용감하게 한번 해보자고 했다. 우선 푸른 종이로 사방등의 입구를 덮고 옆에 거울을 하나 세운다. 이것을 다섯 칸이나 안쪽에 있는 객실에 놓고, 정해진 대로 심지를 백 가닥 넣었다. 한 가닥씩 끄고 나면 거울을 꺼내어 자기 얼굴을 보고 물러나야 한다. 물론 그 사이에는 등불을 두지 않아 어둡게 한다. 이렇게 전해져오는

---

* 일본의 연호로 1744년 - 1748년.

형식에 맞게 방식과 절차를 정하고…….

"잠깐."

이야기를 끊은 사람은 겐노신이었다.

"요지로, 그건 어떤 문헌인가?"

"어떤 문헌이냐고 물으면 뭐라 답하면 좋은가?"

"글쎄 여러 가지가 있지 않나." 이렇게 말하면서 순사는 얼마간 훌륭해진 수염을 정돈했다. "지어낸 이야기인가, 수필인가, 아니면 그……."

"괴담이야."

요지로가 대답했다.

이러니저러니 둘러댄들 소용없는 일이다.

어느 잘나신 분이 이야기했든, 누가 듣고 기록했든, 언제 어떤 상황에서 쓰인 문서든 간에 괴이라는 글자가 들어간 단계에서 그것은 말 그대로 괴이해져버린다.

요지로는 생각한다. 정사든 패사든 **기이하다**고 기록한 이상 그 나름의 이유가 있으리라고. 어떤 이유인지는 차치하더라도, 일어난 일이 괴이하거나 괴이해야만 체면이나 사정이 서는 경우가 쓰는 사람, 읽는 사람에게 있기 때문에 굳이 괴이하다고 쓰는 것이다. 그렇지 않으면 내버려두면 된다. 큰 나무가 갈라지건 분묘가 소리를 내며 움직이건 "아아, 그런가요?" 하면서 끝내면 그만이다. 그것을 그냥 넘기지 않고 괴이한 일이라고 기록할 만한 대의명분이 어떤 경우에도 반드시 있을 터이다. 그리고 그런 대의명분을 낳는 배경은 시대가 바뀌면 바뀌게 마련이다.

그러므로 괴이한 일이 왜 괴이한 일로 **간주되었는지는** 모르게 된다.

그리고 정말로 괴이해져버린다.

그러니까 그런 건 전부 괴담이다.

소베가 무시하는, 쇼마가 코웃음 치는, 겐노신이 머리를 싸쥐는 괴담인 것이다.

"괴담이라 한들 말일세."

아니나 다를까 겐노신이 미간을 찌푸리며 불만 가득한 표정을 지었다.

"괴담은 괴담이지. 신뢰할 수 있는 기록인지 아닌지, 정확한 기술인지 아닌지, 이런 종류의 질문은 하지 말아주게. 이건 괴담일세. 괴이한 이야기, 신기한 이야기를 기록했을 뿐인, 요컨대 농지거리 책이야. 뭐, 자세한 건 잘 모르겠지만 제목부터가 《괴담 노인의 지팡이(怪談老の杖)》이니 이건 의심할 여지없는 괴담이네. 늘 그렇듯 각 지방의 기괴한 이야기를 모은 책일세."

요지로는 뻔뻔해지기로 했다.

"노인의 지팡이란 건 무슨 의미인가?"

"1권 서두에 실린 이야기가 영묘한 지팡이라는 제목이야. 여기서 따서 붙였다고 서문에 적혀 있네. 이 서문에 따르면 분고의 쇼요켄 오타 옹이라는 인물이 남긴 글 중에서 기괴한 이야기만을 뽑아서 엮었다는데, 물론 사실인지 아닌지 확인할 방법은 없지. 작자는 오타 난포(太田南畝)*의 친구인 헤즈쓰 도사쿠(平秩東作)라는 게사쿠 작가이고, 이 사람 사후에 난포가 개판한 책이라 들었네. 이 헤즈쓰라는 사람은

---

* 에도 중기의 가인.

영주나 승려가 아니라 원래는 담배 장사였다고 해. 서민이지."

"아주 쏟아내는구먼, 요지로. 무슨 일 있나? 자네답지 않아."

소베가 말했다.

"아무 일 없네. 자네들이 물어볼 것 같은 부분을 정리해서 먼저 말했을 뿐이야. 신심과 관련되면 미신이라고 사범 나리가, 신기한 이야기를 하면 이치에 맞지 않는다고 양행 학사님이 말하지 않나. 덤으로 요즘은 순사 나리가 쓴 사람의 집안 내력까지 신경 쓰니 말일세."

요지로가 시선을 던지자 겐노신은 날달걀이라도 삼킨 듯 묘한 얼굴을 했다.

"나, 나는 말이네, 그게…… 호사가라서 이런 이야기를 자네들과 하고 있는 게 아니라 범죄 소동을 진정시키고 세상의 평온을 그러니까……."

"입 다물게. 그런 결과론은 듣고 싶지 않네. 이보게, 겐노신. 자네가 순사가 되기 전부터 우리는 이렇게 모여서 이런 이야기를 곧잘 하지 않았나. 자네는 어쩌다 우리 사이의 바보 같은 이야기 덕에 소동을 해결하고 이름을 올렸을 뿐 아닌가. 말하자면 농담으로 한 말이 진담이 된 거지. 거기에 맛을 들였을 뿐 아닌가. 버드나무 아래에 미꾸라지가 그렇게 몇 마리씩 있는 건 아닐세."

쇼마가 끼어들었다.

이국 물이 든 양장 신사는 이렇게 내뱉고 쌀쌀맞게 순사를 내려다보았다. 겐노신으로서는 아픈 곳을 찔린 셈이라 부아가 치밀어도 대꾸할 말은 없을 것이다.

곤경에 처한 순사의 얼굴을 즐겁게 바라보며 이번에는 소베가 놀려

댔다.

"그야 뭐, 미꾸라지는 없을지 몰라도 버드나무 아래에 유령은 잔뜩 있었던 셈이지. 이 겁쟁이 양반은 **검**도 변변히 못 쓰는 주제에 공을 몇 개씩이나 세웠으니까. 신문에 실린 평판의 절반은 우리 걸세. 게다가 말이네."

소베가 산적 같은 얼굴을 겐노신에게 내밀었다.

"이번 이야기는 사건 소동 종류는 아니잖나. 그야말로 농지거리, 바로 괴담 아닌가. 그렇지 않나, 요지로?"

그렇다.

이번 주제는 괴담, 그것도 백 가지 이야기이다.

겐노신이 요지로와 친구들에게 가지고 온 새로운 난문은 백 가지 이야기라고 하는 괴담 모임의 정식 절차였다.

"나는 아직 아무 말도 안 하지 않았나."

관헌 나리가 더더욱 불편한 태도로 호소하듯 말했다.

"확실히 지난번에는 관여된 분이 관여된 분인 만큼 자료의 출처에도 주의했네만 그게……."

"덕택에 나는 제외되었지."

쇼마가 말했다.

"그러니까 그 부분은 사과하지 않았나. 굳이 자네를 따돌리고 싶던 건 아니야. 저쪽 편이 받을 인상을 배려해서 ㄱ랬고, 또 만약 ㅁㅅ 일이 생겼을 때 자네 아버님께 누가 가면 안 된다고 생각한 걸세. 두 분 다 평범한 분이 아니시네. 불쾌하게 만들어서야 면목이 없지 않나."

"무슨 일은 있었지만 아무 영향도 없었네. 아버지는 그냥 은퇴한 노인일세. 괘념할 필요도 없어."

"끈덕지구먼. 그래서 이번에도 황족님 관련이지만 이렇게 불렀지 않나. 이제 좀 봐주게. 대관절 나는 지금 요지로가 읽은 문서에 불평 한마디 하지 않았네. 요지로가 미리 앞질러서 미주알고주알 이야기를 하니까."

겐노신이 우는 상을 했다.

"늘 하던 짓이 있으니 그렇지."

소베가 말했다.

"요지로가 고생해서 찾아온 것에 자네들은 트집만 잡지 않는가? 요지로도 진절머리가 날 만해. 그렇지 않나, 요지로?"

호걸이 큰 소리로 말했다.

요지로는 동의하기는커녕 약간 흥이 깨졌다.

소베는 본인만 쏙 빼놓고 말하고 있다. 확실히 겐노신도 말수가 많은 사내이지만 그나마 나은 편이고, 평소 요지로 규탄에 가장 앞장서는 사람은 주로 이 야비한 검잡이다.

뭔가 말을 할 때마다 꼭 한마디씩 돌아온다. 요지로는 다른 두 사람과는 달리 놀리는 보람이 없는지 입씨름도 되지 않기 때문에 눈에 띄지 않지만, 소베가 나쁘게 말하는 것은 매한가지이다.

"애초에 그 괴담 어쩌고 하는 건 겐노신 자네 주특기 아니었나? 항상 말하지 않나. 이러쿵 백 가지 이야기가 어떻고, 저러쿵 백 가지 이야기가 어떻고. 그건 다른가?"

이렇게 이어서 말하던 소베가 쇼마에게 이야기를 돌렸다.

"그렇지 않나, 쇼마?"

"잘 기억나지는 않네만 자네 둘은 곧잘 백 가지 이야기라는 걸 입에 담지. 여러 지방이니, 근세니, 태평이니, 평판이니 하는 것도 있었네. 이건 책 제목이지?"

"책 제목이네."

겐노신이 대답했다.

"그건 전부 책 이름이야. 뭐《햐쿠모노가타리효반(百物語評判)》은 조금 성질이 다르지만, 나머지는 비슷한 종류이기는 해. 그러니까 그 백 가지 이야기物이라는 것이 아마 어느 시기에 유행했겠지."

겐노신이 이렇게 말하자 쇼마가 의아하다는 듯 턱을 쓸었다.

"자네는 그걸 고루 읽었지 않나. 그런데 새삼 뭘 알려고 하는 겐가? 영 모르겠군."

"듣고 보니 그러하네."

소베가 고개를 끄덕였다.

"자네들, 뭘 모르는군. 백 가지 이야기 책이라는 건 백 가지 이야기의 형식을 흉내 낸 책을 가리키네. 요컨대 이야기를 백 개 모아서 정리한 책이야."

"반드시 백 가지는 아닐세. 백 개를 수록한 책은《쇼코쿠햐쿠모노가타리(諸國百物語)》뿐이네. 다른 건 모자라. 요컨대……."

요지로가 이의를 제기했다.

"많다는 뜻인가? 이제 좀 알겠네. 원수를 보고 백 년의 원수라거나, 술은 백약지장(百藥之長) 같은 것이구면. 케케묵은 비유에서는 수가 많아지면 거의가 백이지. 그러니까 괴담을 많이 모은 책은 전부 백 가지 이야기로군."

쇼마가 말했다.

"반드시 괴담은 아닐세."

요지로도 같은 경우는 쇼마가 하는 말도 얼추 틀리지는 않다고 생각하지만, 겐노신은 무슨 일이 있어도 양행 신사의 말만큼은 그대로 인정하기 싫은 모양이다.

"백 가지 이야기라는 제목을 달고 있어도 괴담이 아닌 책도 있네. 익살스러운 색정담이나, 착한 일을 하고 복을 받는 이야기 등……."

"있기는 하네만……" 하고 요지로도 가끔은 끼어든다. "그런 것도 괴담이 먼저 있었기 때문에 있는 걸세. 많은 괴담을 이야기하는 백 가지 이야기라는 모임이 먼저 있었기에 그것을 본뜬 형식의 책이 생기면서 여러 괴담을 글로 쓴 백 가지 이야기 책이 유행하였고, 그러고 나서 이를 야유하기라도 하듯 백 가지 이야기 책의 형식만 가져온 다른 책이 쓰였다고 나는 생각하네."

"뭐, 그럴지도 모르지."

겐노신이 말했다. 마지못해 하는 말 같다.

"이번에 겐노신이 알고 싶어하는 건 그 바탕이 된 백 가지 이야기라는 괴담 모임의 정식 절차야. 그러니까 백 가지 이야기 책을 암만 많이 읽었어도 소용없네. 그래서……."

"그래봤자 결국 남력 시험 아닌가. 절차고 나발이고 어디 있나."

소베가 훼방을 놓았다.

"절차는 있겠지. 동서양 막론하고 그런 것에는 정해진 규칙이 있는 법일세. 규칙을 만들지 않으면 그냥 마구 하게 되네. 그렇게 되면 재미있는 일도 재미없어지고, 무서운 것도 무섭지 않게 되지. 자네 같은 야비한 사내는 뭐 모를 수도 있겠네만."

어떤 까닭인지 쇼마는 소베의 말에는 동의하지 않는다.

"모르겠네."

소베가 부루퉁해졌다.

"뭐, 알아듣기는 했네. 다만 겐노신이나 요지로나, 자네 둘은 아무래도 자네들끼리만 통하는 이야기를 하는 버릇이 있어. 우리는 아무래도 빙 돌아가야 해서 안 되겠네. 백 가지 이야기 책은 백 가지 이야기를 본뜬 것이니까 백 가지 이야기 자체에 대해서는 나와 있지 않다, 이 말이로군?"

"백 가지 이야기에 얽힌 괴담을 수록한 백 가지 이야기 책도 있네."

겐노신이 이렇게 말하는 것을 요지로가 손을 들어 막았다. 이야기가 복잡해질 뿐더러 진도가 나가지 않는다.

"겐노신, 자네가 나서서 이야기를 정체시키면 어찌하는가? 쇼마가 하는 말은 틀리지 않았네. 백 가지 이야기를 하는 모습이 나오더라도 실려 있는 건 괴담이지 않나."

"창작이라는 말인가, 요지로?"

"창작……이라기보다 뭐, 겉으로는 다 사실이라 되어 있네. 그게 기본 전제라서 진위 여부는 알 수 없어. 다만 불전이나 중국 책을 번안한 것도 있는가 하면 어디서 들어본 듯 흔한 이야기도 있네. 어쨌든 진짜라고 쓰는 것이 규칙인 걸세. 그러니까."

"신용할 수는 없다, 이 말인가?"

"뭐, 매번 이야기할 때마다 자네들이 지적하듯 사실인지 아닌지는 심히 의심스럽네. 요컨대 겁을 주기 위해 쓰인 글이 대부분인 셈이니, 원래는 사실이라도 꾸미기도 하고 바꾸기도 하네. 교훈도 섞이지. 그런 걸세."

"그러면 지금 읽은 것도 마찬가지 아닌가? 백 가지 이야기라는 제목은 아니지만 그것도 괴담이지 않나? 그…… 늙은이의 지팡이인가 하는."

쇼마가 될 대로 되라는 듯 물었다.

"노인의 지팡이야."

겐노신이 정정했다.

"제목은 상관없어. 요지로가 괴담이라고 했네. 지어낸 이야기로는 곤란하지 않나?"

"곤란하지 않네."

요지로가 퇴짜를 놓았다.

"곤란하지 않은가?"

"이야기 줄거리는 차치하더라도 적혀 있는 절차에 차이는 없을 걸세. 아까 겐노신이 말하려 했지만 백 가지 이야기 괴담 모임을 다룬 이야기가 실려 있는 백 가지 이야기 책도 몇 권 있네. 다만 하나같이 비슷해서 말이야. 뭐, 가장 자세히 실려 있는 것을 소개했을 뿐이네."

"하지만 지어낸 이야기일 경우, 절차 자체를 창작했을 가능성은 없는가?"

"없을걸."

"그런가?"

평소에는 부화뇌동하여 곧장 물러나는 요지로가 오늘만큼은 아주

강경해서 조금 뜻밖이라고 생각한 듯 쇼마가 나태한 자세를 조금 가다듬었다.

"왜인가, 요지로?"

"군이 그렇게 귀찮은 짓을 한다고 해서 이야기가 재미있어지는 것도 아니잖은가. 오히려 신빙성이 없어지지 않겠나? 들어보게. 창작이라면 더더욱 작중에 나오는 절차 묘사를 신용할 수 있다고 나는 생각하네."

"그 이유는?"

"이유고 뭐고 없네. 뭐, 이건 괴담이니까 아까 읽은 부분 뒤에 무시무시하고 이상한 사건이 일어나는데, 그때까지 들어본 적도 없는 절차가 묘사되어 있어서야 되레 흥이 꺾일 것 같지 않나? 누구나 알고 있는 내용이기 때문에 그 뒤에 일어나는 괴현상이 무서운 걸세. 아닌가?"

"뭐, 이치에 맞는군."

쇼마가 순순히 물러섰다.

"이《노인의 지팡이》의 기술에 따르면 거울을 하나 세운다고 되어 있지 않나? 그 부분이 다른 책과 달라. 다른 책은 대체로 비슷하게 기술되어 있는데……. 예컨대 아사이 료이(淺井了意)*의《오토기보코(伽婢子)》를 읽어보면."

요지로는 다음 책을 꺼냈다.

야겐보리의 은거 영감에게 미리 빌려서 준비해둔 책이다.

---

* 에도 전기의 승려로 평이한 가나 문장으로 된 통속 소설류인 가나조시(仮名草子)의 작가.

"아사이 료이는 알겠지? 유명한 구사조시(草双紙)* 작가이네.《오토기보코》도 괴담집인데 마지막에 〈괴이한 일을 이야기하면 괴이한 일이 일어난다〉라는 이야기가 실려 있네. 이건《오조소설(五朝小說)》에 원래 이야기가 있는 모양이네만."

이런 지식도 잇파쿠 옹에게 배웠다. 배웠다기보다는 그대로 받아 옮기는 것이지만.

요지로는 낭독했다.

예로부터 사람들이 입으로 전하는 무시무시한 일, 기이한 일을 모아 백 가지를 이야기하면 반드시 무시무시한 일, 기이한 일이 일어난다고 한다. 백 가지 이야기에는 법식이 있다. 달빛 어두운 밤, 사방등에 불을 켜는데, 그 사방등에는 푸른 종이를 붙이고 백 가닥의 심지를 밝힌다. 이야기 하나에 심지를 한 가닥씩 뽑으면 좌중은 점점 어두워지고 푸른 종이 색깔이 변하면서 어쩐지 무서워진다. 그래도 이야기를 계속하다 보면 반드시 기이한 일, 무시무시한 일이 벌어진다고 한다……

"거울은 없는 모양이군. 푸른 사방등뿐일세."

소베가 말했다.

"그러하네. 뭐, 이《오토기보코》라는 책은 백 가지 이야기 책이 유행하기 조금 전에 나온 모양이니 말이네. 이 이후에 나온 것은 전부 대동소이해. 대부분이 푸른 종이를 바른 푸른 사방등에 심지 백 가닥이라는 장치이네. 뭐, 개중에는 이야기 하나를 끝낼 때마다 다른 장소

---

* 에도 중기 이후에 유행한, 그림을 넣은 통속 소설책.

에 가서 뭔가를 하는, 소베가 말한 담력 시험과 결합되었거나 아흔아
홉 번째에서 술잔치를 벌인다는 장난 같은 것이 있는 정도이네. 순서
가 줄어든 경우는 있어도 늘어나는 경우는 그리 없지."

"그 뭐라고 했나,《노인의 지팡이》에 나오는 거울뿐인가?"

"그리 서둘지 말게나. 이런 것도 있어."

요지로가 세 번째 책을 꺼냈다.

물론 이것도 잇파쿠 옹의 장서이다. 넷이서 이야기를 하면 항상 이
야기가 막힌다. 막힐 때마다 쓰쿠모안에 가니, 그렇다면 앞질러 다녀
오자고 요지로는 생각했다.

꺼낸 것은 기타무라 노부요(喜多村信節)*의《기유쇼란(嬉遊笑覽)》**
이다.

소기(宗祇) 법사가 썼다는 여러 지방 이야기라는 책에, 에치
고에서 어느 무사 동료들이 몇 십 명 모여 백 가지 이야기를 시
작했다 한다. 사람들이 그 절차라고 이야기하기를, 이들은 방 하
나에 틀어박혀 문이란 문은 단단히 걸어 잠그고 사방등에 심지
를 백 가닥 넣은 뒤 푸른 종이로 이 등을 쌌다. 그러고 좌중에 있
는 한 사람 한 사람이 양손 엄지손가락을 한군데 모으고 꼭 묶어
서 움직이지 못하게 만들었다. 이야기하기 시작하면 이야기 하
나마다 심지를 한 가닥씩 끈다. 하지만 말했듯이 이들은 손을 묶
었기 때문에 그렇게 할 수 없어 겁먹은 하인을 두게 되면 흑여
소란이 생기지 않겠느냐……

---

* 에도 후기의 국학자.

** 에도 후기의 수필로, 고문헌을 통해 에도 시대의 풍속과 예능 등을 고증한 책.

"손가락을 묶는가? 그것 참 성가시군."

소베가 탁한 목소리로 말했다.

"게다가 아주 괴상한 모양새일세. 다 큰 어른이 둥글게 모여 앉아 양손을 묶고 이야기를 한단 말인가? 얼굴을 맞대고. 어둠침침한 방에서. 묘하군, 묘해."

소베는 떫은 감이라도 씹은 얼굴이다.

"방도 닫혀 있겠다, 그래서야 배짱 시험이 되겠나."

"안 될까?"

요지로가 물었다.

"글쎄 뭐 무서울 게 있어야지."

소베가 의심스럽다는 듯 대답했다.

"방에는 아무도 들어오지 못하지 않나. 게다가 자리에 모인 사람들은 전부 자유롭게 움직이지 못하네. 방이 어두워지는 것 외에는 아무 일도 일어나지 않아. 일어날 수가 없을 텐데. 뭐, 이걸로 겁을 낸다면 상당한 얼뜨기일세. 어두워지는 것만으로도 무섭다면 밤중에 측간인들 가겠나. 겁쟁이를 찾아내는 데는 좋을지 몰라도 이건 정말 이상야릇하군. 뭐가 재미있는지 전혀 모르겠어."

"재미있지는 않겠지. 무섭게 하기 위한 모임이잖나. 즐거운 편이 더 이상하네. 게다가 밖에서 보기에는 우스꽝스럽지만 묶여 있는 본인 입장에서 생각해보면 뭐 심상한 기분은 아니겠지."

쇼마가 웃었다.

"앉아서 묶여 있을 뿐 아닌가?"

"겁잡이는 거칠어서 곤란하구면."

서양 물 먹은 신사가 어깨를 움츠렸다.

"소베의 경우, 무서운 건 기습 공격이나 야습이겠지. 갑자기 악한의 습격을 받는다거나 큰 곰에 물린다거나. 뭐, 입만 열었다 하면 남에게 얼뜨기니 겁쟁이니 욕을 하지만 이놈은 요컨대 그런 직접적인 공격만 무서운 거야. 이건 소베가 둔감하고 머리가 모자란다는 증거이지."

"뭐라!"

소베가 고함을 치며 한쪽 무릎을 세웠다.

"거 보게. 그게 문제라는 말이야. 이보게, 자네에게는 문화가 없어. 공포라는 건 신경이 느끼는 걸세. 신경이라고, 신경. 자네는 무신경해, 소베."

쇼마가 힐책했다.

"신경이 없으니까 미묘한 차이라는 걸 모르는 게지. 내 생각에 자네에게는 밝다, 어둡다 두 가지밖에 없을 걸세. 어두워지면 잘 뿐이겠지. 서서히 어두워진다는 미묘한 느낌은 이해하지 못하네. 이 야만인 같은 놈."

"네 이놈, 날 우롱하다니."

소베가 얼굴이 벌개져서는 기민한 동작으로 왼손을 바닥에 짚었다.

검을 손에 드는 동작이기는 하지만 당연히 큰 칼은 없다.

"사실이잖나. 안 그런가, 겐노신."

쇼마는 소베의 이 쓸데없는 행동을 완전히 무시하고 겐노신 쪽을 돌아보았다.

"백 가지 이야기라 했나. 그건 그렇게 엄밀히 따라야 하는 절차는 없을 거라고 생각하네."

양행 신사와 옛 무사의 말다툼을 싸늘하게 지켜보던 겐노신은 생각지도 못한 방향에서 불쑥 화제가 원래대로 돌아오는 바람에 꽤 당황한 듯했다.

"어, 어째서 그렇게 생각하나?"

"듣자 하니 그건 절차라기보다는 연출이야."

"연출이라니 무슨 소린가?"

한쪽 무릎을 세운 상태에서 무시당한 소베는 아무래도 체면이 서지 않는 채로 다시 앉았다.

"가부키의 무대 장치와 똑같아. 아시겠나, 순사 나리. 사람이라는 건 어둠을 무서워하는 법일세. 이렇게 말하면 저 무신경한 사내는 어두운 것이 뭐가 무섭냐고 강한 척하겠지만, 진정한 어둠이라는 건 이해를 초월해서 무서운 법이야."

쇼마가 머리를 매만졌다.

양행 다녀온 것이 자랑인 이자는 요즘 기름을 발라 머리 모양을 정돈하게 되었다.

"동서양을 막론하고 그러하네. 사람은 사람인 이상 어둠을 무서워하는 마음을 어딘가에 품고 있어. 전혀 없을 수는 없네. 하지만 저기 호걸이 아니더라도 누구나 다 어둠이 무섭다고 말하지는 않지. 설사 어두운 밤이라도 어른이라면 측간 정도는 갈 수 있겠지. 다소 조심하기도 하고 좀 으스스하다고 느끼기도 하겠지만 어둠이 무서워서 실례를 하는 어른은 별로 없네. 그건 왜라고 생각하나?"

"왜고 뭐고……."

소베가 욕지거리를 퍼붓기 직전에 쇼마가 지론을 다시 펼쳤다.

"아무것도 없다는 것을 알기 때문이야. 평소 생활에서는 그리 아무 일도 일어나지 않는다는 사실을 우리는 알고 있어. 그렇기 때문에 무서워도 아무렇지 않네. 요괴를 만날 일도 없고, 변소 앞에서 곰이나 늑대가 나오지도 않거든. 우리는 그걸 경험하고 학습했네. 그러면서 살아가지. 어린아이에게는 그게 없네. 그래서 무턱대고 겁을 내는 걸세."

여기서 쇼마는 이마에 주름을 만든 채 눈만 치켜떠서 겐노신 쪽을 보았다.

"우리는 매일 당연함 속에서 살고 있어. 그러니까 이 당연함이 당연하지 않게 되면 무서워지네. 알겠나, 겐노신. 아니, 수수께끼 순사 나리. 수수께끼라는 건 요컨대 알 수 없는 것 아닌가."

"알면 수수께끼가 아니지."

겐노신이 대답했다.

"그렇지. 그럼 세상에 수수께끼란 없네. 모르는 것이 있을 뿐이야. 세상의 수수께끼는 대부분 그저 우리가 **모르는 일**이네. 그리고 남는 건 말일세."

양장을 한 사내는 방금 매만진 자기 머리를 손으로 가리켰다. 그리고 눈을 가리켰다.

"착오, 오인, 오해이네. 환각, 환청이야. 착각이지. 비정상적인 상황에 놓인 사람은 그런 것을 보고 듣네. 뭐, 보고 듣는 본인은 그렇게 생각하지 않지만. 그러니."

쇼마가 몸을 굽혔다. 일동이 따라서 몸을 앞으로 굽혔다.

생각해보면 이것도 충분히 묘한 정경이다.

"잘 듣게. 꽉 닫아놓은 방에 사람들이 몇 명씩이나 정연하게 앉아 있다는 것만으로도 우선 일상적인 모습이 아닐세. 게다가 밤이야. 조용하지. 거기서 이야기하는 것은 겐노신이나 요지로가 좋아하는, 현실에서는 있을 수 없는 기괴한 이야기나 참으로 꺼림칙하고 음산한 이야기, 차마 듣기 힘든 내밀한 이야기이지 않나. 목소리도 낮아지고 좌중도 고요할 테지."

쇼마의 목소리 자체가 점점 작아지고 있었다.

자리에 있는 사람들은 서로 얼굴을 맞대게 된다.

"게다가 말이야. 조금씩 어두워지고 있네. 사위가 보이지 않게 되는 걸세."

쇼마가 드물게 신묘한 얼굴이다. 겐노신과 소베도 진지한 얼굴을 하기 시작했다.

"머잖아 옆에 앉아 있는 사람이 누구인지, 누가 이야기를 하고 있는지도 잘 모르게 되겠지. 요컨대 이건 황혼 녘이 밤으로 바뀌는 것과 매한가지야. 조금씩, 조금씩 어둠이 밀려오네. 거기에……."

"갑자기!" 하고 쇼마가 정말로 갑자기 큰 소리로 말했다.

"으악."

소리를 지른 사람은 소베였다. 요지로도 엉거주춤 몸을 일으켰다. 겐노신에 이르러서는 숨도 못 쉬고 눈만 부라리고 있다.

"뭐, 뭔가? 노, 놀랐지 않나."

"하하하, 놀랐지? 고작 이것만으로도 자네들은 놀랐네. 이게 그 백 가지 이야기가 끝날 무렵이었다면 어땠겠는가? 소베는 오줌을 싸고 겐노신은 일어나지도 못하지 않았겠나? 그렇지, 요지로?"

쇼마가 유쾌하게 웃으며 요지로의 무릎을 두드렸다.

"말하자면 이런 거네. 평상시와 다른 상황을 짐짓 강조하면 돼. 거울을 두는 것이나 손가락을 묶는 것도 요컨대 그 점을 강조하기 위해서야. 다만 아무것도 모르고 해서야 난잡해질 테니 일단은 규칙이 있는 걸세. 그게 백 개의 이야기를 하고 심지를 하나씩 끄는 절차야."

"그건 규칙인가?"

겐노신이 묻자 쇼마가 입술을 삐죽 내밀며 말했다.

"어느 책에나 나온다고 하지 않았나. 백 가지 이야기를 하면 마지막에 요괴가 나온다고 했나? 괴이한 일이 일어난다고 했던가. 뭐, 어느 쪽이든 상관없네만 그런 이야기가 인구에 회자되고 있다면 말이네. 백 가지 이야기를 하자고 말만 해도 그걸 알겠지. 귀찮은 설명은 필요 없을 걸세. 그러니까 그 부분은 규칙이야. 분명."

가볍게 말하고 쇼마가 히죽 웃었다. 그러고는 몸을 뻗어 명장지를 열며 말했다.

"이거 참 후덥지근하구먼."

"그렇군."

겐노신이 턱을 쓰다듬었다.

이쪽도 드물게 수긍한 모양이다.

"요컨대 **그럴싸하게** 하면 된다, 이건가."

"이해가 빠르군."

쇼마가 뺨을 일그러뜨리며 웃었다.

"비라도 올 건가? 뭐, 조금 무더웠던 참이니 딱 좋네만…… 응, 어쨌든 그렇겠지. 그러니까 그 백 가지라는 것도 뭐 아무래도 상관없을 걸세. 짧은 이야기여도 하룻밤에 백은 많겠지. 극장에서 하는 괴담 이야기 같은 경우 밤새 이야기해도 끝나지 않을 정도로 긴 것도 있지 않나."

"백 가지는 규칙이라고 말한 건 자네야, 쇼마. 그사이 말을 바꾸는가?"

이렇게 말하가 소베는 하의를 있는 대로 걷어 올렸다.

"그게 아닐세. 백이라는 건 표면적인 원칙이야. 뭐, 많다는 의미일 텐데 이야기하지 못할 정도의 수여야만 하네. 대여섯 개면 금세 끝나버리지 않나."

쇼마가 미간을 찌푸렸다.

"그러면…… 자네가 말한 괴이함을 느낄 만한 환경이 만들어지지 않는다는 건가?"

젠노신은 생각에 잠긴 듯했다.

"그것도 있지만 대부분은 구실이야."

쇼마가 대답했다.

"구실이라니."

"이보게, 아무리 채비를 잘 갖추었다 한들 물론 아무 일도 일어나지 않겠지. 뭐, 어지간히 잘해서 모든 사람들의 간이 콩알만 해졌다 해도, 적절한 시기에 뭔가 그럴싸한 일이라도 일어나면 모를까 대개는 아무 일도 없겠지. 일어난다, 일어난다, 일어날 것 같다, 무섭다, 무섭다 하다가…… 아침이 되는 걸세. 그럴 때는 뭐야, 거짓말 아닌가, 하고 저기 소베처럼 센 척하는 사람이 꼭 말하겠지. 그러니까 아니다, 무사한 건 백 개를 이야기하지 않았기 때문이다, 하고."

"그래서 구실인가. 역시 딱 백 개를 맞춰서 이야기할 수밖에 없을까."

겐노신이 이마에 손가락을 대고 말했다.

3

요지로는 쓰쿠모안을 찾아갔다.

반년 전까지만 해도 반드시 넷이 함께 갔지만 요즘은 혼자서 찾아가는 경우가 많아졌다. 겐노신 순사가 바빠지기도 했고, 소베 도장의 문하생이 조금 늘어나기도 한 덕분에 넷의 시간이 좀처럼 맞지 않게 된 것도 이유라면 이유였지만 실상은 따로 있었으니, 요지로가 단독으로 가는 경우가 많아졌을 뿐이다.

볼일이 없어도 찾아가고 싶다.

그런 기분이 들었다. 원래 요지로는 한 달에 한 번 이 암자에 오가곤 했다. 맨 처음에는 상관이 동행했지만 두 번째부터는 혼자 갔다. 얼마간의 돈을 전달할 뿐인 사소한 임무였기 때문에 당연한 일이기도 했다.

그 무렵 요지로는 상투를 틀고 허리에 칼을 차고 있었다. 현관 앞에서 공손하게 머리를 숙이고 작은 비단 꾸러미를 내미는 것이 전부인 사이이기는 했지만……

그립다.

이런 생각이 들었다.

옛 막부 시대가 좋았다고 생각하는 것은 아니다.

아마.

옛날이라는 건.

좋은 옛날이든 나쁜 옛날이든, 어떤 옛날이든 사랑스럽게 여겨지는 법이다. 이는 분명 자신의 뱃속이나 가슴속이나 머릿속에만 있기 때문이다. 사람들이 떠올리는 옛날은 전부 이야기이다. 이야기가 된 현실이야말로 옛날이다.

요지로는 두 번 다시 칼 같은 건 차고 싶지 않다. 앞머리를 반달 모양으로 깎고 싶다고도 생각하지 않는다.

상투는 괴상한 습속이다. 잘라버리고 나니 그런 생각이 든다. 그런데도 귀밑털이 부풀어 있지 않으면 묘한 느낌이 들 때가 있고 이마에 머리카락이 닿는 것이 싫을 때도 있다. 허리 부근이 몹시 가볍게 여겨질 때가 있다.

풍경 장수와 스쳐 지나거나.

수로가의 바람이 버드나무를 흔들거나.

그럴 때 문득 이런 생각이 든다.

옛날 소리, 옛날 냄새, 옛날 풍경……. 이런 것들이 얄팍해져서 어딘가에 들어붙어 있는 요지로의 옛닐에 스며들면 찰나에 이야기를 만들어내는 것이리라. 사실은 지금의 소리이고 지금의 냄새이고 지금의 풍경이므로 만들어지는 것은 모조리 거짓 이야기이지만.

사람들이 상기하는 과거란 분명 전부 거짓이다. 무언가를 보거나 들고, 그립다고 생각하는 것은 착각이다. 그래도.

아니, 바로 그렇기 때문인가.

요지로는 이야기 속으로 들어가듯 야겐보리를 찾는다.

슬슬 여름인가.

이런 생각을 했다. 특별히 여름 느낌이 나는 무언가와 마주친 것은 아니다.

뒷골목의 흙 색깔과 나무 그림자. 아이들 노는 목소리의 울림.

이런 것들이 여름다워졌다는 생각이 들었다. 어디가 어떻게 달라졌는지는 모른다. 그러니까 이것도 그냥 그렇게 믿었거나 착각했을 뿐인 거짓 계절감인지도 모른다.

낯익은 정원수와 산울타리가 보였다.

늘 보던 그 풍경 속에 낯선 물건이 있었다.

커다란 쇠 바퀴, 검은 덮개, 안장 같은 의자.

인력거이다.

게다가 두 대나 서 있다. 아사쿠사 부근에는 곧잘 나와 있지만 이 근방에서는 거의 볼 일이 없다.

느릅나무 아래 인력거꾼 두 명이 앉아서 뻐끔뻐끔 담뱃대를 물고 있다.

손님이 왔나?

아무리 봐도 쓰쿠모안 문 바로 앞에 서 있다. 오랫동안 드나들었지만 이 조용한 집을 찾아오는 손님과 마주친 적은 단 한 번도 없었기 때문에 요지로는 슬며시 동요했다.

요지로는 머뭇거리다 일단 옆길로 빠졌다. 산울타리를 돌아 뒷문으로 갈 생각이었는데, 다 돌아가기도 전에 요지로는 다시금 멈춰 섰다.

사요가 있었다.

사요는 고개를 살짝 숙이고 골목에 서 있었다.

눈치가 빠르고 영리한 처자이니 평소 같으면 이 거리에서 요지로를 알아차리지 못할 리 없다. 고개를 숙이고 있기는 했지만 집 안에 마음이 가 있는 것이 분명했다. 안에서 돌아가는 일에 마음이 쓰이는데 아무래도 들어가지는 못하고 있는 그런 분위기이다.

요지로는 한층 더 난처해졌다.

묘한 억측일지는 모르지만 아무래도 복잡한 사정이 있으리라고 짐작하게 된다. 요지로는 편하게 말을 붙일 수가 없었다. 앞으로 갈 수도 없고 그렇다고 돌아갈 수도 없다. 하는 수 없이 하늘을 보자 까마귀 한 마리가 나지막하게 날고 있었다.

까마귀가 가는 방향을 눈으로 쫓고 있었더니 "요지로 씨" 하고 부르는 소리가 들렸다.

그다지 패기가 넘치는 큰 목소리도 아니었지만 요지로는 크게 당황했다.

사요가 한 번 작게 웃고는 조그만 목소리로 말했다.

"어서 오세요."

"아, 저기, 오늘은 손님이 있습니까?"

"그래요. 드문 일이지요?"

그렇다고도 아니라고도 대답할 수 없다. 사요는 산울타리에 손을 얹고 발돋움을 한 번 해서 안의 모습을 살피는 듯하더니 말했다.

"제 은인이 와 있어요."

"은인……이요?"

"네. 지금 별채에 계시는 분이 아니었다면 저는 객사했을 거예요."

"개, 객사라니."

흉흉한 말을 다 한다.

요지로가 어쩔 줄 모르고 있자 사요가 희미한 미소를 지으며 다가왔다.

"괜찮으시다면 저쪽에서 이야기해요."

"이야기라니, 그게……."

"모모스케 씨에게 볼일이 있으시겠지만 한 시간은 걸릴 것 같아서요……. 요지로 씨가 혹 기다리실 생각이라면요. 전 안 되나요?"

사요가 요지로 바로 옆에서 말했다.

"안 될 건 없지만 그러니까……."

"아. 저쪽은 신분이 높으신 분이어서 수행원도 몇 분 와 계시기 때문에 안에 들어갈 수는 없어요. 이 암자는 좁으니까요. 실은 제가 접대를 해야겠지만 어려워서요."

사요가 쓴웃음을 지었다.

확실히 저 집 안에 그런 사람이 몇 명이나 있다면……. 물론 요지로는 어떤 사람들인지 모르지만 불편할 것 같다는 생각은 든다. 그건 요지로도 알 것 같았다. 하지만…….

"은인이지 않습니까? 괜찮겠습니까? 사요 씨, 저기."

"괜찮아요. 모모스케 씨가 밖에 있으라고 했으니까요."

"어르신이요?"

사요가 쓸쓸한 표정을 지었다. 그리고 작은 목소리로 말하더니 눈을 내리깔았다.

"저는…… 모모스케 씨의 먼 친척 같은 게 아니에요."

"그렇습니까? 아니, 그러면 그……."

"저는 쇼켄시……. 요전에 겐노신 씨가 말씀하셨던 산카의 딸입니다."

"아."

요지로는 점점 더 대답이 궁해졌다.

확실히……. 떠올려보면 사요는 유랑하는 사람들의 생활을 대단히 잘 알고 있는 듯했다.

"여덟 살 정도까지 저는 어머니와 둘이서 산에서 자고 물고기와 거북이를 잡으며 살았어요. 하지만 어머니가 돌아가시고……. 어머니가 돌아가신 곳이 깊은 산속이었어요. 저도 쓰러져서 죽을 뻔했지요."

사요는 이렇게 말하고 걷기 시작했다.

"그걸 그러니까 지금 와 계시는 높으신 분이?"

"높으신…… 분이지요. 맞아요. 그 높으신 분이 구해주신 덕분에 저는 어찌어찌 살아남았어요. 그리고 한동안……. 반년쯤 키워주셨어요. 아직 일고여덟 살이니 혼자 살아가기도 어렵고 의지할 사람도 없었거든요."

"그 뒤에 그러니까, 여기 잇파쿠 옹 댁에 오신 겁니까?"

"제가 걸고 있던 부적 주머니 속에 게사쿠 판권장이 한 장 들어 있었어요. 이것이지요."

사요는 이렇게 말하더니 품에서 새카맣게 그을린 부적 주머니를 꺼냈다.

"게사쿠 책입니까?"

"네. 작자는 스게오카 리잔(菅丘李山). 아시나요?"

몰랐다.

모른다고 하자 사요가 깔깔 웃으며 말했다.

"요지로 씨처럼 정통하신 분도 모르시는군요."

"허. 저는 그게…… 그렇게 정통하지는……."

"모르는 게 당연해요. 스게오카 리잔의 리는 자두나무 리(李)이니까 스모모*. 그러니까 스게, 오카, 모모, 야마**. 야마오카 모모스케의 순서를 바꾼 거지요. 모모스케 씨의 필명이에요."

"어, 어르신의?"

놀랐다.

"뭐, 요지로 씨가 모를 정도이니 이것만으로는 뭐가 뭔지 몰랐겠지만, 그 필명 옆에 에도 교바시 이코마야 댁 야마오카 모모스케라고 딱 적혀 있었어요. 이코마야라고 하면 에도에서도 손꼽히는 초 도매상이고, 모모스케 씨는 이 가게의 젊은 은거였다고 해요. 기타바야시 번역사에는 나와 있지 않았어요?"

"글쎄요, 출신까지 적혀 있었는지는……."

솔직히 말해 요지로의 기억에는 없었다.

"그럼 그걸 보고. 하지만……."

사요를 구해준 사람은 고작 이 정도의 정보만으로 잇파쿠 옹의 거처를 찾아냈다는 말인가?

---

  * 일본어로 자두라는 뜻.
 ** 일본어로 산이라는 뜻.

이렇게 한적한 곳에서 은신하는 저렇게 작은 노인을……

"어머, 그 시절에는 아직 이코마야가 있었어요."

사요가 말했다.

"아."

"이코마야는 유신 전까지만 해도 아직 교바시에 있었어요. 지금은
이름도 바꾸고 어디 시골 쪽으로 옮겨간 모양이지만요. 모모스케 씨
도 거기서 살고 있었어요. 모모스케 씨가 가게를 나와 이 야겐보리에
암자를 꾸민 건 저를 거두고 나서예요. 거기 있기가 거북해졌던 거지
요."

"그렇습니까?"

그건 요지로가 모르는 옛날이다.

"저를 구해준 사람이야 그저 제 태생이 궁금해서 찾으셨을 거라고
생각하지만, 모모스케 씨는 이야기를 듣자마자 저를 꼭 거두고 싶다
고 했대요. 얼굴도 보기 전에 그렇게 말했다고 하더라고요."

사요가 말을 이었다.

"그 뒤부터 저는 줄곧 여기서 살았어요. 유신 이후로는 불편한 점도
있고 해서 모모스케 씨 형님의 손녀라고 신고를 하고…… 형님 되시
는 분은 하치오지의 천인동심(千人同心)*이셨는데 꽤 오래 전에 돌아
가셨어요. 아드님은 유신 때 막부군으로 여기저기서 싸우다 북쪽에서
돌아가셨고요. 아무래도 가정이 있었던 것 같지는 않지만 서자라고
한 모양이에요. 그러니까 뭐 먼 친척이라고 하면 먼 친척인데, 핏줄은

---

* 에도 시대 무사시노 지방 하치오지 주변에 있던 향토 집단으로 무사시노와 가이
  지방 경계의 경비와 치안 유지를 담당했다.

이어져 있지 않아요.”

이렇게 말하고 사요는 길가 느티나무 아래에 앉았다.

“어째서 저를 거두셨다고 생각하세요?”

“글쎄요. 예를 들어…… 어르신이 돌아가신 어머니와 아는 사이였 다든지.”

요지로는 사요 옆에 앉았다. 생각해보면 요지로는 사요가 몇 살인 지도 모른다.

십 년 넘게 알고 지낸 사이인데.

“산묘회 오긴…….”

사요가 불쑥 이렇게 말했다.

“아. 그 어르신의 옛날이야기에 나오는 어행사 마타이치 씨 동료 인?”

여우였다가 백로였다가 버드나무였다가.

정체를 알 수 없는, 이상하고 아름다운 처녀.

이야기에 나오는 신비한 여인.

잇파쿠 옹의 이야기에서는 이것밖에 알 수 없다. 산묘회란 곡조를 붙여서 이야기를 하며 혼자 인형을 조종해서 보여주는, 꼭두각시를 놀리는 재주로 먹고사는 사람이라고 한다. 요지로는 본 적이 없기 때 문에 상상도 할 수 없었다.

“제 어머니는 오긴 씨의 딸인 모양이에요.”

사요가 말했다.

요지로는 금방 이해하지 못했다.

“린이라고 헤요. 어머니는.”

"네? 잠깐만요. 그건 그……."

어떻게 알았나? 그런…… 옛날 일을.

아니.

"모모스케 씨 이야기로는 이 부적에 들어 있던 종이에 적힌 글은 마타이치 씨가 쓴 글자라고 해요."

"마, 마타이치 씨요?"

"네. 뭐, 필치 같은 건 아무런 증거도 되지 않겠지만 저는 할머니를 쏙 빼닮았대요……."

이렇게 말하고 사요는 요지로를 쳐다보았다.

하얀 피부, 옆으로 긴 눈, 모양 좋은 입술, 검은 속눈썹으로 테를 두른 눈꺼풀은 가장자리가 아련하게 붉다.

요지로는 숨을 죽였다.

"싫어요. 그렇게 귀신이라도 보는 듯한 눈으로 보지 마세요. 저는 야마오카 사요예요. 산묘회가 아니라고요."

"이거 미안합니다. 그게 저."

요지로는 눈을 돌렸다. 그 시선이 닿은 곳에.

인력거에 올라타는 인물의 모습이 비쳤다. 휘황찬란하고 호화로운 의상을 걸쳤다. 가사(袈裟)인가?

"어라, 스님이."

"네. 가마쿠라에 있는 임제종(臨済宗)의 큰스님이세요."

사요가 말했다. 시선을 다시 돌리자 사요가 일어서 있었다. 그 자그마한 얼굴을 밑에서 쳐다보다가, 선이 가느다란 턱 너머로 요지로에게 쏟아지는 태양빛이 눈부셔서 눈을 가늘게 뜨면서야 겨우 요지로는 저 화려한 가사를 걸친 승려가 바로 사요를 구한 은인임을 깨달았다.

"스님……입니까? 사요 씨의 은인은."

"그래요. 와다 지벤 님이라고 하는, 큰 절의 아주 높은 스님이세요."

"저 사람이."

요지로는 다시 승려를 보았다.

"아니요, 저분은 와다 지벤 님이라고 저를 구해주신 주지 스님의 조 카분이세요. 지금 여러 사람들에게 에워싸여서 나오신 나이가 지긋하 신 스님이…… 지벤 선사입니다."

확실히 수수하지만 한층 더 고급스러워 보이는 의상을 몸에 걸친 나이든 승려가 보였다. 앞뒤 양옆으로 젊은 스님이 따르고 있다. 마침 다른 인력거에 올라타는 참인 듯했다.

"괜찮습니까, 그…… 인사를 안 하셔도?"

"상관없어요."

사요가 말했다.

"깊은 인연은 아닌 걸요. 겨우 반년 동안의 관계이고요."

그런 걸까?

이럭저럭 하는 사이에 인력거 두 대와 곁을 따르는 승려 무리가 줄 을 지어 골목에서 사라졌다. 이윽고 기척도 사라지자 야겐보리는 그 제야 요지로 눈에 익은 정경이 되었다.

그 사라진 기척을 배웅이라도 하듯 작은 사람 그림자가 나타났다.

잇파쿠 옹.

검게 물들인 사무에, 짧게 깎은 백발, 불면 날아갈 듯 왜소한 몸.

배웅을 하러 나온 것이리라. 노인은 고개를 돌려 요지로와 사요가 있는 방향에 한 번 눈길을 주더니 방향을 바꾸어 터벅터벅 지친 발걸음으로 다가왔다.

메마른 얼굴은 평소와 마찬가지였지만 어딘가가 달랐다. 생각해보면 요지로는 이 노인을 집 밖에서 보는 경우가 거의 없었다. 그건 고사하고 서 있는 모습을 보는 일조차 별로 없었다. 노인은 늘 별채의 다다미방에 아담하게 앉아 있을 뿐이다.

그 때문인가.

잇파쿠 옹은 사요 바로 앞에 서서 요지로가 보기에는 어쩐지 슬픈 눈으로 피가 통하지 않는 먼 친척 처녀의 얼굴을 물끄러미 주시하고는 갖다 붙인 듯 부드러운 말투로 말했다.

"이거, 이거, 요지로 씨. 와 계셨습니까? 기다리셨습니까?"

"아닙니다. 바쁘신데 갑자기 찾아와서……."

"백 가지 이야기이지요?"

노인이 말했다.

"빌려드린 책은 조금이라도 도움이 되었는지 모르겠습니다."

대답을 하려고 요지로가 눈길을 주자 노인은 여전히 사요를 보고 있었다.

"서서 이야기하기도 그러니까 안으로 드십시오."

잇파쿠 옹이 조용히 말했다.

4

아하.

그렇군요. 과연. 중요한 부분에 주목하셨습니다.

네, 그렇겠지요. 백 가지 이야기라고 하는 건 사람을 불안하게 만드는, 말하자면 무대 장치입니다. 미신이라기보다 이치에 맞는 것이겠지요.

네. 요지로 씨도 그렇게 생각하십니까?

여러분은, 특히 소베 씨 같은 경우는 쇼마 씨가 피력하는 서양 지식에 이런저런 이의를 다시기도 하지만, 진리에 동서양이 어디 따로 있겠습니까.

합리에 오래된 것도 새로운 것도 없지요. 옛날 사람이 하는 말, 옛날 사람이 믿은 것은 하나같이 다 미망이라고 하는 건 틀린 말일 겁니다. 옛날 사람에게 합리라면 지금 사람에게도 그건 합리. 설명하는 방식, 이해하기 위해 가져오는 논리가 다른 경우는 있겠지만, 물이 높은 곳에서 낮은 곳으로 흐르는 것은 예나 지금이나 마찬가지이지요. 하물며 외국에서라고 다르지는 않으니까요.

서양 지식이니까 전부 새롭고 옳다는 주장은 틀렸겠지만요.

서양 지식이니까 틀렸다. 이국 물이 든 사람이 하는 말에는 귀 기울이지 않겠다고 하는 것도 똑같이 틀렸지요. 오래되었든 낡았든, 누가 한 말이든, 옳은 것은 옳습니다. 뭐, 천연 자연의 이치란 구부러지지 않는 법입니다.

사람의 도리나 세상 풍습은 간단히 구부러지고 바뀌지만 말입니다.

네.

그렇지요, 뭐 신경 탓이겠지요.

그러니까 쇼마 씨가 하셨다는 말마따나 그렇게나 번거로운 **관례**를 고집할 필요는 없을 겁니다. 같은 효과가 있다면 다른 법식도 유효하겠지요.

네.

같은 원리로 짜여 있기만 하다면 뭐 상관없습니다. 하지만 이것도 쇼마 씨가 말씀했듯 누구나가 그럭저럭 알고 있다는 것이 중요한 점이지요. 네.

올바른 절차는 몰라도 많은 사람들이 백 가지 이야기를 알고 있지 않습니까?

밤중에 괴담을 이야기한다. 그리고 괴담 백 개를 이야기한다는 것.

서서히 방을 어둡게 만든다는 것.

백 번째에 무슨 일이 일어난다는 것.

아니, 잘못 말했네요.

무슨 일이 일어난다는 **말이 있다**는 것······ 등이겠지요.

네, 맞습니다. 일어나는 게 아니라 일어난다는 말이 있는 거지요.

그렇지요. 뭐, 소베 씨 말씀처럼 아무 일도 일어나지 않습니다.

일어날 리가 없어요. 그저 이야기만 할 뿐이니까요. 네. 하지만 일어날 것 같다는 생각은 들겠지요. 일어날 것 같은 분위기나 그런 기분이 되기는 합니다.

네.

누구든지 그렇겠지요.

그러기 위한 장치이고, 쇼마 씨가 지적했듯 그건 모든 사람이 알고 있을 테니까요. 상상도 되겠지요. 밤중에 점점 어두워지는 방에서 무서운 이야기를 계속 듣고 있으면 그야 그런 마음이 들기도 하겠지요.

네.

그러니까 아까는 미신이 아니라고 말씀드렸지만 사실 백 가지 이야기는 어떤 의미에서 미신이기도 합니다. 아니, 미신을 가장함으로써 성립하는 장치이기도 하지요.

좀 까다롭습니까?

네. 예를 들어…… 백 번째 이야기에서 반드시 괴상한 일이 일어난다고 확정되어 있다면 어떨까요? 백 개를 이야기하면 나쁜 일, 불길한 일이 꼭 일어난다고 무언가가 증명했다면요.

그렇지요?

네, 말씀하신 대로이겠지요.

그러면 아무도 안 할 겁니다.

아니, 절대로 안 하지요.

무서운 설 보고 싶은 마음이라는 게 위험한 일, 지독한 일, 불행한 일을 당하고 싶은 마음은 아니니까요. 불쾌한 것, 기분 나쁜 것, 끔찍한 것을 보고 찜찜함을 느끼고 싶은 것도 아니겠지요.

불쾌한 건 보고 싶지 않다. 지독한 꼴은 당하고 싶지 않다.

보기 싫고 당하기 싫은 것이 먼저이고, 그래도 조금 마음에 걸리니까 **당하지 않고 넘어간다면** 봐볼까 하는 거겠지요.

네. 괴이한 일과 정면으로 마주 보려는 사람은 결코 없습니다.

기껏해야 엿보는 것이지요. 잠깐 보다 싫으면 곧장 그만둡니다. 네. 달아날 곳이 있기 때문에 무서운 걸 보고 싶어하지요. 달아날 곳이 없으면 부담이 큽니다. 공연히 건드리지만 않으면 화를 입을 일도 없다는 말이 있지 않습니까.

맞습니다.

반드시 일어난다면 아무도 백 가지 이야기 같은 건 하지 않습니다.

일어난다는 말이 있을 **뿐**이니까 하는 겁니다.

그러다가 정말로 무서워지면 도중에 그만둡니다. 달아날 곳을 만드는 것이죠.

네. 그렇기 때문에 아무도 진실은 모릅니다. 하지만 뭐 보통은 거짓말이야, 거짓말, 그런 일은 있을 리가 없어, 이렇게 생각합니다. 있을 수 없으니까요. 하지만 일어난다는 말은 있습니다. 그렇기 때문에 뭐든지 해봐야 안다며 해보자고 하는 거지요.

미신을 가장한다는 건 이런 뜻입니다.

네, 그렇습니다.

백 가지 이야기 괴담 모임 같은 걸 한다고 해서 괴상한 일이 일어나지는 않는다고 옛날 사람들도 분명 생각은 했을 겁니다. 그렇기는 하지만 일어난다는 전설도 있지요.

네.

이도 저도 아닙니다.

진실인지 거짓인지.

밤인지 아침인지.

밝은지 어두운지.

네, 이도 저도 아니고 어정쩡하지요. 중도 아니고 속환이도 아닌 꼴입니다.

그게 백 가지 이야기예요.

그렇습니다. 그러니까 백 가지 이야기를 다룬 책이라는 건 이런 사정을 역으로 이용하는 겁니다.

네. 어쨌든 최초의 백 가지 이야기 책은 재담책, 요컨대 익살스러운 통속 소설책이었어요.

네, 그 책은 빌려드리지 않았습니다.

네, 네. 요괴가 나오느니, 망령이 깃드니 하는 말도 안 되는 일은 없다고 웃어넘기는, 그런 짜임새의 책입니다. 네, 이도 저도 아닌 백 가지 이야기를 이쪽 편으로 걷어차는 짜임새이지요. 그런 일이 있을 리가 없잖아, 하면서요.

이건 이것대로 속이 후련하겠지요.

그럼요. 시원할 겁니다.

괴상한 일은 역시 없군, 요괴 같은 건 없어, 하면서 다들 안심하고 웃습니다.

네. 그리고 이번에는 이걸 또 역으로 이용하지요.

재미있는 일입니다.

뭐, 백 가지 이야기를 하지 않아도 이상한 소문, 기이한 항설은 끊이지 않지 않습니까? 그런 이야기를 짐짓 그럴듯하게 기록합니다. 네, 실화, 실록에 나오는 괴담이지요. 이건 뭐 거짓이든 뭐든 사실이라고 쓰는 것이 법식이지요. 그렇습니다. 요지로 씨 말이 맞습니다. 그렇지 않으면 무섭지 않지요. 그래 거기에 백 가지 이야기의 일화를 가득 담습니다.

그러면 말이지요.

네, 뭐 그렇습니다. 거짓이다, 있을 리 없다, 하며 무시하는 마음으로 백 가지 이야기를 했더니 소름 끼치는 일이 생깁니다. 심지어 목숨을 잃기도 합니다.

정말인가 하겠지요.

정말이라면 어떻게 되겠습니까.

네. 그래서 책 제목도 백 가지 이야기. 예로부터 전해오는 백 가지 이야기의 절차를 흉내 내기는 하되 이야기하는 것을 쓰는 것으로 바꾸어서 만든 것이 백 가지 이야기 책입니다.

네, 읽은 사람은 적잖이 오싹하겠지요.

물론 아무 일도 일어나지 않지만요. 네. 기록된 이야기도 뭐 거짓인지 진실인지 알 수가 없고요. 저쪽으로 갔다가 이쪽으로 왔다가, 창자인지 실화인지, 뭐 어느 쪽이라 한들 마찬가지이지요. 그런 장치로 되어 있습니다.

그렇습니다.

기억하고 계셨습니까?

저는 백 가지 이야기 책을 내고 싶었습니다.

아주, 아주 오래 전부터. 하지만.

네. 쓰지 않았습니다. 결국은. 저는 말이지요, 쓰고 싶지도 않은 인정 이야기나 익살스러운 통속 소설, 시시껄렁한 연애 독본 같은 걸 그저 먹고살기 위한 방편으로 갈겨쓰다가 싫증이 나서 붓을 꺾었습니다. 네.

젊은 나이에 은거해서 그런 생활을 이십 몇 년 계속하다가 정신을 차려보니 나이가 들어 있었으니까요. 이번에야말로 정말 은거입니다.

네.

그렇습니다. 환갑을 눈앞에 두고 싫증이 났어요.

그 뒤로는 젊었을 적에 듣고 다니면서 기록한 기담, 괴담을 그저 탐독하고, 누군가가 기록한 진설, 항설을 그저 닥치는 대로 읽으면서 오늘까지 살아왔으니까요.

네.

직접 보고 들은 일이라도 기록해버리면 이야기입니다.

네. 이야기는 뭐든지 다 **지어낸 것**입니다. 현실이 아닙니다.

백 가지 이야기도……. 뭐, 그 이름처럼 이야기이지요.

네.

허구와 현실의 한가운데에 이도 저도 아닌 공간을 만듭니다.

그런 주술이 백 가지 이야기입니다.

네, 요괴를 부르는 술법이라고 하는 사람도 있겠지요. 뭐, 요괴라는 건 있다고 한들 사람의 지식을 초월한 존재. 사람의 힘으로 어찌할 수는 없을 겁니다. 그런 존재를 불러내려고 하는 것이니 뭐 주술이기는 하겠지요.

하지만요.

요괴라는 존재는 **지어낸 것**입니다.

에도 사람들은 알고 있었습니다. 다들 알고 있었어요.

믿지 않습니다. 아무도.

뜻밖이신가 봅니다. 네, 유신 이후에 오히려 더 요괴를 믿고 있습니다. 네. 그런 건 미신이다, 실제로는 없다, 유령의 정체는 알고 보면 밤에 마른 억새를 보고 놀란 거다, 다들 입술을 삐죽거리며 말하지 않습니까? 네. 하지만 그렇게 진지하게 없다고 주장하지 않고는 없다는 것을 모릅니다.

옛날에는 달랐습니다.

없다는 것을 알고서 있다고 말하지요.

풍류라고요? 네, 풍류입니다. 그래서 촌스러움과 요괴는 하코네 서쪽에나 있다고 하는 겁니다. 네. 전적으로 믿는 건 시골 사람이라며 놀리는 에도 사람들 말이지요.

아니요. 실제로는 시골 사람들도 에도 사람들과 마찬가지로 믿지 않았습니다.

네. 그건 저도 그렇게 생각합니다.

하지만 말이지요. 그렇지, 마타이치 씨가 옛날에 이런 말을 하셨습니다.

이 세상은 슬프고 괴로운 것이라고.

그래서 사람은 스스로를 속이고 세간을 속이면서 간신히 살아간다고요.

즉 이 세상은 거짓부렁. 그런 거짓말이 진짜라 믿다가는 언젠가는 파탄을 맞습니다.

그렇다고 해서 거짓을 거짓이라고 해버리면 슬프고 괴로워서 살아갈 수가 없습니다.

네. 그렇기 때문에 거짓을 거짓인 줄 알면서도 믿는 것 말고는 건강하게 살아갈 방도가 없다고 마타이치 씨는 말했지요. 현혹되고 눈이 멀면서도 그래도 좋다고 꿈을 꾸고, 이것이 꿈인 줄 알면서도, 알고 있으면서도 믿는 꿈속에서 산다…….

그러니까 요괴는 거짓이지만 있습니다.

네.

무언가를 **이야기해서 속이면** 이야기가 되는 겁니다.

이 이야기를 몇 개씩 포개어놓아서 현실 자체를 **이야기 즉 속임수의 공간***으로 옮기고 되돌려놓는 것이 백 가지 이야기겠지요.

네, 옮길 뿐 아니라 되돌려놓을 수 있어야만 합니다. 요컨대 저쪽 편에 데려다놓기만 하면 의미가 없습니다. 그러면 안 됩니다.

악령은 씌울 뿐 아니라 퇴치할 수 있어야 합니다.

그래야만 합니다.

맨 처음에 말씀드린 달아날 곳이지요. 백 개의 이야기는 아흔아홉 개에서 멈출 수도 있습니다. 역시 거짓말이군, 단정할 수도 있겠지요.

네, 거짓말이다 해버리면 아무것도 아닙니다. 네, 무슨 일이 일어나건 그건 사람 내부의 일이지요. 실제로는 아무 일도 일어나지 않으니

---

* 이야기를 뜻하는 語り 와 속임수를 뜻하는 騙り 는 동음이의어.

까요.

네. 그러지 못하면 주술이 아닙니다.

그렇지요. 본디 알 수 없는 영역을 사람이 자유자재로 조종하는 것이 바로 주술의 원뜻일 테니, 데려다놓고 되돌릴 수 없으면 자유자재라고는 할 수 없지 않겠습니까. 네.

그러니까 백 가지 이야기는 **실패하는 것도 포함해서** 주술입니다.

지극히 합리적인 주술이지요. 아무 일도 일어나지 않아도 그건 실패가 아닙니다.

요는 어떻게 하느냐에 달렸지요.

네, 네.

그러니까 이번에는 쇼마 씨에게 혜안이 있었다고 말씀드렸습니다.

네.

글쎄, 뭐라고 할까요.

저는…… 젊은 시절의 저는 여러 지방을 다니면서 꿈과 현실 사이를 왕래하고 밤과 낮 사이를 오가며 살지 않았습니까. 후. 하지만요.

지친 걸까요.

꿈속에 계속 있고 싶다고 생각한 걸까요.

네.

책 속에서만 살고 싶어진 거지요. 결국.

저는 백 가지 이야기를 끝내기가 싫었습니다. 백 개를 이야기한 뒤에 괴이한 일이 생기든 생기지 않든, 어느 쪽이든 싫었습니다. 네. 그러니까 보류해두고 싶었어요.

그래서 백 가지 이야기를 개판하지 않았습니다.

이야기 속을 언제까지고 빙글빙글 돌아다니다, 그러다가.

일생을 끝내려고 생각했을 거예요, 분명. 분명 그렇습니다.

그래서 에도에서……. 아니, 방에서 나가지 않고 줄곧.

네, 그렇습니다.

붓을 꺾고 나서 사요가 오기 전까지는 교바시의 본가 가게에 달린 별채에서 한 발짝도 나가지 않았습니다. 네, 아무래도 소심한 사람일까요. 결론 내기를 어려워하는 성질인가 봅니다, 저는.

아니, 저는 아무래도 상관없지 않습니까.

백 가지 이야기가 문제이지요.

네.

네, 사방등과 심지요.

그건 규칙이라고 봐도 되지 않을까요.

네. 그것도 에도이겠지요. 에도의 문화인들이 만든 절차일 겁니다.

네.

아니, 아니, 그렇게 고상한 것도 아니지 싶습니다.

교양 있는 분들만이 백 가지 이야기를 한 건 아닙니다. 그렇지요.

시골에도 뭐 있었겠지요. 화롯가에서 아이에게 이야기를 해줄 때도 하룻밤에 많은 이야기를 하지는 말라고 하니까요. 네, 그렇습니다.

아무래도 상관없는 지어낸 이야기나 세상 이야기겠지요. 아이들에게 하는 이야기니까요. 네, 네. 옛날이야기입니다.

그것도 하룻밤에 몇 개씩 이야기하는 건 금기입니다.

뭐, 그런 옛날이야기도 이야기이기는 할 테니까요. 지금은 뭐라고 하지요, 극장 무대에 걸리는 그 이야기. 네, 이야기꾼이 이야기하는…….

네, 권선징악 이야기, 괴담 이야기, 연극처럼 보여주는 이야기나 딱 떨어지는 짧은 이야기 같은 거지요.

만담(落語)이라고 합니까? 만담이라고 하면 딱 떨어지는 짧은 이야기를 말하는 걸 텐데요. 그렇습니까? 아니, 그 만담도 옛날에는 옛날이야기라고 불렸으니까요.

네?

아이고, 이런. 그렇습니까?

허어.

네. 글쎄 그건 또 어쩌다?

쇼마 씨가 신경이다, 신경이다, 하고 몇 번씩 말씀하시는 바람에 겐노신 씨가 가사네가후치(累ヶ淵)를 떠올리셨다고요.

그건…… 어째서이지요?

허어.《진경(真景) 가사네가후치》요?

그건《가사네가후치 후일 괴담》말입니까? 제가 들은 건 이런 제목이었는데요. 아하. 그렇습니까?

진경이 신경입니까?*

그건 재치가 있네요. 과연 산유테이 엔초(三遊亭圓朝)입니다.

아니, 엔초는 재주가 좋습니다,

---

* 《진경 가사네가후치》는 메이지 시대 만담가인 산유테이 엔초가 에도 시대의 괴담인 '가사네가후치'를 바탕으로 창작한 작품으로, 원래 제목이 《가사네가후치 후일 괴담》이다. 당시 유행어인 신경과 진경이 일본어로 발음이 같은 것을 이용해 비튼 말이다.

그렇습니까?

네, 몇 번이나 봤습니다. 안정 지진이 있기 얼마 전에 제일인자로 무대에 맨 나중에 올랐을 때도 저는 갔으니까요. 그 시절에는 엔초도 아직 어린 나이여서 손님도 많이 들지 않았지만, 저는 특별히 좋아했습니다. 《가사네가후치 후일 괴담》은 이 무렵에 창작한 겁니다. 네, 2대째 산유테이인 엔쇼(圓生)의 《가사네조시(累草子)》 같은 것과는 전혀 달랐거든요. 평판이 났지요.

괴담이니까요. 저는 기뻤습니다. 그 뒤에도 《가가미가후치(鏡ヶ淵)》 같은 괴담 종류를 몇 개 썼습니다. 참으로 명인이지요.

네. 극장에 가지 않은 지도 몇 년이나 되어서 요즘은 어떤지 모르지만 말입니다.

허어.

이야, 유신 이후에도 평판이 대단히 좋다니 오래된 애호가로서는 기쁘기도 하고 남들에게 뺏긴 것 같기도 해서 쓸쓸하기도 하네요. 네.

그런 느낌도 듭니다. 시부사와 에이이치(澁澤榮一) 같은 사람도 좋아하지 않습니까? 학자나 높으신 분의 사랑을 받으니까요, 엔초 씨는. 저 같은 사람은. 그게…….

그 엔초 씨가? 백 가지 이야기 괴담 모임을 말입니까?

한 번 하셨다고요. 재작년이요? 재재작년.

허, 그러고 보니 그런 신문 기사를 읽은 것도 같습니다. 아아, 그렇지. 유령 그림을 모으고 계시지요, 엔초 씨는. 허, 그래서 그 그림을 몇 폭씩 걸고 거기서 백 가지 이야기를 했다고요? 야나기바시에서요. 아하. 평판이 자자했다고요.

그걸 겐노신 씨가 떠올렸군요.

호오.

그래 어떻게 연결이 되었습니까?

네. 소베 씨가 다리를 놓았다고요. 소베 씨가 극장에 다니십니까?

허어. 스승님이 야마오카 님……. 아아.

야마오카 뎃슈 님이요? 이거, 이거, 그러고 보니 소베 씨는 검술을 칼은 야마오카 뎃슈에게 직접 사사했고 하셨지요. 허, 아니, 물론 압니다. 막말 삼주* 아닙니까.

그 삼주 중 하나인 다카하시 데이슈 씨 소개로 알게 되었군요. 엔초 씨와 야마오카 씨는.

이것 참 기이한 인연입니다.

야마오카 씨라 하면 지요다 성을 내주는 데 중요한 역할을 한 분이고, 지금은 궁내성 대서기관 아닙니까? 검술뿐만 아니라 서예에도 소양이 있으시고, 한학 그리고 선에도 정통하시지요.

네. 절도 세우셨지요. 야나카에 있는 젠쇼안도 뎃슈 님이 지으신 것 아닙니까.

그…… 선이라고요? 선과 옛날이야기요?

선과 옛날이야기가 이어준 겁니까? 야마오카 뎃슈와 산유테이 엔초 사이를.

허, 이거야말로 선문답 같군요. 저로서는 짐작도 안 갑니다. 네. 그

---

* 에도 말기부터 메이지 초기에 활약한 막부의 신하인 가쓰 가이슈(勝海舟), 다카하시 데이슈(高橋泥舟), 야마오카 뎃슈 세 사람은 공통으로 이름에 배 주(舟) 자가 들어가 막말 삼주(三舟)라 불렸다.

러고 보니 엔초 씨도 선에는 정통하셨지요, 아마. 허, 뎃슈 님께 선을 배우기도 하셨습니까, 엔초 씨가? 허, 이것 참, 알 수 없는 노릇이네요. 놀랐습니다.

그래서.

옛날이야기라는 건 대체 어떤? 저런, 뎃슈 씨가 모모타로 이야기를 하라고 했는데 엔초 씨가 잘하지 못했고, 그래 생각한 바가 있어 선의 가르침을 구했다, 이런 이야기입니까?

허, 그건…… 꽤 생각하게 만드는 이야기로군요.

그래 소베 씨가 야마오카 님께 말을 전해주신 겁니까?

허. 그랬군요.

그래서. 아, 그랬군요.

뭐, 이야기 출처가 유라 경이니까요. 말을 전하기도 쉬웠을지 모르지요.

허. 그래서 수락하셨습니까?

허어.

그렇군요. 참 멋진 이야기입니다.

더 바랄 것이 없겠군요.

천하의 명인 산유테이 엔초가 잠행을 하고 앉아 괴담을 이야기하는 것 아닙니까.

보통은 있을 수 없는 일이지요. 이것 참.

부러울 지경입니다.

허어.

네.

뭐 말입니까? 악령 퇴치요?

그건…….

허어, 그건.

잠깐.

잠깐 기다려주세요, 요지로 씨.

기다려보세요. 잠깐만요. 그게. 그러니까.

스님을…… 부르시는 건 어떻습니까? 좋은…… 스님을 주선하겠습니다.

네.

어떻게 교섭해보겠습니다. 해볼 테니 꼭 불러주십시오.

그리고 또 하나 더, 긴히 부탁드릴 것이 있습니다.

들어주시겠습니까?

6

야마오카 모모스케는 조금 흥분한 상태였다.

이런 기분이 든 게 몇 년 만일까? 알 수 없었다.

우연이다. 아무래도 우연이 쌓이고 쌓여서 모모스케를 움직이고 있는 것 같다.

그날 밤.

아주 오래된 그 밤.

모모스케는 기타바야시 영지의 오레구치 봉우리에서 한 번 죽었다.

물론 목숨을 잃은 것은 아니다. 위험에 빠지기는 했지만 모모스케는 그때 발을 삐었을 뿐이었다. 그래도 어찌된 일인지 그 이전의 모모스케와 그 이후의 모모스케는 많이도 달라졌다.

그날 밤 이후의 모모스케 즉 지금의 모모스케가 모모스케에게는 아무래도 죽은 것 같이 여겨졌다. 이는 오로지 그 이전의 모모스케야말로 살아있었던 것처럼 여겨지기 때문이다.

어행사 마타이치.

마타이치 일행과 지낸 것은 고작 몇 년이다.

팔십 몇 년 동안 지루하게 이어진 모모스케의 인생에 비한다면 참으로 짧은 기간일 것이다. 단 한순간이다.

하지만 아무래도 그 순간의 모모스케는 살아있었다.

모모스케는 가난한 무사 집안에서 태어난 지 얼마 되지 않아 상인 가문에 양자로 보내졌다. 하급 관리 집에서는 곧잘 있는 이야기였던 모양이다. 하지만 모모스케는 장사와는 도무지 안 맞는 성격이라 결국은 가게를 잇지 않았고 정해진 직업도 없었다. 작가 흉내로 입에 풀칠을 하며 그저 여러 지방을 어슬렁어슬렁 돌아다녔다.

아무런 각오도 없었다.

물러나기는 했지만 가게는 에도에서도 손꼽힐 정도로 컸다. 싫다고 해도 돌봐주기는 했다.

그러니 먹고살 염려도 없었다. 사업상의 교제도 없으니 타인과 깊이 관계 맺을 일도 없다. 연애에도 인연이 없었다. 어디에도 얽매이지 않고 무엇도 고집하지 않았기 때문에 고민할 일도 없었다.

모모스케는 그 무렵 **그저 살아만 있었다.**

무위했다. 아무 도움도 되지 않는 게으름뱅이에 겁쟁이, 형편없는 사내였다. 무사도 아니고 상인도 아니고 농민도 아니고 직인도 아니고 승려도 아니고, 요컨대 아무것도 아닌 채 살았다. 하지만 살아는 있었다.

마타이치와 만난 것은 그 무렵이다. 아마 에치고의 깊은 산속이었던가.

모모스케는 떠올렸다.

산속 외딴집에서 마타이치는…….

그래.

잊을 수가 없다. 처음 만났을 때 마타이치는 백 가지 괴담 이야기를 했다.

그건 마타이치가 꾸민 교묘한 연극이었지만.

저쪽을 세우면 이쪽이 서지 않아 같이 서지 않는 둘을 나란히 세우는 것이 그 세상살이.

세 치 혀 말주변. 모사꾼이라는 이명도 속이고 어르고 부추기고 으르고 칭찬하고 달래고 충고하고 꾸짖고 이야기하고 속이는 것이 그 유래…….

마타이치는 이야기한다. 속이고 이야기하고 사방팔방이 막힌 곳을 사통팔달로 만들며 사방팔방을 원만하게 수습한다. 마타이치는 속임으로써 세상의 황혼을 조종하는 사내였다. 그렇다. 어행사 마타이치는 요괴를 다루는 사람이었다.

모모스케는 이렇게 해서 요괴가 태어나는 현장에 섰다. 그리고 때로는 거기에 가담하기도 했다. 하지만.

마타이치는 사농공상의 신분에서 벗어난 사내였다.

오긴도. 지헤이와 도쿠지로도 모두 마찬가지였다.

그들은 어차피 모모스케와는 다른 세상에 발붙일 곳을 갖고 있었다. 그곳에 단단히 서 있었다.

모모스케는 아니었다.

모모스케는 아무런 각오도 없이 경계에서 흔들흔들 흔들릴 뿐인 사내였다.

이도 저도 아닌 것은 모모스케 자신이다.

모모스케가 백 가지 이야기를 개판하지 않은 진정한 이유는 여기에 있었다. 마타이치 일행과 지낸 한 시기에는 **모모스케 자신이 백 가지 이야기였다**. 모모스케 앞에서 마타이치 일행이 속임수를 쓸 때마다 이도 저도 아닌 중인지 속환인지는 저쪽으로 흘러갔다 이쪽으로 돌아왔다. 그렇게 해서 괴이한 일이 속속 생겨났다.

괴이를 이야기하면 괴이한 일이 일어난다. 정말로 그랬다.

그래서.

모모스케는 몇 번 **저쪽 편**으로 가려고도 했다. 하지만 이루어지지 않았다.

모모스케는 아무리 발버둥 쳐도 **이쪽 편** 인간이다. 이것만은 어찌할 수가 없다. 선을 넘어가려면 커다란 각오가 필요할 테고, 모모스케가 그런 각오를 할 수 있을 턱이 없었다.

그건 그렇다. 모모스케는 아무 쓸모도 없는 겁쟁이니까.

마타이치 일행이 모모스케 앞에서 모습을 감춘 것은 그 사실을 언제까지고 모르는 멍청한 모모스케에게 가르쳐주기 위해서였을 것이다. 그래도 모모스케는 한동안 깨닫지 못했다.

그리고 그날 밤.

오레구치 봉우리에서 모모스케는 두 인간의 죽음을 목격했다.

시시한 죽음이었으리라. 소극적이고 고집스럽고 슬픈 죽음이었으리라.

한 사람은 이쪽 편 인간이었다. 또 한 사람은 저쪽 편 인간이었다.

두 사람의 임종을 지켜본 사람이 야타가라스와 푸른 백로……. 마타이치와 오긴이었다.

거기서 죽은 것은 덴구*라고 마타이치는 말했다. 덴구가 죽었다, 이렇게 말했다. 아무 생각 없이 불쑥 나타나 치열한 죽음의 현장을 맞닥뜨린 겁쟁이 모모스케에게 너는 이렇게 죽을 수 있느냐, 그런 각오가 있느냐고 물은 것이리라.

아니, 아마 마타이치는 처음부터 줄곧 모모스케에게 그렇게 물었을 것이다. 낮에 살든 밤에 살든 결국 도달하는 곳은 같은 장소이다. 도를 밀고 나가면 모가 생긴다. 길에서 벗어나면 늪에 빠진다. 짐승이 다니는 길은 험하고, 좁은 길은 품이 든다. 너는 어떤 길을 가겠는가, 하고.

알 수 없었다.

그저 마타이치 일행이 걷는 길만은 아마 걷지 못할 것임을 모모스케는 깨달았다.

낮의 세계에서 살아갈 결심은 아무래도 서지 않았지만, 밤의 세계에서 살아갈 수 없다는 것만은 확신했다. 그리하여 모모스케는……. 아니, 그전까지의 모모스케는 그때 왠지 모르게 죽었다. 그리고 새로운 모모스케는 아마도 태어나지 않았다.

뭘 모색하지도 않고 다시 태어나지도 못한 채 모모스케는 지루하게 사십 년을 살았다.

그래도 상관없다는 기분도 들었고 그렇게밖에 할 수 없다는 생각도 들었다.

---

* 하늘을 낳고 깊은 산에 살며 신통력이 있다는, 얼굴이 붉고 코가 큰 상상의 괴물.

시대는 빙글빙글 어지럽게 변해갔다.

세간이 덜커덩덜커덩 소란스러워지더니 무너질 것 같지도 않던 막부가 무너지고 이윽고 무사도 상인, 장색도 없는 새로운 시대가 찾아왔다. 원래부터 무사도 아니고 상인, 장색도 아닌 모모스케와는 아무 상관도 없었지만.

오히려.

모모스케에게는 사요의 출현이 더 큰 사건이었다.

사요는 지금의 모모스케에게 그 무엇과도 바꿀 수 없는 존재이다. 왜냐하면 사요는 모모스케가 **살아있었다는 증거**이기 때문이다.

모모스케가 유일하게 살아있다고 느낄 수 있었던 시절…….

마타이치 일행과 지내던 나날. 그 시절이 허구가 아니었음을 사요의 존재는 무엇보다 뚜렷하게 보여주었다. 살아있는지 죽었는지 모르는……. 아니, 죽은 것처럼 그저 목숨만 부지하고 있는 모모스케에게 사요는 소중한 보물이다.

모모스케가 사요를 거둔 것은 유신 조금 전이다.

사사무라 요지로가 기타바야시 번의 심부름꾼으로 모모스케 집에 드나들게 된 것은 요시와라에서 큰 불이 난 해였을 것이다. 모모스케의 기억이 맞다면 경응(慶應) 2년*일 터이다. 이 야겐보리에 한적한 집을 산 것은 그 전해이고, 와다 지벤의 사자라는 운스이가 교바시에 있던 이코마야를 찾아온 것은 그 전해이니까, 사요를 거둔 것은 원치(元治) 원년 즉 대정봉환 삼 년 전이 될까.

---

* 1866년.

그 무렵 모모스케는 별채에 틀어박혀 한 발짝도 밖에 나가지 않는 생활을 하고 있었다.

거기에 갑자기 고승의 심부름꾼이라는 운스이가 찾아왔다. 용건을 들은 모모스케는 크게 당황했다.

운스이를 보낸 고승 지벤 선사라는 분은 그 유명한 임제종 사원의 주지이고 가마쿠라의 선사에도 상당한 영향력이 있는 실력자라고 했다. 한편으로 서화와 조원(造園)의 대가이기도 한데, 정원에 놓을 돌을 찾아 산야를 다니는 일도 많다고 운스이는 말했다.

모모스케는 그와 이 이야기 사이에서 아무런 접점도 찾지 못했다.

그래서 맨 처음에는 흘려듣고 있었다.

어차피 남이 하는 이야기. 남의 이야기이다.

지벤 선사는 그해 봄 교토에 갔을 때 조원을 부탁받고, 이번에도 정원에 놓을 돌을 찾아 야마시나 부근을 산책하고 있었다고 한다. 넓고 얕은 골짜기를 건너 산속으로 들어간 지벤 선사가 발견한 건……

돌이 아니었다.

썩은 여자 시체와 빈사 상태인 여자아이였다고 한다.

빈사 상태였던 여자아이가 사요이다.

시체는 어머니인 린이었다.

나중에 지벤 선사 본인에게 모모스케가 직접 들은 이야기로는 두 사람은 나란히 쓰러져 있었다고 한다. 발견했을 때는 둘 다 죽은 줄 알았던 모양이다. 여자가 먼저 죽자 같이 있던 여자아이는 오도 가도 못하고 쇠약해지다 그대로 죽었으리라고, 선사는 그렇게 판단했다고 한다.

왜냐하면.

여자 쪽은 썩어 있었기 때문이다. 아무리 봐도 사후 열흘 이상이 경과한 듯했다. 다만…….

의복이 찢어지고 온몸이 상처투성이인 참혹한 모습이기는 했지만 그곳에서 쓰러져 죽은 사람 같아 보이지는 않았다. 시신은 잘 눕혀져 있었고 두 손도 가슴 위에 포개져 있었다고 한다. 가슴 위에는 희한한 형태를 한 날붙이가 놓여 있었다.

모모스케는 몰랐지만 나중에 사요에게 들은 이야기에 따르면 이것은 덴바모노가 가지고 다니는 우메가이라는 날붙이라고 한다.

한편 여자아이 쪽은 이 여자의 시신을 지키듯 엎드려서 쓰러져 있었다고 한다.

아마도.

모녀 둘이 험준한 산속에서 조난을 당해 어머니는 죽고 딸은 어머니의 시신 앞에서 어찌할 줄 모르다 이윽고 쇠약해져서 죽었을 게다…….

선사는 이렇게 생각했다. 모모스케라도 그렇게 생각할 것이다.

그렇다면 참으로 참혹하고 가여운 일이다. 어머니의 시체를 내버려두고 갔다면 만에 하나라도 딸은 살았을지 모른다.

기특하게도 죽은 어머니의 시신을 정돈하고 그 옆에서 죽음을 애도하고 있었겠구나. 애처롭기도 해라. 선사는 딸의 몸을 바로 눕혔다. 그러자.

딸에게는 아직 희미한 맥이 있었다.

선사 일행은 딸을 이고 급히 산을 내려와 가까운 말사(末寺)로 달려

갔다.

선사는 예정을 변경하여 사요가 회복될 때까지 줄곧 옆에 있었다고
한다.

그리고 선사는 사요에게 어머니가 살해당했다는 이야기를 들었다.
사요 모녀는 산속에서 누군가의 습격을 받았다고 한다. 기절한 사요
가 정신이 들어보니 어머니는 없었다. 사흘 낮 사흘 밤을 마시지도 먹
지도 않고 어머니를 찾아다닌 사요는 나흘째에 무참한 모습으로 변해
버린 어머니를 발견했다고 한다.

어머니의 시신을 발견했을 때, 사요는 이미 상당히 쇠약해진 상
태였다.

열 살도 되지 않는 아이이다. 어머니의 유해를 단정한 모습으로 눕
히는 게 고작이었으리라. 공복과 피로와 슬픔으로 이미 사요는 움직
일 힘도 없었다.

이야기를 들은 선사는 곧장 봉행소에 알렸다.

하지만 고명한 선승의 신고조차 제대로 받아주지 않았다고 한다.

이유는 두 가지이다.

우선, 사요 모녀가 유랑하는 산사람이었다는 점이다. 호적에도 올
라 있지 않다. 천민조차 아니다. 어느 집단에도 속해 있지 않다. 신원
을 증명할 만한 물건은 아무것도 없다. 조사할 도리가 없다.

또 하나는 시신이 없다는 것이었다. 사요를 구한 뒤에 가엾게 여긴
선사는 어머니의 시신을 절에 가지고 와서 정성껏 장례를 치렀다.

그때는 사고를 당했거나 길에 쓰러져 죽었다고 생각했다고 한다.
친절이 되레 나쁜 결과를 낳은 셈이다.

선사는 사요의 증언을 방패삼아 몇 번 조사를 청원했지만 결국 수리되지 않았던 모양이다. 여덟 살밖에 안 되는 아이의 말을 어떻게 믿겠냐며 관리는 아예 상대도 해주지 않았다고 한다. 확실히 사요의 말은 더듬더듬 불안했을 것이다. 하지만 쇠약해진 어린아이에게 분명하게 이야기하라, 정연하게 설명하라고 강요하는 것도 어려운 일이었으리라.

지벤 선사는 몹시 화가 나서 소사대(所司代)*를 비롯해 이곳저곳과 교섭도 한 모양이지만 이것만큼은 어찌할 수 없었던 모양이다.

간병한 보람이 있어 사요는 반달 정도 만에 회복되었다.

인연을 느꼈는지, 책임을 느꼈는지 지벤 선사는 사요를 가마쿠라로 데리고 돌아갔다.

그리고 선사는 사요가 목에 걸고 있던 어머니의 유품이라는 더러운 부적 주머니 속에서 오래된 종잇조각을 발견했다. 이것을 발견했을 때 선사는 무척 수상쩍게 여겼다고 한다. 친척이라고는 아무도 없을 쇼켄시 소녀의 부적 주머니 속에 주소와 이름이 적힌 종잇조각이 들어 있다는 것 자체가 이해가 가지 않는 일이기는 할 것이다. 더욱이 적혀 있는 주소는 에도, 그것도 큰 상점이다.

순간 아버지라고 짐작했다.

그래서 선사는 굳이 심부름꾼을 보냈다. 혹시라도 친자라면 알리지 않을 수도 없겠다고 생각했을 것이다. 적혀 있는 이름은 무사가 아니라 아무래도 상민인 것 같다. 신분이 다르다는 데 변함은 없지만, 가

---

* 교토의 경비와 정무를 담당하며 교토, 후시미, 나라의 봉행을 관리하던 관직.

문에 내분이 일어날 일은 아니라고 판단했다. 지극히 당연한 판단이었을 것이다. 그리하여.

마침내 모모스케는 운스이가 찾아온 의도를 알았다.

운스이가 건넨 종잇조각은 모모스케가 처음으로 개판한 책의 판권장이었다.

놀랐다. 뿐만 아니라 필명 옆에는 이렇게 적혀 있었다.

에도 교바시 이코마야 댁 야마오카 모모스케…….

한층 더 놀랐다.

모모스케는 몇 십 년 동안 에도에서 밖으로 나가지 않았다. 여자와 관계를 맺은 적도 없다. 산사람과 접할 기회가 있을 리 없다. 애초에 필명이라면 몰라도 본명이 적혀 있는 것도 이상하다. 그 무렵에는 이코마야 모모스케라는 이름을 아는 사람조차 별로 없었다. 가게도 대가 바뀌었고, 피고용인들도 모모스케라는 이름은 모른다. 하물며 야마오카라는 성은 양자로 오기 전에 쓰던 성이다. 그야말로 이해가 가지 않았다.

모모스케는 여우에 홀린 듯한 기분으로 종잇조각을 면밀히 살폈다.

구석 쪽에는 이렇게도 적혀 있었다.

신용할 수 있는 분이다.

어려워지면 의지하도록 해라.

까마귀.

까마귀. 이건.

이건 마타이치이다.

이건 마타이치의 글씨이다.

그리고 모모스케는 깨달았다.

이건…… 장치이다.

마타이치가 썼다면 틀림없다. 결코 틀릴 리 없다.

게다가 이 종이에는 의지하라고 쓰여 있지 않은가. 마타이치가 모모스케에게 의지한 적은 없다. 아마 한 번도 없었을 것이다. 그렇게 생각하고 있었다. 분명히 그럴 터였다. 그런데.

자세한 사정은 말할 수 없지만 인연이 있는 아이임은 분명하니 거두어서 키우겠습니다, 하고 대답했다.

물론 운스이 쪽에서는 어디까지나 종잇조각에 적혀 있는 인물이 사요의 아버지라 믿고 찾아온 모양이었는데, 나온 사람이 늙어빠진 할아버지인 것도 모자라 소상히 듣지도 않고 맡아 키우겠다고 하는 바람에 퍽 당황한 듯했다.

어쨌든 거두겠다, 가마든 말이든 보내서 지금 당장 데리고 오겠다고 우기자 운스이는 일단 돌아가서 선사와 상담한 뒤에 반드시 연락을 주겠으니 기다려달라고 대답했다.

운스이가 돌아간 뒤 모모스케는 안절부절못했다. 나잇값도 못하고 며칠씩 잠들지 못했던 것을 기억한다. 마타이치가 의지해왔다고 생각하니 가슴이 뛰었다. 세어보면 덴구의 장례를 치른 그날로부터 몇 십 년. 이만큼의 시간을 건너뛰어 이런 형태로 마타이치와 관계 맺을 수 있으리라고는 생각지도 않았다. 그야말로 마른하늘의 날벼락이었나.

과연 어떤 장치일까? 마타이치는 모모스케에게 무엇을 시키려고 하는가?

반달 뒤에 사요를 데리고 와다 지벤 선사 본인이 이코마야를 찾아왔다.

선사가 데리고 온 어린 소녀의 얼굴을 보고…….

모모스케는 모든 것을 이해했다.

사요는.

오긴을 쏙 빼닮았다.

살해당한 린은 오긴의 딸일 것이다. 그리고 마타이치의 쪽지는 원래 이 린에게 쓴 것이리라. 린과 마타이치의 관계는 알 길이 없다. 그런 생각은 해봤자 아무 소용이 없다. 하지만 린이 오긴의 딸이라면 마타이치와도 반드시 어떤 관계가 있었을 것이다. 마타이치가 오긴의 딸에게 모모스케가 있는 곳을 적은 종이를 건네는 일은 충분히 있을 수 있다. 무슨 일이 생기면 이곳으로 가라, 하고.

모모스케는 그때 어울리지 않게 울었다.

그리고 지벤 선사에게 모든 이야기를 했다.

선사는 모모스케가 이야기한 내용을 전부 이해하고 사요를 모모스케에게 맡겼다.

십삼 년, 아니, 십사 년이 되나.

모모스케는 사요와 함께 살고 있다.

가게의 별채를 떠나 암자를 꾸미고 단둘이서 살고 있다.

모모스케는 사요에게 읽고 쓰기를 가르치고 여러 가지를 배우게 하면서 친딸처럼 길렀다. 사요는 자라면서 점점 더 오긴을 닮아갔다. 하지만 사요는 사요, 오긴이 아니다. 오긴이 아니지만 사요는 오긴이 이 세상에 있었다는 증거이기는 하다. 그리고 모모스케가 사요와 살고 있다는 것 자체가 모모스케가 오긴과 마타이치와 보낸 시절이 거짓이나 망상이 아니었다는 무엇보다도 확실한 증거이다.

그리고.

십 몇 년의 시간을 넘어.

다시 와다 지벤 선사가 모모스케를 찾아왔다.

그동안 서한은 몇 번 주고받았지만 모모스케는 한 번도 선사를 만난 적이 없다. 모모스케는 전혀 달라지지 않았지만 선사는 점점 더 높아지고 훌륭해진 모양이니 어쩔 수 없는 일이다. 사는 세계가 다르다. 신분제도는 철폐되었지만 사람은 역시 계층을 만들어 각자 어딘가에 발을 딛고 산다. 모모스케와 와다 지벤은 결코 교차할 일 없는 세계에 각자 발을 딛고 살고 있다. 그러므로.

갑작스러운 방문에 모모스케는 기겁할 정도로 놀랐다.

그리고 용건을 듣고 나서 모모스케는 다시금 더 깊이 놀랐다.

참으로 놀랐다.

선사는 사요의 어머니를 살해한 범인을 알아냈다고 말했다.

당장에는 믿어지지 않았다. 하지만 틀림없다고 선사는 단언했다.

이야기의 출처는 새 정부의 하급 관리라고 한다. 이 인물은 옛 막부 시대에 사쓰마 번의 밀정이었다. 사요의 어머니 린을 살해한 범인 역시 사쓰마 번의 밀정으로 구니에다 기자에몬이라는 사내라고 한다.

밀정이라고는 해도 조사관이나 첩자가 아니다. 때와 경우에 따라서 밀정은 암살자가 되기도 한다.

아니, 그건 암살이라 부를 수 있는 행위도 아니다. 그 시절, 사람을 베는 일은 어떤 의미에서 아무렇지도 않게 이루어졌다. 물론 당시에도 살인은 무거운 죄였다. 법에 어긋난다. 하지만 각자가 각자의 대의

명분을 가지고 공공연히 살인을 저질렀던 것 또한 사실이다.

품은 뜻이 있든 없든 살인은 야만적인 행위이건만.

하지만.

설령 그렇다고 해도 산사람인 여자를 참살할 대의명분은 어디에도 없을 것이다.

모모스케가 이렇게 말하자 선사는 그 말씀이 옳다고 대답하더니 잠깐 말을 고르다 이렇게 말했다.

기자에몬이라는 인물은 비정상적일 정도로 여색에 집착할 뿐 아니라 순간적으로 난폭한 행동을 하는 버릇이 있었다는 것이다. 머리에 피가 몰리면 앞뒤 분간이 없어져서 저항하는 여자를 강제로 범하거나 의미도 없이 검을 휘두르다 다른 사람을 다치게 하는 짓을 거듭하는 사내였다고 한다. 선사에게 이 이야기를 한 인물은, 같은 일을 하는 사람의 도를 넘은 행동에 애를 먹고 골치를 썩이고 가슴 아파했던 모양이다.

틀림없냐고 모모스케가 묻자, 선사는 틀림없다고 대답했다.

시기와 장소, 모든 것이 딱 들어맞는다고 한다. 아무리 생각해도 범인은 기자에몬 외에는 생각할 수 없다고 선사는 단언했다.

그렇다면.

유신 이후에 사쓰마와 조슈의 무사들 대다수는 새 정부에 등용되었다. 정부에는 밀정이나 다름없는 일을 하던 인물도 많이 있다고 한다. 하지만 기자에몬은 완강히 거절했다.

기자에몬은 대정봉환 후에 출가했다고 한다.

예의 밀정 출신 하급 관리는 무익한 살생을 되풀이하던 인물이라도 출가하여 정진하고 수행을 계속하면 성인이 될 수 있느냐고 선사에게 물었다고 한다.

"뉘우친 걸까요" 하고 선사는 말했다.

기자에몬은 지금 대단한 신통력이 있다고 소문난 번듯한 승려라고 한다. 종파는 다르지만 그 이름은 들었다고도 선사는 말했다. 이 승려의 가지기도가 영험이 뛰어나다는 소문이 간토 일대에까지 들린다고 한다.

기자에몬, 지금 이름은 구니에다 에가쿠. 센주에 있는 어느 진언종 사원의 주지라 한다.

다만.

"안다고 해서 어찌할 수도 없습니다."

선사는 분한 듯 이렇게 말했다.

모두 옛날 일이다.

당시의 봉행소조차 움직이지 않았는데 지금의 경찰이 조사를 해줄 리 없을 것이고, 조사를 해봤자 이제 와서 뭘 알겠는가.

증거도 없다. 증인이 몇 명 있은들, 무슨 말을 한들 본인이 인정할 리도 없다. 아니, 만에 하나 본인이 인정한다고 해서 체포하거나 벌을 주지는 못할 것이다.

당연히 복수를 할 수도 없다.

그래도 모모스케에게만은 알리고 싶었다고 선사는 말했다.

사요는 건강하게 자라 훌륭한 처녀가 되어 평온히 살고 있으니 이제 와서 알린들 아무 소용이 없다. 지나치지도 모자라지도 않는 생활에 원망의 그림자를 드리울 뿐인 괜한 행동이 될 수도 있음은 잘 알고 있지만, 그래도 모모스케에게만은 꼭 일러주고 싶었다. 그래야만 한다는 생각이 들었다고 고승은 어쩐지 슬프게 말했다.

모모스케는 솔직하게 감사를 표했다.

그리고 "하늘의 그물은 넓고 커서 성기지만 놓치지 않습니다. 이 세상은 모두 인과응보입니다. 진실로 그자가 범인이라면 반드시 어떤 응보가 있겠지요" 하고 마음에도 없는 말을 했다.

"예를 들어 선사의 말씀처럼 그 죄를 뉘우치고 출가했다면 그건 그것대로 좋지 않겠습니까."

모모스케는 이렇게도 말했다.

말은 했지만.

본심은 아니었다. 이대로도 괜찮다고는 생각할 수 없었다.

마타이치가 어려워지면 모모스케에게 의지하라고 적은 종잇조각을 건넨 사람은 원래 린이었을 것이다. 마타이치는 말없이 린을 모모스케에게 맡겼다. 선사의 이야기가 진실이라면 그런 린을 죽인 사람이 에가쿠이다. 그놈은 사요의 어머니를, 오긴의 딸을 죽인 사내라는 뜻이다.

그렇다면.

대체 어떻게 해야 하는가?

죽이겠다는 생각은 없다.

에가쿠를 죽여 봤자 좋은 일은 아무것도 없다. 린이 살아서 돌아오는 것도 아니고 사요가 기뻐하는 것도 아니다. 하지만 이대로 내버려두기는 싫었다. 무슨 일이 있어도 싫었다.

그래서 모모스케는 계책을 하나 짜냈다.

우연이 힘을 보태주었다. 그리고 모모스케는 이 또한 우연히 그 자리를 찾은 요지로에게 부탁을 하나 했다. 마타이치가 모모스케에게 그렇게 했듯 이유는 일절 말하지 않고⋯⋯.

6

처음에 사건의 발단인 백 가지 이야기 괴담 모임에 대해 겐노신에게 상담한 사람은 푸른 백로 소동의 중심인물인 유라 기미후사 경, 바로 그 사람이었다. 아니, 처음을 따지자면 그 아들인 젊은 유학자 유라 기미아쓰와 그 문하생들이라고 해야 할까.

기미아쓰 씨가 열고 있는 사숙에서 얼마 전에 이런 문답이 있었다고 한다.

공자는 함부로 괴력난신을 말하지 말라고 경고하는데, 숙장님은 신불에 대해 어떠한 견해를 가지고 있으신가……

세속에는 불가사의한 일이 가득하고 괴이한 항설이 아주 많은데, 과연 귀신이라는 것이 이 세상에 있을까……

기미아쓰 씨는 당연하다는 듯 세상에 불가사의는 없다고 대답하고 괴이한 항설은 모두 물리쳐야 한다고 설명했다. 그리고 귀신은 멀리해야 하며 그 있고 없음을 묻는 것은 무의미하다고 가르쳤다. 또 신은 이치이고 불은 자비이니 둘 다 그 이름을 꺼내지 않고도 논하는 것이

가능하다, 신불로서 이야기하면 반드시 논지가 어긋나서 이치를 잃게 된다. 즉 신을 놓친다고 대답했다고 한다.

그런데.

신불에 대해서는 수긍하겠지만 그래도 요괴는 있지 않느냐고 말하는 이가 있었다고 한다.

문하생이라고는 해도 각양각색이다. 인기 있는 사숙이니까 제자 수도 많다. 다시 말해 우수한 인재만 다니라는 법은 없다는 뜻이다. 한 사람이 말을 꺼내자 두 사람, 세 사람이 동조하는가 했더니 어디어디에 괴물이 나온다는 등, 누구누구가 유령을 봤다는 둥 어리석은 이야기로 넘어갔다.

기미아쓰 씨는 언짢아하며 요괴 같은 건 없다고 부정한 모양이지만, 그것으로는 이해가 가지 않는다고 하는 이도 있었다. 하필이면 이렇게 우긴 이가 어느 기업 가문의 자제였던 모양이다. 이 기업의 사장은 사숙을 설립할 때 기미아쓰 씨에게 막대한 자금을 제공한 인물이었기 때문에 간단히 무시할 수도 없었다.

그리고.

요괴가 있는지 없는지 확인해보자는 실로 어린아이 같은 제안이 천하의 효제숙 숙장을 괴롭히게 되었다.

세상에 백 가지 이야기라는 좌흥이 있다. 이 좌흥을 전해져 내려오는 방식을 따라 **가능한 한 제대로 해보고** 무슨 일이 일어나는지 혹은 일어나지 않는지를 시험해보자. 이렇게 된 것이다. 별나다기보다는 바보 같은 이야기이다. 기미아쓰 씨도 퍽 곤란했을 것이다.

어차피 속임수이다. 그러니까 하는 것은 좋다. 다만 하는 방법을 아는 사람이 없었다.

검증을 하는 이상 정확히 수행해야만 할 것이다. 그래서 기미아쓰의 부친인 기미후사 경을 통해 수수께끼 순사 야하기 겐노신에게 이야기가 들어왔다.

"하지만 이해가 안 가는군."

책상다리로 앉아 팔짱까지 끼고 거들먹거리고 있는 사람은 소베이다. 가구라자카에 있는 시부야 도장의 연습장에서 요지로와 소베는 마주 보고 앉아 있었다.

"그 노인장의 부탁이라는 걸 모르겠네. 워낙 그런 분이시니 뭐라고 해야 하나, 이야기를 하고 싶은 건가? 뭐 노인장 이야기는 재미도 있고 깊이와 지혜도 빠지지 않네만 괴담과는 조금 다른 것 같은데. 너무 이치에 맞아서 무섭지가 않아."

"뭐, 진의는 알 수 없네."

요지로는 이렇게 대답했다. 확실히 잇파쿠 옹의 부탁은 묘했다.

백 가지 이야기를 할 때 맨 마지막 이야기를 내가 하게 해달라. 노인은 요지로에게 이렇게 말했다.

"그래 어떻게 할 건가? 산유테이 엔초가 전부 이야기하는 것 아니었나?"

소베가 물었다.

"아니, 잇파쿠 옹도 있으니까 엔초 님께는 반만 해달라고 할 생각이야."

"반이면 오십 개군."

"그래도 많겠지. 바쁘신 분이니 짤막한 괴담을 백 개 해달라는 의뢰도 좀 어떨까 싶네. 생각하는 것만도 상당한 고생 아닌가? 게다가 아침까지 붙잡아두는 것도 조심스러워."

"생각보다 싹싹한 분이셨네. 야마오카 뎃슈 선생님 소개라면 백 개고 이백 개고 이야기하겠다고 하셨네만. 이번에는 산유테이의 간판을 내리고 본명인 이즈부치 지로키치로 참가하겠다고 정중히 말씀하셨어."

"자네 얼굴이 무서웠던 것 아닌가?"

소베의 경우 말 한마디 하지 않고도 위협할 수 있다.

"말도 말게."

소베가 불퉁한 얼굴로 부인했다.

"면상이 무섭다는 소리는 들었네. 괴담 소재로 쓰겠다는 농담을 하시더군."

"그것 참 무서운 이야기가 되겠군 그래. 뭐, 그렇다 치더라도 혼자 백 개는 좀 그렇지 싶네. 대관절 이야기가 점점 커져서 참가하는 사람이 우리를 제외하고도 스무 명 가까이 된다지 않나. 한 사람에 두 개씩 이야기해도 마흔 개가 되네."

"유라 기미아쓰는 안 할 걸세."

소베가 말했다.

"뭐니 뭐니 해도 괴력난신이야. 듣고 있기도 싫을걸."

"하지만 끝까지 지켜봐야겠지. 어쨌든 이번 소동의 근원이니 말일세. 뭐, 나로서는 잇파쿠 옹이 첫 번째 이야기를 끊은 다음에 자리에 있는 몇 명에게 넘기고 엔초 님이 이어받았다가 맨 마지막에 다시 잇파쿠 옹에게 돌아가는 흐름을 생각하고 있네만."

"문제는 장소로군."

처음에는 이 도장에서 조촐하게 할 생각이었다.

하지만 겐노신이 가지고 온 참가자 명부를 보자마자 그 방침은 깨끗이 버릴 수밖에 없었다.

기미아쓰 씨의 문하생은 생각보다 거물의 자식들이었던 모양이다. 적혀 있는 것은 대개가 어디서 본 적이 있는 성이었다. 게다가 유라 기미후사 경까지 참가한다고 적혀 있었다.

공경화족님을 가난한 도장의 더러운 마룻바닥에 앉힐 수는 없을 것 아닌가.

더구나 어디서 이야기를 들었는지 참가하겠다고 나선 호사가들도 화가니, 희곡 작가니, 하이쿠 시인이니 하는 유명한 문화인들인 모양이었다. 신문기자까지 섞여 있었다.

신문기자는 아무래도 수수께끼 순사의 인맥인 듯했다. 기사로 쓰지 않는다는 조건으로 겐노신이 참가를 허락했다고 한다.

"세상에는 별스러운 취미가 있는 사람들이 많기도 하네."

소베가 한탄하듯 말했다.

"괴담 모임은 무슨. 왜 그런 것에 참가하고 싶어하는 건가? 진심으로 무슨 일이 일어날 거라고 생각하나?"

"일어나지 않을 거라고 생각하니까 참가하고 싶어하겠지."

요지로는 이렇게 대답했다. 잇파쿠 옹이 한 말을 받아 옮긴 것이다.

"진심으로 뭐가 나올 거라고 생각한다면 그런 회합에 나가고 싶겠나."

"그럴지도 모르겠군. 하지만 요지로. 그 효제숙의 처치곤란한 문하생들은 어떤가?"

"어떻고 뭐고 없을 걸세. 아무 생각도 없겠지. 명부를 보니 양갓집 도련님들뿐이고, 심심파적 아니겠나. 애초에 유학을 배우는 것부터가 심심파적 아닌가."

"곤란한 녀석들일세."

소베가 신음하듯 말했다.

요지로도 그렇게 생각했다.

요지로도 기이한 것들을 좋아한다. 세상에 불가사의는 없다고 누군가가 단언하면 쓸쓸하기도 하다. 수수께끼도 조금은 있었으면 좋겠다고 생각하기도 한다. 생각하기는 하지만 역시 없으리라고 이해하고 있다.

세상에 불가사의는 없다. 이런 건전한 위치에 서 있지 않으면 사물을 올바르게 볼 수 없다는 생각도 든다. 그렇지 않아도 사람의 눈은 왜곡되어 있다. 가능한 한 올바르게 보려는 노력을 하지 않으면 뭐든지 왜곡되어 보일 것이다. 그렇게 되면 정말로 불가사의한 것도 모르게 된다.

"곤란한 녀석들이야."

요지로도 말했다.

"허어. 자네가 그런 말을 하는가?"

"하지. 들어보게, 소베. 요괴는 있다, 기이한 일은 일어난다고 단단히 믿고 있다고 해보세. 그러면 대개는 낙담하게 되네. 요괴와 만나는 일은 없을 걸세. 기묘한 일도 좀처럼 일어나지 않으니 말이네. 하지만 그런 건 없다고 생각하면."

"그렇군. 무슨 일이 일어났을 때 순순히 놀랄 수 있다 이 말인가. 자네도 곤란한 친구일세."

이렇게 말하고 소베는 크게 웃었다.

도장에 메아리치는 탁한 목소리를 밖에 내보내기라도 하듯 널문이 슥 열렸다.

미간에 주름을 새긴 쇼마가 불만스럽게 우두커니 서 있었다.

"뭔가, 자네들? 사람이 시시한 일로 동분서주하고 있는데 유쾌하게 웃고 있지를 않나. 대관절 무슨 일이 있으면 그렇게 큰소리로 웃을 만큼 유쾌한 기분이 드는가?"

"동분서주는 무슨. 두 간(間)만 뛰어도 헐떡거리는 서양 놈팡이가 할 소린가? 그보다 어땠나, 장소는 확보했나?"

"확보했네."

이렇게 말하면서 쇼마는 도장을 둘러보았다.

"야만적인 곳이로군. 이 마룻바닥에 앉으란 말인가?"

"싫으면 서 있게. 그보다 회장은 어디로 정했나?"

"아카사카의 요정이야. 아버지 단골집을 통째로 빌렸네. 뭐, 마침 쉬는 날이었지만."

"흥. 결국 아버님 도움을 받지 않았나. 뭐가 동분서주인가."

"고생했단 말일세."

쇼마는 구석 쪽에 앉았다.

"밤새도록 괴담 이야기를 할 테니 장소를 빌려달라고 하는데 아, 그렇습니까, 하고 무상으로 장소를 제공하는 맘 좋은 이는 이 세상에 없네. 아버지에게 설명하는 것만도 천신만고야. 아버지는 공경을 싫어하니까 유라 경도 효력이 없어.”

“뭐라고 말씀드렸나?”

“거짓말은 안 했네. 호사가들이 모여 백 가지 이야기 괴담 모임을 하게 되었는데 친구인 순사가 간사 역을 맡아 애를 먹고 있다, 참가자들 중에는 저명한 사람이나 신분이 높은 분도 있어서 마땅한 장소가 없다고 했지.”

“사실 그대로 아닌가? 그래서 요정을 소개받았다면 하등 고생도 아니네.”

“아버지에게 가기까지는 우여곡절이 있었단 말일세.” 쇼마가 입을 삐죽 내밀었다. “그보다 엔초는 정말로 오나?”

“오네. 오네만 정체를 감추고 올 거야. 그러니까 어디 가서 말하지 말게…….”

“정말입니까?”

소베가 말을 채 끝내기도 전에 낯선 목소리가 들렸다.

널문이 열리더니 수염을 기른 사내가 세 사람 서 있었다. 한 사람은 겐노신인데 다른 두 사람은 모르는 얼굴이었다.

“정말로 산유테이 엔초가 오는 겁니까?”

안경을 쓰고 땅딸막한 서생풍 사내가 불쑥 들어오더니 흥분한 기색으로 물었다.

“네, 네놈은 누ㅓ냐?”

“아, 네. 저는 〈가나요미〉 기자를 하고 있는 기하라라고 합니다.”

“가, 가나요미는 또 뭔가?”

“가나가키 로분(假名垣魯文)이 내고 있는 〈가나요미 신문〉이야.”

겐노신이 말했다.

"작년에 히라가나 이름으로 바꾸었다네. 이쪽은 〈도쿄 삽화신문〉의 인나미 군이야. 두 사람 다 둘째가라면 서러워할 정도로 괴담을 좋아해. 이번에는 일과는 상관없이 참가시켜달라고 하기에 말일세. 이번 일에 대해서는 입막음을 단단히 해뒀으니 괜찮네. 괜찮네만 이자들의 입보다 오히려 자네 목소리 큰 것이 문제군."

겐노신이 말했다. 소베 입장에서야 입이 가벼운 쇼마를 타이를 작정이었겠지만 타고난 목소리가 워낙 큰 것을 어쩌랴. 복도에까지 다 들렸던 모양이다.

"그보다 요지로."

겐노신이 선 채로 요지로를 불렀다.

"아아, 준비는 다 끝났네. 사방등도 준비해뒀고 모임 구성도 일단 복안을 만들어두었어. 나머지는 참가자 누구에게 어떤 순서로 이야기를 시키느냐……."

"그게 아닐세."

겐노신이 말을 막았다.

"괴담을 이야기할 사람이 문제라면 이 두 사람이 많이 할 테니 걱정 없어. 그보다 말이네. 잇파쿠 옹이 꼭 불러달라고 했다는 악령 퇴치 스님인가 뭔가가 있었지 않나."

"구니에다 에가쿠 주지 스님 말인가?"

"그 에가쿠 말인데 아무래도 나쁜 소문이 있어."

이렇게 말하고 겐노신은 기하라에게 눈짓을 했다.

"나쁜…… 소문이라니?"

"글쎄 야겐보리 노인장쯤 되시는 분이 생각도 없이 아무나 추천할 것 같지는 않으니 뭐 기우이기는 하겠네만, 여기 기하라 군 이야기로는……."

"위험한 사내입니다."

기하라가 말했다.

"위험하다?"

"떠도는 소문은 확실히 좋습니다. 액을 막고 화를 피하는 가지기도에는 상당한 실력이 있다고 듣기도 했고 병도 고친다고 합니다만, 한편으로 여자를 보면 사족을 못 써서 몇 사람 죽이기까지 했다고."

"주, 죽이다니."

"말 그대로 죽이는 겁니다."

인나미가 받았다.

"평소에는 평범하답니다. 하지만 흥분을 하면 제어가 안 되어서 강제로 능욕을 하기도 합니다. 강간을 하는 거지요. 그래 저항을 하면 폭력을 휘두릅니다. 그러다 죽게 하는 경우도 있답니다. 아니, 몇 번 있었다고 해요."

"왜 잡히지 않는가? 그런 색마가 체포되지 않을 리 없지 않나? 말도 안 되는 소리. 명성을 시기한 중상비방 아닌가?"

소베가 말했다.

"그게 그렇지만노 잃습니다."

이렇게 말하며 기하라는 요지로 옆에 앉았다.

그러더니 약간 통통한 이 신문기자는 수염 난 얼굴을 내밀며 나지막한 목소리로 말을 이었다.

"그 에가쿠라는 중은 원래 사쓰마 번 무사였는데, 유신 당시에 여간 해서는 대놓고 말할 수 없는 위험한 일을 하던 인물이랍니다. 원래는 새 정부에 자리가 마련되어 있었던 모양인데, 에가쿠는 그걸 걷어차 고 출가했다지요."

"그놈이 정부의 약점을 쥐고 있다는 말인가?"

"그런 모양입니다. 아니, 약점을 틀어쥐고 공갈을 하는 건 아니겠지 만 아무래도 밖에 알릴 수는 없는 인물이다 보니 쉽게 손을 대지 못한 다고 해야 맞을지도 모르지요."

"정말인가? 믿기 어렵군." 소베가 고개를 갸웃했다. "네놈들 같이 수상쩍은 족속이 하는 말이니 더더욱 거짓말 같아. 안 그런가, 쇼마?"

"있을 수도 있는 일이야. 아버지 말에 따르면 지금의 정부에는 살인 자만 가득하다더군. 뭐, 싸움에 진 개가 멀리서 짖는다고, 어디까지가 참인지는 알 수 없네만 반쯤 과장이라고 해도 그런 일은 있을지도 모 르지. 이기면 관군이라는 말도 있지 않나."

쇼마가 말했다.

"허나."

그게 사실이라면 그런 인물을 잇파쿠 옹은 왜 추천했을까?

요지로는 이해할 수 없다고 말했다. 겐노신도 동의했다.

"나도 노인장을 신뢰하네. 그러니까 생각 없이 천거하지는 않았으 리라고 보네."

"무슨 생각이 있으실 거라는 말인가?"

"모르지. 나 따위가 그 노인장 심중을 헤아릴 수 있겠나. 하지만 만 일 그 소문이 사실이라면 관헌으로서 그냥 넘길 수 없지."

소베가 코웃음을 쳤다.

"흥. 자네도 관리일세. 새 정부의 파수견인 건 똑같지 않나."

"얕보지 말게. 나는 새 정부의 꼭두각시가 아니야. 사쓰마 조슈 파벌도 아니고. 그런 도리를 지킬 만큼의 기골은 가지고 있네. 나는……."

젠노신은 정의의 편이라고 말한 듯했지만 두 신문기자는 한 목소리로 "수수께끼 순사님이시지요"라고 말했다.

"그렇게 부르지 말라고 하지 않았나."

"하지만 나리, 이제 와서 싫어해봤자 소용없습니다. 어느 세상에 호사가들이 하는 백 가지 이야기 괴담 모임의 간사를 책임지는 순사님이 계시답니까?"

"신문쟁이 말이 맞네."

소베가 큰소리로 웃었다.

"그보다 요지로. 자네, 오늘 아침쯤에 무슨 생각이 있다고 하지 않았나? 뭔가 할 생각인가?"

귀가 떨어질 정도로 큰 웃음소리를 막은 것은 쇼마였다.

"그러고 보니 꿍꿍이가 있는 것 같은 말을 했지. 뭘 꾸미고 있나?"

서 있던 젠노신도 그 자리에 앉았다.

"꾸민다느니 꿍꿍이라느니 듣기 좀 그렇구먼. 별것 아니야."

정말로 별것 아니있다. 그냥 떠오른 생각이었다.

유라 기미후사 경이 참가한다는 사실을 알았을 때 문득 떠올랐다. 사소한 장난, 놀이이다.

"뭔가? 확실히 말하게. 중요한 부분을 이야기하지 않는 건 거기 순사 나리만으로 충분해."

소베가 **호통쳤다.**

"아니, 그게……."

어째서 기미후사 경은…….

"왜 기미후사 경은 이런 모임에 참가할 마음이 들었을까, 하는 생각이 들어서 말이네."

"무슨 뜻인가?"

"기미후사 경에게는 굳이 어찌 되든 상관없는 일 아닌가. 원래는 아들인 기미아쓰 씨와 그의 어리석은 문하생들 사이에서 빚어진 말썽인데다, 요괴가 있느니 없느니 하는 유치하기 짝이 없는 문답일세. 게다가 말이네. 그럼 실제로 요괴를 불러내보자는 것 또한 누가 봐도 변변찮은 전개야. 당사자인 기미아쓰 씨도 넌더리를 내고 있을 테고, 전해 듣기로는 기미후사 경이 그런 시시한 문제의 전말에 흥미를 품을 인물 같지도 않네. 수수께끼 순사 나리에게 연락해서 난처해하고 있는 아들을 좀 도와달라고 하면 끝나는 일이야. 내 말이 틀렸나?"

"틀리지 않군. 애초에 기미후사 경이 나서지 않았다면 이야기가 이렇게 커지지도 않았을 걸세."

쇼마가 대답했다.

그도 그럴 것이다. 참가하는 문화인들을 불러 모은 사람은 틀림없이 기미후사 경이다. 기미아쓰 씨 입장에서는 내키지 않는 일일 테고, 세상에 알려진들 사숙의 명성이 높아지는 것도 아니다. 그러면 소문을 낼 이유도 없다. 쇼마 말대로 이야기를 확대한 사람은 기미후사 경이다. 일이 이렇게 거창해지면 기미아쓰 씨로서도 물러날려야 물러날 수 없다는 느낌일 것이다.

요지로는 생각했다.

백 가지 이야기를 하고 싶은 사람은 사실 기미후사 경이 아닐까.

지난번 푸른 백로 소동은 결국 사건으로 번지지는 않았다.

기미아쓰 씨의 측근이 다소 상궤에서 벗어나는 행동을 하는 예상 밖의 일이 있기는 했지만, 그 외에는 아무 일도 없었다. 잇파쿠 옹이 그렇게 조언하기도 해서 겐노신 또한 기미후사 경에게 푸른 백로에게 는 약간의 영험이 있다고 전했을 뿐이다.

물론 그 푸른 백로의 영험 뒤에 어행사 마타이치 일당의 교묘한 속 임수가 있었다는 사실은 기미후사 경에게 전혀 알리지 않았다. 아니, 그에 대해서는 겐노신과 다른 친구들도 모른다.

진상을 아는 사람은 잇파쿠 옹과 사요, 요지로 세 사람뿐이다.

다시 말해.

기미후사 경은 세상에 불가사의가 있다고 생각하고 있다.

생각할 수밖에 없다.

그래서.

기미후사 경은 **확인하고 싶은** 게 아닐까.

이 세상에 사람의 지식을 초월한 존재가 있는가…….

사람의 지식을 초월하는 일이 과연 일어날 수 있는가…….

요지로는 그렇게 생각했다.

아닌지도 모르지만 그런 느낌이 들었다.

거짓을 거짓인 줄 알면서도 믿는다.

현혹되고 눈이 멀면서도 그래도 좋다고 꿈을 꾼다.

이것이 꿈인 줄 알면서도, 알고 있으면서도 믿는다.

꿈속에서 사는 것 말고는…….

건강하게 살아갈 방도가 없다고 어행사 마타이치는 말했다고 한다.

그러면 **확실히** 꿈을 계속 꿀 수 있게 해주어야 하리라고 요지로는 생각했다.

첫 번째 백로의 화신은 산묘회 오긴이었다고 한다.

이십 몇 년 전에 기미후사 경이 만난 푸른 백로의 화신은 사요의 어머니였다고 한다.

사요는 오긴을 쏙 빼닮았다는 모양이다.

그렇다면.

요지로는 한 번 더 말했다.

"아무것도 아닐세."

7

아무 무늬 없는 병풍이 둘러 서 있다.

하얀 병풍이 푸르게 물들어 있다. 이 푸른 바탕을 물들이는 그림자 또한 짙은 푸른색이다.

온 방 안이 새파랬다. 앉아 있는 사람들도 전부 죽은 사람 같은 얼굴로 보인다.

백 가지 이야기의 무대는 요지로가 생각했던 것보다 훨씬 더 무시무시했다.

문을 다 닫고 푸른 사방등에 불을 넣은 단계에서 아카사카 요정의 한 방은 이 세상이 아닌 곳이 되어버렸다.

상석에 유라 기미후사 경, 오른쪽 옆에는 아들이자 효제숙 숙장인 유라 기미아쓰, 왼쪽 옆에는 입회인 겸 액막이 역할을 맡은 구니에다 에가쿠 스님이 앉아 있다. 스님 옆에는 몹시 경직된 이 모임 간사이자 일명 수수께끼 순사인 야하기 겐노신 순사가, 그리고 정원 방향을 향하고 효제숙 학생 여섯 명이 나란히 앉았다.

기미아쓰 씨 옆에는 희곡 작가인 모모이 아무개, 하이쿠 시인인 히가시다 아무개, 혼죠 기원 주인 시카우치 아무개, 사카마치 약재 도매상 와타나베 아무개, 효제숙 지배인이 이어지고, 화가 가와나베 교사이(河鍋曉齋)가 조금 안으로 들어간 곳에 뒤틀린 자세로 앉아 있었다.

조금 떨어져서 〈가나요미〉 편집기자인 기하라 마타고와 〈도쿄 삽화신문〉의 인나미 이치로베가 대기하고 있다.

기미후사 경 맞은편에는 이즈부치 지로키치 즉 산유테이 엔초를 위한 방석이 놓여 있다.

방석 옆에는 작고 작은 잇파쿠 옹이 등을 굽히고 앉아 있었다.

마루를 면한 병풍 그늘에서는 죽도를 든 소베가 대기하고 있다. 장지문 바깥에는 필시 엔초와 엔초의 안내를 맡은 쇼마가 있을 것이다. 그리고.

요지로는 심지를 뽑는 역할이다. 잇파쿠 옹 옆에서 대기하고 있다가 이야기 하나가 끝날 때마다 중앙으로 나가 사방등에서 심지를 뽑으면 된다.

이것저것 궁리는 해보았지만 요지로와 친구들은 결국 가장 간단한 형태를 고르기로 했다.

거울을 둔다, 손가락을 묶는다 외에도 액막이 검을 둔다느니 헌 모기장을 건다느니, 이리저리 보다 보니 그럴싸한 절차를 얼마든지 찾을 수 있었지만 잇파쿠 옹의 말을 믿고 이런 것들은 다 부록에 지나지 않는다고 판단했다.

푸른 사방등만으로 충분하다.

이 세상이면서 이 세상이 아니다. 등은 밝혔지만 밝지 않다. 밤이면서 밤이 아니고 어둠이 있지만 암흑은 아니다. 이곳은 저쪽과 이쪽, 꿈과 현실, 저승과 이승의 **경계**가 되었다.

허구도 아니고 사실도 아니며 현재도 아니고 과거도 아니다.

만반의 준비가 끝난 것은 해도 다 떨어진 시간이었다.

심지 백 개 전부에다 불을 붙이고 나서 요지로는 사방등에서 멀어졌다.

요지로의 푸른 그림자가 크게 흔들리며 퍼지더니 푸른 방을 흐늘흐늘 이동했다. 목소리 한마디 내지 않고 앉아 있는, 산 자인지 죽은 자인지 분간이 가지 않는 이들의 얼굴을 실체가 없는 요지로의 그림자가 차례차례 훑고 지나간다.

잇파쿠 옹 옆자리로 돌아왔다.

요지로는 사방등을 사이에 두고 정면에 앉아 있는 기미후사 경의 얼굴을 보았다.

푸른빛에 흐려져 있어서 표정은 고사하고 어떤 얼굴인지도 잘 알 수 없었다.

바로 옆에 있는 노인의 얼굴조차 불확실하다. 주름이 팬 달걀귀신처럼 보였다.

요지로가 앉는 것을 기다렸다는 듯 장지문이 열리더니 쇼마가 엔초를 인도해 들어왔다.

여윈 몸에 쌍꺼풀이 누넛하니 심기기 조금 불편해 보이는 이야기꾼은 준비되어 있던 방석을 옆으로 치우고 앉더니 공손하게 머리를 숙였다.

"다 모인 것 같습니다."

겐노신이 말했다.

잇파쿠 옹이 고개를 깊이 끄덕였다.

"세상에 불가사의는 없고."

노인이 불쑥 이렇게 말했다. 평소의 갈라진 목소리가 아니었다.

"세상 모든 것은 불가사의라고 합니다. 괴이한 일을 이야기하면 괴이한 일이 일어난다고도 합니다. 오늘 밤은 재미 삼아 예로부터 내려오는 절차에 준해 기이한 이야기 백 개를 하룻밤에 이야기하는 백 가지 이야기를 열고자 합니다. 우선은 야겐보리에 사는 저 잇파쿠 옹, 여러 지방을 떠돌다 나이만 먹은 은자입니다만, 우선은 제가 이 쇠약해진 다리로 걸어 다니며 꺼진 눈으로 보고 멀어진 귀로 들은 이야기를 하고자 합니다."

정적이 감돌았다.

에치고의 팥 씻는 스님을 물에 빠뜨려 죽인 일.

하치오지에서 들 철포의 괴인을 쏴 죽인 일.

가이의 하쿠조스 여우가 승려로 둔갑해 사냥꾼을 꾸짖은 일.

고즈카하라에서 불사의 고와이가 세 번 다시 태어난 괴이함.

이즈 도모에가후치에서 목이 춤추는 괴이함.

오와리의 날아다니는 마연(魔緣)이 불 기운을 부른 일.

아와지시마의 시바에몬 너구리가 개에 물린 일.

세토우치의 배 유령이 번 영주를 놀라게 한 일.

노토의 부자 말장수가 살아있는 말을 삼킨 일.

도사의 일곱 혼령이 내리는 앙화가 무시무시한 일.

시나가와의 버들 여인이 아기를 저주로 죽게 한 일.

오가 앞바다 큰 물고기 섬 붉은 얼굴 에비스의 괴이함.

교토 가타비라가쓰지에 죽은 여자 송장이 나타난 괴이함.

셋쓰에서 덴교보의 불이 대관의 관사를 태운 일.

엔슈에서 산사내가 사람을 습격한 일.

이케부쿠로무라의 뱀 분묘가 지벌을 내린다는 괴이함.

늙은 덴구가 불기둥과 함께 하늘로 돌아간 일.

잇파쿠 옹은 담담하게 이야기했다. 무서운 이야기는 아니었지만 신기한 이야기이기는 했다.

대부분의 이야기는 전에 들은 것이었다.

그리고 요지로는 그 괴이한 이야기 중 몇 개의 진상을 알고 있다. 내막을 듣고 나면 신기할 것도 없는, 그냥 사기일 뿐이다. 하지만 이야기를 하는 순간…….

그건 기이한 이야기가 되었다.

잇파쿠 옹이 마지막으로 이야기한 것은 오품 백로가 여인으로 변해 괴이한 일을 하고 이윽고 빛을 발하며 날아간다는 이야기였다.

요지로는 어쩐지 진정이 되지 않아 자꾸 기미후사 경을 신경 썼지만 여전히 그 얼굴과 몸 전체가 거의 보이지 않았다.

스무 번 정도 요지로는 심지를 뽑았다.

옷이 스치는 소리, 작은 헛기침 소리, 방 안에 들리는 것은 이런 소리뿐이었다.

방을 감싼 어둠은 조금 더 깊어졌다.

이어서 인나미가 이야기하기 시작했다.

인나미는 신문기자 일을 하며 수집한 갖가지 기괴한 실화를 손짓 발짓을 섞어 가며 이야기했다.

처음 듣는 이야기가 많고 표현도 풍부했기 때문에 요지로는 집중해서 듣다가 때로 오싹했다.

인나미는 열다섯 개를 이야기하고 요지로는 열다섯 번 사방등을 열고 닫았다.

방은 한층 더 어두워졌다.

어느 순간 자리에 있는 사람은 망자가 되었다.

망자로밖에 보이지 않았다.

즉 나도 망자로 보이는 거겠지, 하고 요지로는 생각했다.

이어서 기하라가 이야기하기 시작했다.

에도의 수필에서 소재를 가져온 괴담이었다.

요지로는……. 아니, 아마 겐노신도 그것들이 실려 있는 책을 거의 다 읽었을 것이다. 그래서 어떤 이야기인지 알고 있다. 잘 알고 있다.

그런데도 어쩐지 무서웠다.

억양을 충분히 넣은 기하라의 열띤 어조가 뛰어나기 때문이기도 하겠지만 그 뿐만은 아니었다.

이때쯤 방안은 이미 꽤 일그러져 있었던 것 같다. 눈에 보이지 않는 뒤틀린 힘 같은 것이 압박해 왔다. 공기가 긴장하고 있는지, 아니면 어둠의 밀도가 진해졌는지, 혹은 그 자신이 희박해졌는지, 희미한 움직임이 아주 민감하게 느껴진다. 앉아 있는 것만으로도 삐걱거릴 듯한 기분이었다.

기하라 역시 열다섯 개를 이야기했다.

요지로는 열다섯 번 심지를 껐고, 불빛은 반으로 줄었다.

반이 남았어도 거의 보이지 않는다. 이제 사방등밖에 보이지 않을 정도이다. 모두 다 모호하게 푸른 어둠에 녹아들어 있다. 여기에 있는 것은 알지만 있다는 것밖에 알 수 없다. 요지로 혼자 사방등에 다가가기 때문에 그때마다 모두의 눈에 어렴풋이나마 보였을 것이다.

그리고.

엔초의 순서가 되었다.

출석한 사람들에게는 엔초에 대해 알리지 않았다.

굳이 별실에서 기다리게 하다가 방이 푸른색으로 물든 뒤에 불러들인 것도 정체를 들키지 않기 위해서이다. 복면을 씌우는 것도 우스꽝스러우니까 그대로 들어오게 했다. 설마 천하의 명인이 이런 모임에 오리라고는 아무도 생각하지 않을 것이다. 이야기하기 시작하면 알아차릴지 모르지만 그건 어쩔 수 없는 일이다. 그래도 동네 떠들썩하게 들어오는 것보다는 낫다. 처음부터 알고 들으면 듣는 쪽도 명인의 기예라는 태도를 취할지 모르고, 그만큼 덜 무서울 것이라고도 생각했기 때문이다.

유시마의 이즈부치라 합니다.

엔초는 이렇게 말했다.

들은 적도 없는 짧은 괴담을 엔초는 느릿느릿 이야기했다.

역시 잘한다.

빠져들어서 듣게 된다.

정신이 들어보면 저도 모르게 집중해서 듣느라고 목소리가 들리는 쪽으로 얼굴을 향하고 몸을 내밀고 있다. 한껏 몸을 내민 순간 홱 뿌리쳐진다. 보이지는 않지만 모두 요지로와 똑같을 것이다.

한숨을 쉬거나 콧물을 훌쩍거리는 소리가 동시에 들려오는 것을 보면 같은 반응을 하고 있음이 분명하다.

끌어당기는가 하면 밀어낸다. 낚아 올려서는 떨어뜨린다.

과연 명인답다.

이야기 내용이나 말하는 투나 일급이다. 요지로는 감탄했다.

이건 엄청난 호사라는 생각이 들었다.

엔초의 매끄러운 이야기가 휘젓고 다니는 바람에 방 안의 팽팽한 어둠은 한층 더 일그러져 갔다. 발에 쥐가 나는 듯한, 미열이 날 때 어깨에 오는 통증 같은 듯한 도저히 참기 어려운 압박감이 말을 하면 할수록 심해진다.

한 가지.

한 가지.

한 가닥.

한 가닥.

이미 어둠은 세계의 대부분을 집어 삼키고 있다.

방의 경계가 사라졌다.

이제 말밖에 보이지 않는다.

말이 명확한 상을 맺는다.

그렇구나. 이렇게 해서 이야기 속으로 들어가는가.

옛날과 지금을 바꾸어놓는가.

지금은 옛날(今は昔).*

---

* 원래는 "지금에 와서는 옛날 일이지만" 즉 '옛날 옛적에'라는 뜻.

그리고 요지로는 소리가 나지 않게 자리에서 슥 일어났다.

아흔아홉 번째 이야기가 끝났다.

8

이 이야기가 딱 백 번째입니다.

여기서 그만두면 여러분은 평온무사하시겠지만 오늘 밤은 아무래도 그렇게 되지 않을 모양입니다. 맨 마지막은 다시 이 늙은이가 맡도록 하겠습니다.

자, 때는 이미 한밤중을 지나 초목도 잠든다는 괴이한 시각이 되었습니다. 이것으로 백 번째 이야기가 끝나면 과연 뭔가 괴이한 일이 일어날지, 일어나지 않을지.

만일 일어난다면 아마도 저쪽에 앉아 계실 고승 구니에다 에카쿠 님께서 물리쳐주시기로 되어 있지요. 다만 제가 있는 곳에서는 고승님 얼굴이 보이지 않습니다.

어쩌면…… 이미 안 계실지도 모르겠군요.

네, 완전히 어둠에 잠기지 않았습니까. 여러분도 제 얼굴은 보이지 않겠지요.

네.

각자 옆에 앉아 있던 분이 아직 거기에 계시는지 어떤지 확인하시는 편이 좋겠습니다 그려. 하기야 설사 뭔가가 있다고 해서 그것이 정말로 그분인지, 아니, 사람인지 아닌지도 이래서야 확인할 수 없겠지만요.

네. 남은 심지는 하나.

불안한 노릇입니다.

후우, 바람신이라는 이야기를 하겠습니다.

지금으로부터 십삼 년쯤 전에 있었던 일입니다.

아니, 더 전이었던가요. 오래 살다 보니 말입니다.

한참 옛날 일인지도 모르지요.

두 사내가 있었습니다. 네, 젊은 사내입니다.

그들에게는 대망이 있었습니다. 네. 젊은 분들은 누구나 그런 게 있지만 이 나이가 되면 닳아 없어져버리지요.

대망이라는 건 돈을 벌고 싶다거나 맛있는 음식이 먹고 싶다거나, 그런 것이 아닙니다. 천하국가를 뒤엎는다거나 새로운 세상을 만든다는, 그런 바람입니다.

네, 좋은 일이기는 하겠지요.

높은 뜻을 품는 건 나쁜 일이 아닙니다.

하지만 높은 뜻이라는 건 말이지요, 꽤 곤란한 물건입니다. 네, 분수에 맞지 않는 대망일 경우에는 어떻게 실현하면 좋을지 알 수 없시 않습니까.

사람은 할 수 있는 일밖에 할 수 없습니다.

하지만 높은 뜻은 때로 할 수 없는 일도 할 수 있을 것 같다는 기분이 들게 하지요.

물론 할 수 없는 일은 할 수 없지만요.

두 젊은이는 천하를 뒤엎겠다는 고매한 뜻을 품었습니다.

두 사람은 여행을 했습니다.

어떻게 하면 뜻을 이룰 수 있을까, 이것만 생각했습니다.

네.

야마시나 부근이었습니다.

산속에 말입니다. 돌로 된 신상이 있었지요.

네, 그게 바람신이었습니다.

두 사람은 그 석상에 소원을 빌었습니다.

대망이 이루어지게 해달라고요.

네.

일심불란으로 빌었어요. 그리고 두 사람은 수도로 갔습니다.

그리고.

네, 거기까지는 좋습니다. 나쁜 일이 아니지요. 가슴에 높은 희망을 품고 강한 결의를 신불에게 보인 뒤 수도로 갔으니까요. 하지만.

네.

결국 그 두 사람이 무엇을 했느냐면.

살인이었습니다.

네. 살인이에요. 네, 물론 대망을 달성하기 위해서이기는 했습니다. 커다란 개혁 앞에서 다소의 희생은 어쩔 수 없다고. 이런 생각이 뭐 잘못되기는 했겠지만요.

하지만 그것밖에 할 수 없었습니다.

네. 사람은 할 수 있는 일밖에 할 수 없습니다. 그들이 할 수 있는 최대의 그리고 최고의 일이 살인이었던 겁니다. 네. 살인이라고 간단히 말은 하지만 이게 쉽게 되는 일은 아니지요.

그렇지 않습니까?

여기에 계시는 분들 가운데 사람을 죽인 적 있는 분이 계십니까? 계시지 않겠지요. 네. 있으면 곤란합니다.

살생이라는 것은 무거운 죄입니다.

네. 무거운 죄예요.

죄라는 건 저지른 사람 속에 둥지를 틀고 사는 법입니다. 네. 살인은 무엇보다도 죽인 사람의 마음을 좀먹겠지요. 네.

그래도 두 사람에게는 대망이 있지 않습니까?

대망은 때로 그런 아픔을 잊게 해줍니다.

네. 머지않아.

두 젊은이에게 조금씩 변화가 나타나기 시작했습니다.

네.

한 사람은 허무해졌습니다. 있는 힘껏 노력하고 발돋움을 하고 무리를 해서 사람을 베어도 뜻은 조금도 이룰 수 없습니다. 이렇게 생각한 겁니다. 뭐, 당연하지요.

또 한 사람은 조금 달랐습니다.

네.

높은 뜻을 위해 사람을 해치는 것과 그렇지 않은 것이 대체 어떻게 다른가.

이렇게 생각한 겁니다. 천하국가를 위해서라면 죽여도 되고 그렇지 않을 경우에는 안 된다는 도리는 없다. 무슨 일이 있어도 죽여서는 안 된다고 하면 이해가 간다. 그게 아니라면 다른 이유로 죽여도 되는 것 아닌가. 이렇게 생각하기 시작했습니다.

네.

두 사람은 어느 날 고개에서 파발꾼을 습격했습니다.

아무래도 그 파발꾼이 가지고 있던 서신을 뺏기 위해서였던 것 같습니다. 밀서라는 것도 오래된 말이지만 아무래도 그런 종류의 물건이었겠지요.

네. 급소를 때려서 기절시키고 서신이 들어 있는 함을 뺏으면 끝날 일입니다. 파발꾼의 목숨과 함의 내용물은 무관합니다. 하지만.

한 사내는 쫓아가서 따라잡은 뒤 파발꾼을 베었습니다.

뒤에서 이렇게 비스듬하게. 싹. 또 한 사람은 놀랐습니다. 굳이 죽일 필요는 없으니까요. 그래서 나무랐습니다.

무슨 짓인가? 왜 무익한 살생을 하는가?

그러자 또 한 사람은 이렇게 대답했습니다.

유익한 살생이라는 게 있는가?

파발꾼의 목숨이나 무사의 목숨이나 같은 목숨 아닌가.

무사를 베는 것은 괜찮고 파발꾼을 베는 것은 안 된다니 이해가 되지 않는다.

이 말을 들은 또 한 사람은 생각에 잠겼습니다. 네. 대답을 할 수가 없었습니다. 말마따나 유익한 살생은 없으니까요. 그런 건 없습니다. 있을 수 없습니다. 살생은 어떤 이유가 있더라도 무익한 것입니다.

여기서 두 사람은 결정적으로 갈라졌습니다.

한 사람은 그길로 고개를 내려가서 사람을 베는 일을 그만두었습니다.

또 한 사람은 산으로 들어갔습니다. 그리고 죄도 없는 여자를 죽였지요.

네. 그 여자는 때마침 지나가고 있었을 뿐인, 산에 사는 여자였습니다. 여덟 살쯤 되는 귀여운 딸을 데리고 이렇게 걷고 있었습니다. 그랬더니 마침 고개에서 파발꾼이 죽임을 당하고 있었습니다. 좋지 않은 장면과 맞닥뜨린 겁니다.

네. 움츠러들겠지요. 아이도 데리고 있으니까요.

숨을 죽이고 숨어 있었습니다. 하지만 들키고 말았습니다. 그래서 산 쪽으로 달아났지요.

이렇게 덤불과 덩굴을 헤치면서 아이를 안고 달아났습니다. 산속에서 특히 길 아닌 길로 달리는 건 상당히 힘들지요. 여기저기 걸립니다. 구릅니다. 넘어집니다.

옷은 찢어지고 터지고, 발에서도 팔에서도 피가 납니다. 그래도.

뒤에서 피 묻은 칼을 든 남자가 쫓아오니까요. 필사적이었겠지요.

네. 따라잡히고 말았습니다.

글쎄 그게.

얄궂게도 바람신의 석상이 있는 곳이었습니다.

남자는 이미 앞뒤 분간이 안 되는 시경이었습니다. 그래서 얕게 한번 내리치자 이렇게 띠가 사락 잘렸습니다. 네. 살결이 드러나겠지요.

네. 남자는 피투성이가 된 여자를 깔아 눕히고 울부짖는 아이 앞에서…….

네.

욕을 보였습니다.

참으로 비열한, 축생보다 못한 짓입니다.

그렇습니다. 실컷 가지고 논 뒤에 남자는 여자를 조각내서 죽여버렸습니다.

딸도 낭떠러지에서 떨어뜨려서 죽였지요.

사람이 할 짓이 아닙니다.

거기에.

휭, 하고 바람이 한바탕 불었습니다. 네.

이런 소리가 들렸습니다.

너는 왜 그렇게 지독한 짓을 하는가.

남자는 이렇게 대답했지요.

어차피 죽일 것이다. 죽기 전에 범한들 나쁠 것이 있는가? 범하지 않고 죽이면 죄가 없는가?

나는 대망을 이루겠다고 소원을 빌었다. 이것은 그 대망을 이루기 위해서 하는 일이다.

안 된다면 왜 안 **되는지** 가르쳐달라.

이렇게 외쳤습니다.

신은 아무 대답도 하지 않았습니다.

네.

왜냐하면 그것이 바로 이 남자에게 내리는 벌이었기 때문입니다.

남자는 그 뒤 뜻이고 뭐고 다 잊은 채 그냥 살인자로 전락했습니다.

범하고, 죽이고, 범하고 죽이고, 그 반복이었지요. 몇 명이고, 몇 명이고 죽였습니다.

또 한 사람의 남자는 자신이 저지른 죄의 무거움을 깨닫고 그 뒤로 살인을 그만두었습니다. 그러니 가책도 그 이상으로 부풀지는 않았지만요. 네. 또 한 사람은.

여자를 보면 바람이 붑니다. 그리고 여자는 그 산에서 죽인 여자 얼굴로 보입니다.

그렇게 되면 괴롭히다 죽이지 않고는 못 배깁니다. 살해하지 않고는 못 배기는 거지요. 죄는 점점 더 부풀고, 남자는 괴롭고 괴로워서 어쩔 수가 없게 되었습니다. 네, 아픔을 잊게 해줄 높은 뜻도 이제 없으니까요. 그래도 젊은 여자만 보면 횡, 하고 노란 바람이 붑니다.

그러면 정말.

스스로 정신을, 신경을 조각조각 자르듯 남자는……

바람이.

9

모모스케가 여기까지 이야기했을 때 정말로 등 뒤에서 바람이 불어 왔다.

펄럭펄럭 하는 소리가 들렸다.

그리고.

구니에다 에가쿠가 벌떡 일어나서 큰 소리로 뭐라고 외쳤다.

에가쿠는 옆에 있던 병풍을 쓰러뜨리고 나서 다시 한 번 외쳤다. 그러고는 방향을 돌려 큰 걸음으로 앞으로 걸어 나오더니 푸른 사방등을 차서 쓰러뜨리고 모모스케 쪽으로 왔다.

이것으로 되었다.

이렇게 생각했다.

필시 에가쿠는, 기자에몬은 격분했음이 틀림없다.

지금 모모스케가 한 것은 전부 그 자신의 이야기이다. 들어서 모를 리 없다. 그렇다면 그 비밀을 소상히 알고 있는, 그리고 그것을 이야기하고 있는 모모스케를 결코 가만두지 않을 것이다.

평범한 상황이었다면 모른 척 시치미를 뗄 수도 있었으리라. 하지만 이 자리는 말이 형태를 얻는 백 가지 이야기의 공간. 이야기가 현실로 둔갑하는 백 가지 이야기의 맨 마지막 이야기이다.

에가쿠는 아마 모모스케를 죽일 것이다. 모모스케는 아마 에가쿠에게 살해당할 것이다.

그러면 된다.

그러면 에가쿠는 붙잡힌다. 이 자리에는 내무성 경시국 순사가 있다. 저명한 예능인이나 화가, 화족님도 있다. 눈앞에서 사람이 죽었는데 묵인할 리는 없다. 묵인할 수는 없다.

이것이 모모스케의 복수이다. 참 재미없는 장치이다. 상대방을 화나게 하는 것이 전부인 서툰 연극이다.

시들시들한 노인이다. 얻어맞기만 해도 죽을 것이다. 일격이면 끝난다.

모모스케는 눈을 감았다.

생각해보면 모모스케가 처음 지켜본 마타이치의 장치도 백 가지 이야기였다.

이것으로 린과 오긴의 원통함이 풀리는가. 사요의 원한은 누그러지는가.

하지만.

일격은 없었다.

모모스케가 눈을 뜨자…….

방 한가운데 검은 것이 꿈틀거리고 있었다. 그 칠흑 같은 덩어리는 울음소리를 내고 있었다.

내가 잘못했어, 용서해줘. 이런 말을 하고 있다.

갑자기 눈앞이 환해졌다. 돌아보자 구라타 쇼마가 초를 비추고 있었다.

눈을 가늘게 뜨고 얼굴을 앞으로 돌리자 부서진 사방등이 흩어져 있는 방 중앙에 구니에다 에가쿠가 웅크리고 있었다. 목덜미를 잡아 누르고 있는 것은 시부야 소베였다. 감싸 안은 머리맡에 야하기 겐노신이 섰다.

"에가쿠 스님. 지금 스님이 하신 말씀은 전부 사실입니까?"

"용서하게, 용서하게. 사, 사실이네. 정말이야. 저 노인이 한 말도 전부 진짜야."

겐노신이 난처한 얼굴을 했다.

"그러면 나는 스님을 포박해야만 합니다만."

"포, 포박을 받겠네. 빠, 빨리, 자, 잡아주게. 이제 싫어. 이, 이런 무서운 일을 당할 정도라면 붙잡히는 편이 나아. 부, 부탁하네, 죄, 죄를. 죄를 씻게 해줘."

울부짖듯 말한 구니에다 에가쿠는 수수께끼 순사의 옷자락에 매달렸다.

어떻게 된 건가?

여우에 홀린 듯했다.

어떻게 되어버렸는지 도통 알 수가 없다.

스스로가 놓은 그 될 대로 되라는 장치가 효과를 발휘한 결과라고는 도저히 생각되지 않았다.

물론 모모스케는 마타이치의 연극을 흉내 내서 이 함정을 생각했다. 하지만 어차피 급조한 벼락 어행사. 마타이치처럼 정교한 장치를 만들 수 있을 턱이 없다. 일생일대의 장치이기는 했지만 기껏해야 진짜 있었던 일을 이것저것 열거하고 폭로하여 화를 부추기는 것이 고작이다.

화를 부추기고 분노하게 해서 모모스케 자신이 희생될 각오였다.

그런데.

범인은 울부짖으며 떨고 있다. 자백까지 했다.

누군가가 다른 연극을 준비한 건가?

모모스케는 눈을 크게 뜨고 주위를 둘러보았다.

엔초도 놀란 모양이고 다른 사람도 전부 당황하고 있다.

유라 기미아쓰도 당혹스러운 듯했다.

기미후사 경은…….

유라 기미후사 경만은 다른 사람과 확연히 다른 태도였다.

기미후사 경은 무척 평화롭고 온화한 얼굴이었다. 그리고 망연히 모모스케 뒤쪽, 장지문 쪽을 바라보고 있는 듯했다.

다시 한 번 돌아보자.

열린 장지문 바깥에 사사무라 요지로가 서 있었다.

그때.

모모스케는 희미하게 짤랑, 하는 소리를 들었다.

그리고.

"어행봉위."

그렇다.

마타아치의 목소리를, 그때 야마오카 모모스케는 확실히 들었다.

10

"잘 모르겠군."

소베가 말했다.

"그 백 가지 이야기는 성공한 건가? 어째 엉망진창이 된 듯한 느낌도 드네만. 어떤가, 요지로?"

"엉망진창이지만…… 성공이었네."

적어도 요지로가 생각한 장치는 성공이었다.

그러니까 이것으로 되었다. 그렇게 생각한다.

"그 뭔가, 괴이한 일이라고 했나, 요괴라 했나. 그건 어떤가?"

"요괴는 붙잡히지 않았나. 새 정부조차 수수방관하고 있던 대악당이 깨끗이 자백하고 스스로 오라를 받았으니, 이것도 뭐 괴이하다면 괴이하지."

"흥."

소베가 코웃음을 치더니 옷 앞섶을 풀어헤치고 부채로 펄럭펄럭 부쳤다. 그 품위 없는 모습을 추접스럽다는 듯 보고 나서 쇼마는 〈도쿄 삽화신문)을 팔랑팔랑 흔들었다.

"결국은 또 순사 나리의 공적이네. 뭐가 뭔지 모르겠네만 결국 신문에도 났어."

수수께끼 순사가 큰 공을 세웠다는 목판화가 실려 있다.

흡사 유게노 도쿄(弓削道鏡)* 같은 흉악한 승려를 칭칭 얽어매는 순사의 그림이다. '비밀 괴담 모임에서 희대의 살인광을 체포하다'라는 표제가 보인다.

"이것 보게, 병풍을 차서 넘어뜨린 뒤 정원으로 도망치려던 그 빌어먹을 중의 앞길을 막고 목덜미를 잡아 누른 건 바로 날세. 겐노신 놈은 그냥 우두커니 서 있었을 뿐이야. 다시 말해 악당을 묶고 있는 이 그림은 원래 내 얼굴이어야 하네."

"그런 건 누가 되든 상관없어."

쇼마가 될 대로 되라는 듯 말했다.

"어째서 이렇게 된 건가? 통 모르겠네."

"그건 말일세, 사요 씨야."

"뭐라고?"

요지로의 말에 양행 신사와 생존 무사는 이구동성으로 말했다.

"사, 사요 씨가 어쨌다는 겐가? 그 자리에 사요 씨는 없었지 않나?"

"있었네. 내가 불렀어."

"부, 불렀다고? 뭐 때문에?"

"기미후사 경이…… 꿈을 꾸게 해주려고."

---

* 나라 시대 말기의 승려로 정계로 진출하여 권세를 휘둘렀다.

그렇다.

백 번째 이야기에서 나타나는 괴이한 일이란 나쁜 것만은 아니다.

괴이한 일이란 인간의 지식을 초월한 일. 결코 무서운 일, 나쁜 일만은 아니다.

기미후사 경은 백 가지 이야기를 함으로써 이 세상 존재가 아닌 어머니 즉 푸른 백로의 화신을 만나고 싶었던 게 아닌가, 요지로는 이렇게 생각했다.

그래서.

기미후사 경이 앉은 자리의 바로 맞은편, 딱 복도로 드나드는 장지문 뒤에 사요를 대기시켰다.

어려운 계획은 아니다. 사요에게는 그냥 백 번째 이야기가 끝나면 장지문을 열고 촛불로 얼굴을 비춰달라고 부탁했다.

그렇게 하면 상석에 앉아 있는 기미후사 경, 기미아쓰 씨, 그리고 구니에다 에가쿠 세 사람에게는 사요의 얼굴이 정면으로 보일 것이다. 그때까지 캄캄한 어둠 속에 있었으니 촛불로 비추면 아마 보일 거라고 요지로는 생각했다. 한편 다른 사람에게는 각도 때문에 잘 보이지 않는다. 바로 물러나면 볼 수 없을 것이다. 사요를 모르는 기미아쓰 씨나 구니에다 에가쿠에게는 괴이한 일도 뭣도 아니다. 백 번째 이야기가 끝났다고 생각한 종업원이 상태를 보러 장지를 열었다 정도로 당연하게 여길 것이다. 하지만……

기미후사 경이 젊은 시절에 만난 푸른 백로의 화신의 얼굴을 기억하고 있다면.

사요는 어머니 린 그리고 오긴과 똑같은 얼굴이다. 즉 사요는 푸른 백로의 화신 **그 자체**이다. 사요는 이 세상이 아닌 곳에서 기미후사 경 앞에 세 번 나타난, 기미후사 경의 어머니이다. 그렇다면.

사요가 얼굴을 보이기만 해도 기미후사 경에게**만은** 괴이한 일, 사람의 지식으로 헤아릴 수 없는 일이 일어나게 된다.

그냥 떠오른 작은 생각이었다.

그 옛날 신슈를 찾은 기미후사 경 앞에 마타이치는 백로의 화신을 출현시켰다. 그것은 계속해서 꿈을 꾸라는 의미였으리라. 그리고 요전에 잇파쿠 옹이 내린 판단도 마찬가지였을 터.

그렇다면 앞으로도 깨지 않고 계속 꿈꿀 수 있게 해주어야 한다고 요지로는 생각했다.

그런데.

아무래도 사요의 얼굴을 알고 있는 사람이 기미후사 경만은 아니었던 듯하다.

잇파쿠 옹이 무슨 일을 꾸미고 있었는지 요지로는 모른다. 하지만 그 자리에서 노인이 이야기한 백 번째 괴담으로부터 추측하건대 사요의 어머니 린을 농락해서 죽인 범인이 바로 구니에다 에가쿠였을 것이다.

그렇기 때문에 노인이 에가쿠를 소환하라고 요지로에게 일렀음이 분명하다. 분명하지만 그래서 대체 어떻게 할 생각이었는지 요지로는 전혀 모른다.

하지만.

에가쿠의 지난 악행을 폭로하는 듯 날카로운 이야기 끝에.

사요가 노인이 이야기를 끝내기 조금 전에 장지문을 열어버렸다.

연 순간 바람이 불어 들어왔다.

그리고 에가쿠는 자기가 죽인 여자가 거기에 서 있는 것을 똑똑히 보았다.

에가쿠는 공포에 질려서 비명을 질렀다. 그리고 "너는 그때 죽인 여자"라고 큰 소리로 외쳤다.

자신의 죄업을 소리소리 외치면서 정원으로 달아나려던 에가쿠는 병풍 그늘에 있던 소베에게 저지당하자 방 한가운데로 뛰쳐나가 결국 붙들렸다.

그때 쇼마가 비춘 잇파쿠 옹의 얼굴을 요지로는 선연히 기억하고 있다. 노인은 전혀 예상 밖이라는 얼굴을 하고 있었다. 아무래도 전혀 다른 의도가 있었던 모양이다.

백 가지 이야기의 백 번째 이야기가 끝나도 아무 일도 일어나지 않았다.

하지만 적어도 몇 사람은 괴이한 것을 보았다.

한 사람은 꿈. 한 사람은 절망.

"잘 모르겠군. 사요 씨가 나왔는데 왜 중이 자백을 하나? 이보게, 요지로. 자네 뭔가 숨기고 있는 것 아닌가?"

쇼마가 말했다.

"맞네, 맞아. 요지로, 자네 요즘 혼자 선수를 칠 때가 많다 싶었는데, 설마 사요 씨와?"

소베가 이어받았다.

"그만하게. 끝이 좋으면 다 좋은 것 아닌가. 그만 되었지 않나."

요지로는 쓴웃음을 지었다. 말하지 않아야 하는 일도 있다.

"그 중은 상당한 악인이었던 모양이니 말이야."

쇼마가 말했다.

"상당히 많이 죽였나?"

소베가 물었다.

"아니, 실제로 살해한 건 두 사람이라고 하네. 하지만 막부 시대에 죽인 사람은 계산하지 않았으니까. 뭐, 죽이지는 않더라도 속이고 괴롭히고 욕보이고를 되풀이했던 모양일세. 영험이고 뭐고 전부 가짜라지 뭔가."

과연 그렇다. 앞으로 지난 악행이 소상히 드러나더라도 사요의 어머니 사건만큼은 분명 계산에 들어가지 않을 것이다. 막부 시대에 있었던 일인 데다 린은 호적이 없는 덴바모노이다. 에가쿠는 계산에도 들어가지 않는 죄의 그림자에 겁을 먹고 파멸한 것이다.

"어째 좀." 쇼마가 김샌 목소리로 말했다. "왜 우리가 그 순사의 대리인가? 영감님 댁에 가서 맨 먼저 인사를 드려야 할 사람은 풋내기 순사이지 않나. 뭐, 쓰쿠모안에 가는 건 상관없네만."

이렇게 말하면서 쇼마가 신문을 접어 품에 넣었다.

"그런데 소베. 결국 그 효제숙 놈들은 이번 일에 대해 어떻게 생각하고 있나?"

"괴이한 일은 없다더군."

"뭐?"

"그러니까 기미아쓰 선생이 타이를 필요도 없이 아무 일도 일어나지 않았네요, 역시 요괴 같은 건 없군요, 이렇게 말했다고 하네. 참 뭐 하는 놈들인지. 대관절 그 바보들은 엔초가 온 것도 전혀 눈치채지 못한 모양이야. 바보 멍텅구리들. 머리가 나쁘면 유학보다는 검도를 하란 말일세."

소베가 느티나무 우듬지를 발로 찼다.

모퉁이를 돌아 골목으로 들어간다.

불현듯 구름 사이로 여름다운 햇살이 쏟아져 내렸다.

"여름이구나."

요지로는 이렇게 생각했다.

기분 때문일지도 모르지만.

하지만 생각났다는 듯 매미까지 울기 시작했다. 그때 산울타리가 보였다. 암자 앞에서 사요가 마당에 물을 뿌리고 있었다. 사요는 요지로 일행을 알아차리자 얼굴을 들고 무척 쾌활하게 웃었다.

"사요 씨."

쇼마가 손을 흔들었다.

그렇게 생각해서인지 밝아진 것 같았다.

"요전에는…… 동틀 녘까지 감사했습니다."

요지로는 사요 앞에서 고개를 숙였다. 사요는 웃으며 말했다.

"저야말로요. 다 요지로 씨 덕분이에요. 하지만."

여기서 사요는 불쑥 요지로에게 얼굴을 가까이 대더니 말했다.

"모모스케 씨에게는 비밀이에요."

"네? 알려드리시 싫으셨습니까?"

"제가 있었던 걸 눈치 못 채셨어요. 등을 돌리고 계셨잖아요."

"예끼 이놈, 요지로. 네 이놈, 수상하게 무얼 속닥속닥……."

소베가 끼어들었다.

"아니, 아무것도 아니야. 어르신은…… 별채이지요?"

묘한 의심을 받는 것도 싫어서 요지로는 두 사람을 두고 냉큼 암자로 들어갔다.

안은 어두웠다.

밖이 너무 밝았는지도 모른다.

마루와 복도는 새하얗게 보였다. 역시 여름 햇살이다.

짤랑, 하고 풍경이 울렸다.

복도를 지나 별채로 이어지는 복도를 건넜다.

삐걱삐걱 바닥이 울린다. 겨울철에는 소리가 건조하지만 여름철에는 소리가 듣기 좋게 늘어진다.

대여섯 번 이 소리를 들으면 별채 장지문 앞이다.

"어르신, 요지로입니다."

대답이 없었다. 요지로는 장지문을 열었다.

늘 똑같은 별채. 무수히 쌓인 책, 먼지와 종이 냄새, 등심초 향, 꾸미지 않은 좁은 방.

명장지가 활짝 열려 있다. 거기서 여름이 쏟아져 들어와 다다미 색깔을 두 개로 나누고 있다.

그 빛 속에.

노인이 누워 있었다.

"어르신. 잇파쿠 옹."

요지로는 안으로 들어갔다.

양달 한가운데에 있는 작은 노인. 노인 주위에는 수많은 책과 공책이 흩어져 있었다.

시들고 작은 노인은 그 종이뭉치 속에서 눈을 감고 웃고 있었다. 어쩐지 어린아이 같았다.

낮은 책상 위에는 방울과 부적이 한 장 놓여 있었다. 이야기에 곧잘 나오는 액막이 다라니 부적일 것이다.

"모, 모모스케 씨……."

노인은 움직이지 않았다.

야마오카 모모스케는.

숨이 끊어진 뒤였다.

요지로는. 요지로는 활짝 열린 명장지 바깥에서 언뜻 하얀 사람 그림자를 보았다.

하지만 갑자기 바람이 불어 들어와서…….

그 환영도 금방 사라졌다.

옮긴이의 말

《후 항설백물어》는 마타이치 일당이 활약하는 '항설백물어' 시리즈 중 세 번째 작품으로, 작가인 교고쿠 나쓰히코는 이 작품으로 130회 나오키상을 수상했다. 시대적 배경은 메이지 유신 이후 약 십 년이 흐른 1877년. 따라서 시간순으로는 시리즈의 가장 마지막에 위치하며, 마타이치 일당은 이제 칠십 노인이 된 모모스케가 들려주는 이야기 속에서 등장한다.

도쿄 경시청 일등 순사인 야하기 겐노신이 기묘한 수수께끼를 가지고 오면, 그의 세 친구들 그러니까 무역회사에 근무하며 신비로운 옛날이야기에 가슴 설레어하는 사사무라 요지로, 양행을 다녀와 새로운 지식에 해박한 구라타 쇼마, 무사 출신에 거칠지만 합리적인 시부야 소베가 이도 아니다, 저도 아니다 시끄럽게 논의를 하다, 쓰쿠모안이라는 암자에서 조용히 은거하고 있는 잇파쿠 옹 즉 모모스케를 찾아가고, 그러면 모모스케가 과거의 기록을 뒤져 현재의 사건을 해결할 수 있는 실마리를 제공하는 것이 이 작품의 기본적인 구조이다. 모모스케의 과거 이야기에 나오는 기묘한 일들의 배후에 마타이치의 장치가 있었듯, 일등 순사 겐노신이 가지고 오는 현재의 사건 뒤에는 이치에 맞는 설명이 존재한다.

이렇듯 이 작품은 '항설백물어' 시리즈 특유의 괴담과 활극을 읽을 수 있는 동시에, 에도 막부가 무너지고 근대화가 시작된 시대에 이 같은 괴이한 현상과 소악당들의 활약이 어떻게 이어질 수 있는지를 보여주고 있다는 점에서 시리즈 내에서 독특한 위치를 갖는다. 그리고 이는 근대화된 현재에서 기기묘묘한 과거의 항설에 강하게 끌리는 요지로와 과거의 흔적을 끌어안고 시대의 변화와는 동떨어진 곳에서 조용히 살아가는 모모스케를 통해 잘 드러난다. 다루는 사건은 달라져도 같은 형식을 반복하며 진행되던 상권 세 편의 이야기와는 달리 하권의 세 편에서는 이야기가 조금씩 결말을 향해 나아가면서 요지로가 조금씩 전면에 등장하는데, 이는 〈산사내〉-〈오품의 빛〉-〈바람신〉으로 이어지면서 조금씩 모습을 드러내는 과거의 또 다른 수수께끼와도 관계가 있다.

〈붉은 가오리〉의 에비스지마 이야기가 주는 섬뜩함도 물론 버릴 수 없지만, 이 작품 전체의 내력 中 하나는 이미 잃어버린 과거가 현재에 어떻게 살아있는지를 보여준다는 점일 것이다. 봉행소가 경시청으로 바뀌는 사이, 이 세상에 존재하고 있던 '다른 영역', 타계(他界)는 거의 사라지고 신분 바깥의 신분으로 존재하며 길 아닌 길을 다니던 유랑민들도 새롭게 만들어진 호적 제도에 등록되게 되었다. 이렇게 사라져버린 다른 세계, 다른 존재는 가령 〈산사내〉에서 산이라는 공간과 그곳에서 살아가던 '산카'로서 이야기된다. 메이지 초기의 경찰은 '산카'가 범죄자 집단이라는 인식을 만들어냈는데, 〈산사내〉에 등장하는 에피소드에서도 이 같은 세간의 인식을 엿볼 수 있다. 그리고 마타이치나 오긴, 지헤이나 도쿠지로도 이들과 마찬가지로 사농공상 바깥에서 떠돌며 살아가던 사람들이었다. 모모스케가 산이 이제 그 깊이를 잃었음을 한탄하는 것은 마타이치 일당이 더는 존재하지 않음을, 그리고 더는 요괴나 괴이와 같은 알면서도 속는 꿈은 통용되지 않음을 알기 때문일 것이다. 하지만 모모스케와는 달리, 요지로는 아직도 누군가가 괴이한 일에 대한 꿈을 계속 꾸며 일종의 다른 세계를 살아갈 수 있게 하고 싶다는 바람을 가지고 있다. 아마 그것이 작품의 맨 마지막 부분에서 요지로가 뜻하지 않게 장치를 움직일 수 있었던 이유일 것이다.

그렇다면 요지로에게서 자신과 비슷한 냄새를 맡는 모모스케의 생각과는 달리, 어쩌면 어쩔 수 없이 세상에 태어난 아이를 '사람의 아이'로 만들어주려고 애쓰는 겐노신이나 과거와 이야기의 힘을 믿고 요괴나 괴이를 향한 설렘을 간직하고 있으면서도 변화된 세계로 한발 내디딜 수 있는 요지로가 새로운 시대의 마타이치 일당과 같은 역할을 해줄지도 모른다. 그 이야기는 분명 마타이치 일당의 그것과는 전혀 다르겠지만 말이다. 그래서일까, 《후 항설백물어》의 후반부 이야기들에는 아무래도 슬픔이 깔려 있는 것처럼 느껴지는 대목이 많다. 특히 마지막 장면에서, 아니, 그보다 먼저 우리에게조차도 이미 그리운 '어행봉위'라는 목소리가 어딘가에서 들려올 때에는 늘 저도 모르게 눈물을 글썽이게 되는 것이다. 마타이치 일당이나 그들에 대한 기억이 살아있던 시대는 이렇게 끝난다.

하지만 여전히 이야기는 남아 있다. 책이나 길거리, 소리, 풍경 같은 것에 켜켜이 쌓여 있는 시간들이 문득 지금 속에 들어와 이야기를 만들어낸다. 그리고 괴이한 일들도 '이야기해서 속이면' 지금 여기에 존재하게 된다. 그러니까 한 번도 본 적이 없는 어느 별이 존재하듯 마타이치나 모모스케도, 시끄러운 네 친구들도 만들어낸 허구이지만 어떠한 면에서는 있다. 낮의 세계에 발을 딛고 살아갈 수도 없지만 그렇다고 해서 마타이치 일행이 가는 밤의 길을 함께 걸을 수도 없었던, 저쪽 편으로 가고 싶어도 선을 넘을 수 없었던 이쪽 세계의 인간 모모스케는 마타이치의 이야기에 두근거리면서도 흔들흔들 평범하게 현실을 살아가는 대다수의 사람들과도 다르지 않다. 물론 많은 사람들은 모모스케처럼 은거하며 살 수 없고, 모모스케는 그런 사람들보다 훨씬 모험과 괴이에 가까이 갔었지만 말이다. 그러니 그런 사람들을 위해 이야기가 있다는 것은 얼마나 다행인가. 《후 항설백물어》의 마지막 〈바람신〉은 백 가지 이야기를 다루고 있는데, 그 자체로 이미 이야기에 대한 이야기이기도 하다. 우리를 다른 세계로 옮겨놓았다가 다시 이리로 되돌려놓는 많은 이야기들에 대한 이야기. 요지로가 이야기 속에 들어가듯 야겐보리의 잇파쿠 영감을 찾았던 것처럼, 지금 여기에는 여전히 설레고 감동적인 꿈속으로 독자를 인도하는 이야기꾼 교고쿠 나쓰히코의 책이 있다. 우리는 그저 펼치기만 하면 된다.

2018년 겨울
심정명

옮긴이 **심정명**

서울대학교 서양사학과를 졸업한 후 서울대학교 비교문학 협동과정에서 석사학위를, 오사카 대학교 문학연구과에서 박사학위를 받았다. 옮긴 책으로《백미진수》《괴담》《피안 지날 때까지》《이치고 동맹》등 문학뿐만 아니라,《유착의 사상》《스트리트의 사상》《납치사 고요》(전8권) 등 다양한 분야의 일본 작품을 우리말로 옮기고 있다.

후 항설백물어(하)–항간에 떠도는 기묘한 이야기 블랙&화이트 **079**

1판 1쇄 인쇄 2018년 12월 14일 **1판 1쇄 발행** 2018년 12월 24일
지은이 교고쿠 나쓰히코 **옮긴이** 심정명
펴낸이 고세규
편집 장선정 **디자인** 이경희

발행처 김영사
주소 경기도 파주시 문발로 197(문발동) 우편번호 10881
등록 1979년 5월 17일(제406–2003–036호)
구입 문의 전화 031)955–3100 **팩스** 031)955–3111
편집부 전화 02)3668–3295 **팩스** 02)745–4827 **전자우편** literature@gimmyoung.com
비채 카페 http://cafe.naver.com/vichebooks
트위디 @vichebook **페이스북** www.facebook.com/vichebook
ISBN 978-89-349-7785-8 04830, 978-89-349-7786-5(세트) 책값은 뒤표지에 있습니다.

비채는 김영사의 문학 브랜드입니다.
이 도서의 국립중앙도서관 출판예정도서목록(CIP)은 서지정보유통지원시스템 홈페이지(http://seoji.nl.go.kr)와 국가자료공동목록시스템(http://www.nl.go.kr/kolisnet)에서 이용하실 수 있습니다.
(CIP제어번호: CIP2018039266)